KING

281

Titolo originale: *You've reached Sam*

Traduzione dalla lingua inglese di Antonia Scipione
Prima edizione in questa collana: febbraio 2024

ISBN 978-88-227-8334-9

www.newtoncompton.com

Realizzazione a cura di Caratteri Speciali, Roma
Stampato nel febbraio 2024 da Puntoweb s.r.l., Ariccia (Roma)

Dustin Thao

Ancora una volta con te

Newton Compton editori

Ai miei genitori, mia nonna, e Diamante

Prologo

Appena chiudo gli occhi, i ricordi tornano a galla prepotenti. Tutto ricomincia dall'inizio.

Entra in libreria, portandosi dietro un piccolo vortice di foglie. Indossa una giacca di jeans con le maniche tirate su e un maglione bianco. È la terza volta che viene da quando ho iniziato a lavorare qui, due settimane fa. Si chiama Sam Obayashi e frequenta il mio stesso corso d'inglese. Quando sono di turno non faccio altro che guardare fuori, aspettando che torni. Non so perché, ma non ci siamo ancora rivolti la parola. Lui si limita a curiosare nel negozio mentre servo i clienti e rifornisco gli scaffali. Non so se cerca davvero qualcosa. Magari gli piace semplicemente l'atmosfera che c'è qui. O forse viene per vedere me.

Mentre sposto uno dei libri su un ripiano, domandandomi se Sam abbia idea di come mi chiamo, colgo il guizzo di un paio di occhi marroni che mi fissano dall'altra parte. Rimaniamo in silenzio per qualche istante. Poi sorride e penso che stia per dirmi qualcosa, ma... spingo il libro a richiudere il varco che si è creato tra noi prima che abbia la possibilità di aprire bocca. Afferro lo scatolone accanto a me e mi rifugio nella stanza sul retro. *Ma che problemi ho? Perché non ho ricambiato il sorriso?* Ho rovinato il momento, accidenti a me. Raccolgo quel po' di coraggio che mi rimane per andare da lui e presentarmi. Ma quando torno, è già andato via.

Alla cassa però, trovo una cosa che prima non c'era. Un fiore di ciliegio fatto di carta. Lo ammiro rigirandolo tra le mani.

È stato Sam a lasciarlo?

Se esco subito potrei ancora raggiungerlo. Ma non appena mi precipito fuori dalla porta, la strada svanisce, e mi ritrovo in un caffè rumoroso all'angolo di Third Street, quasi due settimane dopo.

Tavoli rotondi su un pavimento di legno, adolescenti accalcati che scattano foto e bevono da tazze di ceramica. Indosso un maglione grigio, leggermente oversize e i miei lisci capelli castani sono tenuti indietro da una mollettina. Capto la voce di Sam prima ancora di vederlo. Viene da dietro al bancone, sta prendendo l'ordine di qualcuno. E poi il ciuffo di capelli scuri. Forse è per via del grembiule, ma sembra più alto dietro la cassa. Vado verso un tavolo dall'altra parte del locale e metto giù le mie cose. Sistemo per bene i miei quaderni, cercando di farmi coraggio e avvicinarmi a lui, anche solo per ordinare il caffè. Ma quando alzo lo sguardo dal tavolo, lui è lì davanti a me, con una tazza fumante in mano.

«Oh...», rimango sorpresa dalla sua apparizione improvvisa. «Non l'ho ordinato io».

«Sì, lo so, è quello che hai preso l'ultima volta», dice Sam, appoggiando la tazza sul tavolo. «Un caffellatte al miele di lavanda, giusto?».

Fisso la bevanda, il bancone affollato e poi di nuovo lui. «Pago alla cassa?».

Ride. «No. Tranquilla, offre la casa. Non preoccuparti».

«Oh».

Cala il silenzio. *Parla, Julie! Parla!*
«Posso portarti qualcos'altro se vuoi», propone.
«No, va bene, io... cioè... *grazie*».
«Figurati», dice con un sorriso. Fa scivolare le mani nelle tasche del grembiule. «Ti chiami Julie, giusto?». Indica la targhetta con il suo nome: «Io sono Sam».
«Sì, frequentiamo lo stesso corso d'inglese».
«Esatto. Hai già fatto i compiti?»
«Non ancora».
«Oh, bene», sospira. «Neanch'io».
Di nuovo silenzio. Odora vagamente di cannella. Nessuno dei due sa cosa dire. Mi guardo intorno. «Sei in pausa?».
Torna a fissare il bancone, strofinandosi il mento. «Be', il mio capo non c'è oggi, quindi immagino che si possa dire di sì». Aggiunge un sorrisetto.
«Sono sicura che te la meriti».
«Sarebbe la quinta oggi, ma chi tiene il conto?».
Ridiamo entrambi. Le mie spalle si rilassano.
«Ti dispiace se mi siedo?»
«Figurati...». Sposto le mie cose, mentre prende posto accanto a me.
«Da dove vieni?»
«Seattle».
«Ho sentito che piove molto lì».
«Eh già».
Sorrido, per la prima volta siamo seduti vicini a parlare della scuola e delle lezioni, delle piccole cose della nostra vita – ha un fratello minore, adora i documentari sulla musica e suona la chitarra. Di tanto in tanto, i suoi occhi vagano per la stanza, come se anche lui fosse nervoso. Ma dopo qualche ora, ridiamo come se fossimo amici da sempre. Fuori il sole sta calando, la sua pelle

sembra quasi dorata al riflesso della luce. È difficile non notare certi dettagli. Non ci rendiamo nemmeno conto di quanto tempo sia passato. Almeno fino a quando non arrivano i suoi amici. Lo chiamano. Entrambi ci guardiamo intorno spaesati.

Una ragazza dai lunghi capelli biondi gli mette un braccio intorno alle spalle, da dietro. Mi lancia un'occhiataccia. «E questa chi sarebbe?»

«Lei è Julie. Si è appena trasferita».

«Oh… da dove?»

«Seattle», rispondo.

Mi fissa.

«Questa è la mia amica Taylor», dice Sam, accarezzandole il braccio che è ancora inchiodato lì sulle sue spalle. «Tra un'oretta finisco il turno, andiamo a vedere un film con alcuni amici. Ti va di venire?»

«È un thriller psicologico», aggiunge Taylor. «Forse non è il tuo genere».

Ci guardiamo. Non riesco a capire se è sempre così scortese o se lo sta facendo apposta.

Il telefono vibra sul tavolo, guardo l'ora. Ho la sensazione di essermi appena svegliata da un sogno a occhi aperti. «Non preoccuparti. Devo tornare a casa».

Appena mi alzo dal tavolo, Taylor si accomoda al mio posto. Forse stanno insieme? Saluto con la mano, ma prima di uscire, passo al bancone.

Aspetto che Sam sia voltato dall'altra parte – o almeno spero che non stia guardando – e tiro fuori un fiore di carta dalla borsa e lo poggio accanto alla cassa. Ho passato una settimana a guardare tutorial su come fare origami di un fiore di ciliegio come quello che ho trovato in libreria. Ma i passaggi erano troppo difficili da seguire per le mie mani inesperte. Il giglio era più semplice.

Chiudo la borsa, corro fuori dal caffè, e all'improvviso sono sotto il portico di casa. Fisso il prato, c'è ancora la rugiada del mattino. Sam accosta con il finestrino abbassato. Mi ha scritto la sera prima.

Ehi, ciao. Sono Sam. Ho appena preso la patente!
Vuoi un passaggio a scuola domani?
Posso passare a prenderti, sei di strada.

Salgo e chiudo la portiera. Si sente un buon odore di agrumi e cuoio. *È la sua acqua di colonia?* Sposta la giacca di jeans mentre mi allaccio la cintura. Un cavo USB collega lo stereo al suo telefono poggiato nel vano porta bevande. C'è una canzone in sottofondo, ma non credo di conoscerla.

«Puoi cambiare musica se vuoi», dice Sam. «Ecco qui… attacca pure il tuo cellulare al cavo».

Un attimo di panico, stringo il telefono tra le dita. Ancora non voglio che sappia cosa ascolto. *E se non gli piacesse?* «No, va bene così».

«Oh, ti piacciono i Radiohead?»

«A chi non piacciono?», dico. Un tragitto silenzioso lungo le strade del vicinato. Di tanto in tanto ci scambiamo uno sguardo. Cerco qualche spunto per intavolare una conversazione. Guardo il sedile posteriore. C'è una giacca appesa alla maniglia interna. «Questa è la tua macchina?»

«No, è di mio padre», dice Sam, abbassando il volume. «Non lavora il giovedì, quindi è l'unico giorno in cui posso usarla. Ma sto racimolando un gruzzoletto per comprarne una tutta mia. Ecco perché lavoro al caffè».

«Cerco di mettere dei soldi da parte anch'io».

«Per cosa?».

Ci rifletto un attimo. «Il college, penso. Forse un appartamento, per quando mi trasferirò, o qualcosa del genere».

«Dove vuoi trasferirti? Sei appena arrivata».

Non so cosa rispondere.

Annuisce. «Ho capito, è un *segreto…*».

Sorrido. «Forse te lo dirò un'altra volta».

«Mi sembra giusto». Mi guarda. «Che ne dici di giovedì prossimo?».

Trattengo una risata mentre entriamo nel parcheggio della scuola. Anche se il tragitto è troppo corto, il giovedì sta già diventando il mio giorno preferito della settimana.

Lo scenario cambia di nuovo. Le luci danzano sul pavimento della palestra, la musica è a tutto volume, passo attraverso un arco fatto di palloncini argento e oro. È la sera del ballo della scuola e io non conosco nessuno. Ho messo il vestito nuovo, mi ha aiutato a sceglierlo mia madre. È di raso, blu scuro, stretto in vita, e scende svasato. Con i capelli raccolti, mi sono a malapena riconosciuta allo specchio. Avrei preferito rimanere a casa, ma i miei mi hanno costretto a uscire e fare amicizia. Non volevo deluderli. Ho passato l'ultima ora in piedi contro il freddo muro di cemento a guardare la palestra riempirsi di gente che balla e si diverte. Ogni tanto controllo il telefono, fingendo di aspettare qualcuno, ma in realtà guardo solo la schermata di blocco. Forse ho fatto male a venire. È stato un errore.

Qualcosa però mi impedisce di andarmene. Sam ha detto che forse sarebbe venuto al ballo. Gli ho scritto qualche ora fa ma non mi ha risposto. Non ha visto il cellulare? Quando mettono un lento e la folla si disperde, smetto di fare da tappezzeria e mi avvicino alla pista da ballo, in cerca di… lui. Mi ci vuole un po', ma nel momento in cui lo vedo, il mio cuore sprofonda. Eccolo lì, avvinghiato a Taylor, a ballare un lento. Sento il vuoto nello stomaco. *Perché sono venuta?* Dovevo rimanermene a casa. Non avrei dovuto scrivergli. Mi giro prima che qualcuno mi veda e mi precipito verso l'uscita della palestra.

La notte mi avvolge e la musica sparata a tutto volume si attenua. Finalmente ricomincio a respirare. Il parcheggio, illuminato da rari lampioni, sembra immobile rispetto alla vorticosa pista da ballo. C'è una leggera pioggerella questa sera. Dovrei tornare a casa prima che inizi a piovere sul serio. Vorrei inviare un messaggio a mia madre per farmi venire a prendere, ma è ancora presto. Non voglio che si preoccupi. Andrò a casa a piedi e mi intrufolerò nella mia stanza. I tacchi iniziano a farmi male, ma ignoro il dolore. Mentre scendo nel parcheggio, la porta della palestra si apre, seguita da una voce che riconosco subito.

«Julie...».

Mi giro ed è Sam, sembra più serio del solito con quel vestito scuro.

«Dove stai andando?», mi chiede.

«A casa».

«Con questa pioggia?».

Non so cosa dire. Mi sento un'idiota. Quindi mi costringo a sorridere. «Sta solo piovigginando. Sono di Seattle, ricordi?»

«Posso darti un passaggio se vuoi».

«Non ce n'è bisogno. Mi piace camminare». Le guance mi vanno a fuoco.

«Sei sicura?»

«Sì, non preoccuparti». Voglio andarmene. Ma Sam non si sposta.

Quindi faccio un altro tentativo. «La tua accompagnatrice ti starà aspettando».

«Cosa?», balbetta. «Taylor non è venuta con me al ballo. Siamo solo amici».

Vorrei dire tante cose, ma il nodo allo stomaco mi impedisce di parlare. Non dovrei sentirmi così. Non stiamo neanche insieme.

«Perché vai via così presto?».

Mi torna in mente la scena di poco fa: lui sotto le luci colorate, con le braccia strette intorno a Taylor. Ma non posso dirgli la verità. «È solo che i balli scolastici non fanno per me».

Annuisce e si infila le mani in tasca. «Sì, so cosa vuoi dire. A volte sono proprio pallosi».

«Ma ci sarà qualcuno che si diverte davvero?»

«Be', forse non ci sei mai andata con la persona giusta».

Incasso il colpo e mi si blocca il respiro. Anche da qui si sente la musica della palestra, attutita dai muri. Inizia un altro lento.

Sam è fermo sulla porta, si dondola sui talloni con le sue scarpe eleganti. «Ti piace… ballare?»

«Non lo so… Non sono molto brava. Di sicuro non mi piace che le persone stiano lì a fissarmi».

Si guarda intorno. Dopo un momento, sorride e mi tende la mano. «Be', non c'è nessuno qui ora…».

«*Sam*…», provo a dire.

Sfoggia il suo sorrisetto – sta diventando familiare. «Solo *un* ballo».

Trattengo il respiro quando fa un passo in avanti e mi prende la mano, tirandomi a sé. Mai avrei immaginato che il mio primo ballo sarebbe stato così – io e Sam che ondeggiamo a un ritmo lento nel parcheggio della scuola. Ha il volto inumidito dalla pioggerella. Inspiro il suo profumo dolce e gli poggio la guancia contro il petto. Appena muovo le mani sulle sue spalle, nota qualcosa.

«E questo cos'è?».

Il fiore di ciliegio. Ho legato l'origami intorno al polso con un nastro.

Una nuova vampata di calore alle guance. «Non ho ricevuto nessun corsage. Così me ne sono fatto uno da sola».

«È quello che ti ho dato io».

«Lo so».

Sorride. «Sai, volevo invitarti al ballo stasera, ma temevo che avresti detto di no».

«Cosa te lo ha fatto pensare?»

«Non mi hai mai scritto. Sai, il giorno in cui ci siamo incontrati in libreria...».

Lo guardo di traverso, pensandoci su. «Non mi hai mai dato il tuo numero».

Abbassa la testa, ridacchiando.

«Cosa c'è di così divertente?», chiedo, leggermente seccata. Mi prende la mano, poi mi toglie il fiore dal polso e inizia a dispiegarlo. Sto per protestare, ma mi zittisco perché ormai è solo un foglio di carta nelle sue mani. Dentro c'è una scritta. Il suo nome e il numero.

«Non ho mai pensato di aprirlo...», ammetto.

«Immagino che sia colpa mia».

Ci mettiamo a ridere. Poi il mio sorriso svanisce.

«Cosa c'è che non va?», mi chiede.

«Ora è rovinato».

La carta è strappata e bagnata dall'umidità.

«Non preoccuparti. Posso fartene un altro. Anzi, altri mille».

Gli metto le braccia al collo e continuiamo la nostra danza lenta, al ritmo della musica che arriva dalla palestra. La nebbia ci avvolge come un banco di soffici nuvole prima di svanire e svelare un limpido cielo notturno. E il ricordo cambia di nuovo.

I vestiti continuano a volare fuori dalla finestra del secondo piano mentre corro sul prato ricoperto dalla roba di mio padre. I miei genitori stanno urlando da un'ora ormai, non ce la faccio più a restare a casa. Sapevo che il loro rapporto non avrebbe tenuto a lungo in questa città, ma non mi aspettavo che finisse così presto. *Dove altro posso andare?* Ho chiesto a Sam di venire a prendermi, ma non è ancora arrivato. I vicini mi spiano dalle finestre. Non posso aspettare ancora. Voglio solo allontanarmi un po', comincio a correre fino a quando non mi lascio tutto alle spalle.

Non so nemmeno dove sto andando. Alla fine non so più dove mi trovo. Arrivo al confine della città, dove il verde dei campi si estende a perdita d'occhio, fino alle montagne, quando mi accorgo di aver dimenticato il telefono. Un paio di fari illuminano la strada deserta. Mi tiro indietro, l'auto rallenta fino a fermarsi davanti a me. È Sam.

«Stai bene?», mi chiede mentre salgo. «Sono passato a casa tua, ma tu non c'eri già più».

Se mi fossi ricordata il cellulare, gli avrei inviato la mia posizione. «Come facevi a sapere dove trovarmi?»

«Non lo sapevo... Ti ho cercata dappertutto».

Restiamo seduti a lungo nella sua macchina con il motore acceso.

«Vuoi che ti accompagni a casa?», mi chiede alla fine.

«No».

«Allora dove vuoi andare?»

«Ovunque».

Inizia a guidare. Vaghiamo senza meta per la città fino

a perdere la cognizione del tempo. Le luci dei negozi si spengono una a una quando inizia a imbrunire. Alla fine, Sam si infila nel parcheggio di un minimarket aperto h24 e spegne la macchina. Non mi chiede nulla di quello che è successo. Lascia semplicemente che appoggi la testa contro il finestrino e chiuda gli occhi per un momento. Prima di addormentarmi, l'ultima cosa che ricordo è la luce dell'insegna e Sam che mi posa addosso la sua giacca di jeans.

Mi risveglio su un prato al tramonto. La luce del sole mi scalda le guance, mi alzo e mi guardo intorno. Gli alberi sono pieni di fiori di carta – un centinaio almeno – legati con lunghi fili. Ondeggiano alla brezza come salici. Mi tiro in piedi, noto una scia di petali che conduce verso l'eco di una melodia, sono note di una chitarra che risuonano a distanza. Vado in quella direzione, passando attraverso una tenda di fiori di carta. Adesso ricordo dove sono. Il nostro posto segreto al lago. Ci siamo incontrati un'infinità di volte qui. Passo tra gli alberi e vedo la luce del sole luccicare sull'acqua. Lui è lì che mi aspetta.

«Julie...», mi chiama mentre posa la chitarra. «Non ero sicuro che saresti venuta...».

«Non ero sicura che ti avrei trovato ancora qui», dico.

Mi prende le mani. «Sarò sempre qui per te, Jules».

Non lo metto in dubbio. Almeno non adesso.

Ci sediamo vicino al lago a guardare l'acqua. Le nuvole si muovono lentamente attraverso il cielo rosa. A volte, vorrei che il sole non tramontasse mai. Così potremmo restare qui, a farci compagnia, a parlare come facciamo sempre, a ridere, a scherzare, a fare finta che niente possa andare storto. Guardo Sam, il suo viso, il bel sorriso, i capelli neri che gli cadono sulla fronte, la pelle abbronzata. Vorrei solo poter congelare questo momento e tenerlo stretto per sempre. Ma non posso. Anche in sogno, non riesco a fermare il tempo. Le nuvole si stanno addensando sopra di noi e avverto uno strano tremore sotto terra. Anche Sam deve averlo notato, perché si alza in piedi.

Gli afferro la mano. «Non andare. Non ancora».

Mi guarda. «Julie… lo sai, se potessi, rimarrei con te. Non me ne andrei mai».

«Però te ne *sei* andato».

«Lo so… Mi dispiace».

«E non mi hai mai detto addio…».

«Non pensavo che sarebbe stato necessario…».

Dal nulla si alza un vento che soffia forte dietro di noi. Come se fosse venuto a portarlo via da me. Oltre gli alberi, il sole inizia a calare, proiettando ombre sull'acqua. Non dovrebbe finire tutto così. Eravamo solo all'inizio. La nostra storia era a malapena cominciata. Il cuore mi martella nel petto. Gli stringo la mano più forte per impedirgli di andar via.

«Non è giusto, Sam…», inizio a dire, ma mi si stringe la gola, sento le lacrime che mi bagnano gli occhi.

Mi bacia un'ultima volta. «So che questo non faceva parte del nostro piano, Julie. Ma almeno abbiamo passato un ultimo momento insieme, giusto? Voglio che tu sappia che… se potessi rifarei tutto da capo. Rivivrei ogni singolo momento».

Se il finale è così doloroso, non so se ne vale la pena.

Allento la presa. «Mi dispiace, Sam…», dico, facendo un passo indietro. «Ma non credo di poter dire lo stesso…».

Mi fissa, aspetta che mi rimangi ciò che ho detto. Non c'è più tempo ormai. Inizia a scomparire davanti ai miei occhi, si dissolve in petali di fiori di ciliegio. Rimango ferma a guardare il vento che li solleva e li trascina in aria. Prima che sparisca del tutto, allungo la mano per afferrare un petalo e tenerlo stretto contro il petto. Ma in qualche modo scivola via tra le dita e svanisce nel cielo. Proprio come lui.

Capitolo 1

Ora

7 MARZO 23:09. Non ti scomodare a venire a prendermi. Posso tornare a casa a piedi.

Ero tornata a casa a piedi. Avevo percorso tutti gli otto chilometri dalla stazione degli autobus trascinando un bagaglio a mano strapieno, con una ruota rotta, nel bel mezzo della notte. Sam stava cercando disperatamente di contattarmi. Dodici messaggi non letti, sette chiamate perse e un messaggio in segreteria. Ma avevo ignorato tutto e continuato a camminare. Col senno di poi, vorrei non essermi arrabbiata così tanto con lui. Vorrei aver risposto al telefono. Forse, allora, sarebbe stato tutto completamente diverso.

La luce del mattino filtra attraverso le tende mentre me ne resto raggomitolata nel letto, ascoltando di nuovo il messaggio vocale di Sam.

«*Julie… ci sei?*». Risate in sottofondo, lo scoppiettare del falò. «*Mi dispiace tanto! Ho perso la cognizione del tempo. Ma sto partendo! Okay? Aspettami lì! Arrivo fra un'ora più o meno. Lo so, mi sento malissimo. Ti prego, non arrabbiarti. Richiamami, okay?*».

Se solo mi avesse ascoltato e fosse rimasto con i suoi amici. Se solo non si fosse dimenticato di me. Se solo per una volta avesse lasciato che mi arrabbiassi invece di cercare sempre di sistemare le cose, nessuno adesso mi darebbe la colpa per quello che è successo. Io per prima non incolperei me stessa.

Riascolto la segreteria un paio di volte prima di eliminare i messaggi. Poi mi alzo dal letto e inizio a svuotare i cassetti, cercando qualunque cosa gli appartenga. O che me lo ricordi. Trovo le nostre foto, cartoline d'auguri, biglietti del cinema, fiori di carta, regali stupidi come la lucertola di peluche che aveva vinto al luna park lo scorso autunno. E tutte le compilation che mi ha fatto nel corso degli anni (chi masterizza più i CD?). Raccolgo tutto in uno scatolone.

Ogni giorno che passa, questi piccoli ricordi diventano sempre più difficili da guardare. Si dice che con il passare del tempo diventi più semplice, ma io riesco a malapena a prendere in mano una foto senza tremare. La mia mente va a lui, sempre. *Non posso tenere le tue cose con me, Sam. Mi fa illudere che tu sia ancora qui. Che tornerai da me. Che potrò vederti ancora.*

Una volta che ho raccolto tutto, mi guardo attorno a lungo. Non mi ero mai resa conto di quante sue cose ci fossero nella mia camera. Sembra così spoglia adesso. Una sensazione di vuoto nell'aria. Come se mancasse qualcosa. Faccio dei respiri profondi prima di afferrare la scatola e uscire dalla stanza. È la prima volta in questa settimana che riesco ad alzarmi dal letto prima di mezzogiorno. Due passi fuori dalla porta e mi accorgo di aver dimenticato qualcosa. Poso la scatola e torno indietro. Dentro l'armadio c'è la sua giacca di jeans. Quella con il collo di lana e le toppe (loghi delle rock band e bandiere dei posti in cui è stato) che lui stesso ha attaccato lungo le maniche. Ce l'ho da tanto tempo e la indosso così spesso che avevo dimenticato fosse sua.

La tiro via dalla gruccia. Il denim sembra freddo al

tatto, quasi umido. Come se trattenesse ancora la pioggia dall'ultima volta che l'ho indossato. *Sam e io stiamo correndo lungo le strade piene di pozzanghere, una sfilza di fulmini illumina il cielo. Stiamo tornando a casa dal concerto degli Screaming Trees e sta piovendo. Mi tiro la giacca sopra la testa mentre lui tiene stretta al petto la sua chitarra autografata, nel disperato tentativo di tenerla asciutta. Abbiamo aspettato per tre ore che il cantante della band, Mark Lanegan, uscisse a prendere il taxi.*

«Sono così felice che abbiamo aspettato!», grida Sam.

«Ma siamo fradici dalla testa ai piedi!».

«Non facciamoci rovinare la serata da un po' di pioggia!».

«E questa tu la chiami un po' di pioggia?».

Tra tutte le sue cose, la giacca è quella che me lo ricorda di più. La indossava tutti i giorni. Forse è solo nella mia testa, ma ha ancora il suo odore. Non ho mai avuto occasione di restituirgliela. Me la stringo addosso. Per un momento, prendo in considerazione l'idea di tenerla. Voglio dire, perché buttare tutto? Potrei gettarla in fondo all'armadio, nasconderla sotto uno dei miei cappotti. È una bella giacca, sarebbe comunque uno spreco buttarla via, e poco importa a chi appartenesse una volta. Ma poi intravedo il mio riflesso allo specchio e ritorno in me.

I capelli spettinati, la pelle più pallida del solito, ho addosso ancora la maglia di ieri, e stringo la giacca di Sam come se fosse parte di lui. All'improvviso mi sento scossa dall'imbarazzo e distolgo lo sguardo. Conservarla sarebbe un errore. Non devo attaccarmi alle cose, altrimenti non sarò mai in grado di andare avanti con la mia vita. Chiudo l'anta dell'armadio e mi affretto a tornare indietro prima di cambiare idea.

Al piano di sotto, in cucina, trovo mia madre china sul

lavandino a fissare fuori dalla finestra. È domenica mattina, quindi lavora da casa. L'ultimo gradino scricchiola sotto il peso dei miei piedi.

«Julie… sei tu?», chiede senza voltarsi.

«Sì, tranquilla». Speravo di sgattaiolare fuori senza essere vista. Non sono dell'umore giusto per parlare di cosa c'è dentro lo scatolone. «Cosa stai guardando?»

«Dave. Di nuovo», sussurra, sbirciando attraverso le tapparelle.

«L'ho visto che installava nuove telecamere di sicurezza fuori casa sua».

«Oh…».

«Me lo aspettavo».

Dave è il nostro vicino, si è trasferito sei mesi fa. Non so per quale ragione, ma mia madre pensa che sia stato mandato a spiarci. È diventata paranoica da quando qualche anno fa ha ricevuto una lettera dal governo, di cui si ostina a non rivelarmi il contenuto. «È meglio se non lo sai», dice. Penso abbia a che fare con una lezione che ha tenuto nell'università in cui lavorava prima, e che pare abbia incitato delle proteste da parte dei suoi studenti. Sono andati in giro per il campus a distruggere gli orologi su ogni parete. Per cosa stavano protestando? Il concetto del tempo. A essere onesti, mia madre mi ha sempre detto che «non lo avevano afferrato». Ma l'università ha deciso che il suo stile d'insegnamento era troppo radicale ed è stata mandata via. È convinta che l'abbiano denunciata. «La stessa cosa è successa a Hemingway», mi ha spiegato. «Ma nessuno lo ha ascoltato. È una storia avvincente. Dovresti cercarla su Google».

«Ho sentito che qualcuno ha fatto irruzione nel suo garage l'altra settimana», dico per farla rilassare. «Probabilmente è per questo che ha messo le telecamere».

«Guarda un po' che coincidenza», risponde lei. «Viviamo qui da quasi... non so, tre anni ormai? Nessuno ci ha mai rubato nemmeno uno gnomo da giardino».

Risistemo la scatola che inizia a farsi pesante. «Mamma... non ne abbiamo mai avuto uno». *Per fortuna*. «E in più non collezioniamo auto d'epoca sportive, noi».

«Scusa, ma tu da che parte stai?»

«La nostra», la rassicuro. «Dimmi solo qual è il piano per farlo fuori».

Mia madre lascia andare le tapparelle e sospira. «Ho capito... mi sto comportando da paranoica». Fa un respiro profondo, poi espira come le ha insegnato l'istruttore di yoga e mi guarda. «Comunque, sono contenta di vederti in piedi», dice. I suoi occhi schizzano verso l'orologio sopra il frigorifero. «Stavo per uscire, ma posso prepararti qualcosa se hai fame. Delle uova?». Scivola verso i fornelli.

Il bollitore elettrico è acceso. Un pacchetto di caffè e un cucchiaino sono già pronti vicino al lavandino.

«No, sono a posto così».

«Sei sicura?», insiste, la mano in bilico sul manico di una padella. «Posso prepararti qualcos'altro. Lasciami pensare...». Sembra abbia più fretta del solito. Guardo sul bancone e vedo una pila di fogli, sono compiti non ancora corretti. All'università dove lavora adesso il semestre è terminato di recente. È assistente alla facoltà di filosofia della città. È stato uno dei pochi posti che ha accettato farle un colloquio dopo l'incidente. Per fortuna, uno dei suoi vecchi colleghi è di ruolo lì e ha potuto mettere una buona parola per lei. Ma un solo errore, ed entrambi potrebbero perdere il lavoro.

«In realtà, sto uscendo». Continuo a guardare l'orologio, cerco di farle pensare che ho molta fretta. Più indugio e più possibilità ci sono che mi faccia altre domande a cui non ho voglia di rispondere.

«Intendi che stai uscendo da *casa*?», chiede. Spegne il bollitore e si asciuga le mani con uno strofinaccio.

«Solo per una passeggiata».

«Oh… Bene. Voglio dire, mi fa piacere», Per tutta la settimana mi ha portato da mangiare in camera ed è passata a controllarmi più volte al giorno. Quindi non sono sorpresa di sentire una nota di preoccupazione nella sua voce.

«Devo incontrare un'amica».

«Fantastico». Annuisce. «Ti fa bene prendere un po' d'aria, bere un caffè decente. Ed è bello tornare a vedere gli amici. Ora che mi ci fai pensare… hai parlato con il signor Lee della libreria?»

«Non ancora…». Non ho parlato con nessuno.

«Dovresti passare da lui se puoi. O almeno fargli sapere che stai bene. Ti ha lasciato diversi messaggi».

«Lo so…».

«Anche alcuni dei tuoi insegnanti».

Afferro la borsa da un gancio sul muro. «Non preoccuparti, mamma, parlerò con loro domani».

«Vuol dire che torni a scuola?»

«Per forza», dico. «Se perdo un'altra settimana non mi faranno diplomare». Per non parlare del fatto che sono indietro con tutti i compiti, che continuano ad accumularsi. Ho davvero bisogno di concentrarmi e di rimettermi in sesto. D'altronde, che alternative ho? Non importa quello che ti capita nella vita, il mondo va avanti comunque.

«Julie, non devi preoccuparti adesso di questo», dice mia madre. «Capiranno se hai bisogno di più tempo. Anzi», sottolinea con un dito alzato, «fammi fare una chiamata. Si gira su sé stessa, guardandosi intorno. «Dov'è quell'affare…».

Il telefono è sul tavolo della cucina. Mentre fa per afferrarlo, mi paro davanti a lei.

«Mamma, ascolta, *sto bene*».

«Ma Julie…».

«*Per favore*».

«Sei sicura?»

«Te lo giuro, okay? Non c'è bisogno di chiamare nessuno». Non voglio che si preoccupi per me. Posso farcela da sola.

«Va bene, allora», sospira. «Se lo dici tu». Mi prende il viso tra le mani, e mi fa scorrere i pollici lungo le guance, poi cerca di sorridere. I capelli ormai color argento risplendono sotto la luce. A volte dimentico che una volta era bionda. Mentre ci osserviamo, sposta lo sguardo in basso. «Dunque… cosa c'è nella scatola?».

Speravo che non se ne accorgesse. «Niente. Ho tolto un po' di cose dalla mia stanza».

Senza chiedermelo, alza la giacca come fosse un coperchio e guarda all'interno. Non ci mette molto a collegare i pezzi.

«Oh, Julie… sei sicura?»

«Non è niente di importante…».

«Non devi sbarazzarti di tutto», dice, frugandoci dentro. «Voglio dire, puoi sempre conservare qualcosa, se vuoi…».

«*No*», ribatto con fermezza. «Non ho bisogno di niente».

Lascia andare la giacca e fa un passo indietro. «Va bene. Fa' come senti».

«Devo andare. Ci vediamo più tardi».

Esco di casa dalla porta del garage. Lascio lo scatolone accanto alla cassetta delle lettere e ai bidoni della differenziata. Quando colpisce il suolo sembra che contenga solo un mucchio di cianfrusaglie. La manica della giacca pende mollemente da un lato come il braccio di un fantasma. Mi sistemo la maglietta e inizio la mia passeggiata verso la città, lasciando che il sole mi scaldi per la prima volta da giorni.

A metà isolato, mentre il vento trascina le foglie sui miei piedi, mi fermo sul marciapiede, scossa da uno strano pensiero. E se ora mi voltassi e lo trovassi lì, con la giacca in mano, a fissare lo scatolone? Riesco addirittura a immaginare che espressione avrebbe e cosa mi direbbe. Ma non mi guardo indietro nemmeno una volta, attraverso e proseguo dritta per la mia strada.

L'aria inizia a farsi più fresca mentre cammino verso il centro. Ellensburg si trova a est della Catena delle Cascate, e di tanto in tanto arrivano delle raffiche d'aria di montagna. È una piccola città di edifici storici con i mattoncini rossi e ampi spazi aperti. E dove non succede mai nulla. Con i miei genitori ci siamo trasferiti qui da Seattle tre anni fa quando mia madre ha ricevuto un'offerta di lavoro alla Central Washington University. Ma siamo rimaste solo io e lei dopo che le è stato offerto un impiego a tempo pieno. Papà è tornato al suo vecchio lavoro a Seattle, senza nessun rimorso. Non l'ho mai biasimato per aver lasciato questo posto. Non faceva per lui. A volte mi sembra che non faccia nemmeno per me. Mia madre descrive Ellensburg come una vecchia cittadina che sta ancora cercando la sua identità, in un'epoca in cui tutti vogliono vivere nelle metropoli. E anche se non vedo l'ora di andarmene, ammetto che ha il suo fascino.

Arrivata in centro, incrocio le braccia osservando tutti i cambiamenti che ha portato la primavera nelle ultime settimane. Sotto i lampioni le aiuole pullulano di fiori. Una serie di bancarelle si stende lungo la strada principale del mercato. Attraverso per evitare la folla, sperando di non incontrare nessuno. Il centro di Ellensburg è molto caratteristico e di solito anche molto piacevole, soprattutto durante i mesi più caldi. Ma camminare di nuovo per queste strade mi ricorda lui. *Sam mi aspetta all'uscita del lavoro, andiamo a prendere i falafel allo stand gastronomico. Guardiamo un film al cinema approfittando delle "domeniche a cinque dollari", e poi girovaghiamo per la città.* Quando lo immagino in piedi dietro l'angolo, ad aspettarmi, il cuore batte forte e penso di tornare indietro. Ma non c'è nessuno, solo una donna troppo presa dal suo telefono. Le passo accanto inosservata.

Ho appuntamento con la mia amica, Mika Obayashi, per un caffè alla tavola calda dall'altra parte della città. Ci sono un sacco di caffetterie in giro, ma ieri sera le ho mandato un messaggio dicendo che non avevo voglia di incontrare nessuno. Mi ha risposto: *Neanch'io.* Arrivata al locale, mi siedo vicino alla finestra accanto a una vecchia coppia che condivide un menù. Quando arriva la cameriera, ordino una tazza di caffè, niente panna o zucchero. Di solito aggiungo del latte, ma sto cercando di berlo in purezza. Ho letto da qualche parte che è una questione di abitudine e si apprezza col tempo, come il vino.

Pochi sorsi e il campanello della porta tintinna. Mika entra guardandosi intorno per cercarmi. Indossa un cardigan nero sopra un vestito scuro che non le avevo mai visto prima. Ha un aspetto migliore di quanto mi aspettassi, date le circostanze. Forse è appena tornata da una delle funzioni. Mia madre mi ha detto che ha parlato al funerale. È la cugina di Sam. È così che ci siamo conosciute. Ci ha presentate lui ed è stata una delle prime persone con cui ho fatto amicizia dopo essermi trasferita qui.

Quando mi vede, si avvicina e scivola sulla panca. Posa il telefono e butta la borsa sotto il tavolo. La stessa cameriera ricompare, appoggia una tazza e le versa il caffè.

«Per favore, potrei avere del latte e dello zucchero?», chiede Mika. «Grazie».

«Certo», dice la cameriera.

Poi alza la mano. «Anzi, c'è il latte di soia?»

«Soia? No».

«Oh». Si acciglia. «Allora va bene il latte normale». Non appena la cameriera si gira, mi guarda. «Non hai risposto ai miei messaggi. Non ero sicura che fosse confermato l'appuntamento».

«Mi dispiace. Non sono molto in vena di parlare». Non ho nessuna scusa. Ho l'abitudine di lasciare il telefono in modalità silenziosa. Ma questa settimana, sono stata particolarmente disconnessa dal mondo.

«Ho capito», dice, accigliandosi leggermente. «Per un secondo ho pensato che non saresti venuta senza dirmelo neppure. Lo sai che non mi piace quando mi danno buca».

«Ecco perché sono arrivata in anticipo».

Sorridiamo entrambe. Prendo un sorso di caffè.

Mi tocca la mano. «Mi sei mancata», sussurra, stringendomela.

«Anche tu mi sei mancata». Per quanto voglia convincermi che sto meglio da sola, provo una sorta di sollievo nel rivedere un volto familiare. Nel rivedere Mika.

La cameriera arriva, posa una piccola brocca di latte, tira fuori alcune bustine di zucchero dal grembiule e scompare di nuovo. Mika ne apre tre e le versa nella sua tazza. Alza il bricco e me lo porge. «Latte?».

Scuoto la testa.

«Perché non è di soia?»

«No... Sto cercando di bere il caffè assoluto».

«Uhmm. Impressionante», dice, annuendo. «Fa molto Seattle».

Alla parola *Seattle*, il suo telefono si illumina e vibra per delle notifiche. Guarda lo schermo, poi torna a me. «Aspetta, lo metto via». Lo infila in borsa e prende un menu. «Vuoi ordinare qualcosa da mangiare?»

«In realtà non ho fame».

«Oh, va bene».

Posa il menu e intreccia le dita sul tavolo mentre io bevo un altro sorso di caffè. Il jukebox lampeggia dall'altra parte della stanza, ma non viene riprodotta nessuna *canzone*. Tra noi cala il silenzio, fino a quando finalmente mi fa la domanda.

«Allora, ne vuoi parlare?»

«Non proprio».

«Sei sicura? Pensavo che fosse per questo che volevi incontrarmi».

«Volevo uscire di casa».

Annuisce. «E questo è un bene. Ma come ti senti davvero ad affrontare tutto questo?»

«Bene, immagino».

Non dice niente. Mi guarda, come se si aspettasse di più.

«Be', che mi dici di te?», le chiedo invece. «Come stai?».

Il suo sguardo cade sul tavolo mentre pensa alla risposta. «Non lo so. È stato complicato organizzare le funzioni. Non c'è un vero e proprio tempio qui intorno, quindi stiamo facendo quello che possiamo. Ci sono tante di quelle tradizioni e usanze che non conoscevo nemmeno».

«Non riesco neanche a immaginare…», confesso. Mika e Sam sono sempre stati molto legati alla loro cultura, a differenza mia. I miei genitori vengono da qualche parte del Nord Europa, ma questo non ha mai avuto importanza per noi.

Di nuovo silenzio. Mescola a lungo il suo caffè senza dire niente. Poi si ferma, come se stesse ricordando qualcosa. «C'è stata una veglia», dice senza guardarmi. «Il giorno dopo. Ho passato la notte con lui. Sono riuscita a vederlo un'ultima volta…».

Lo stomaco mi si contrae solo al pensiero. *Vedere* Sam dopo che… Blocco i pensieri. Bevo un altro sorso di caffè e provo a cancellare l'immagine, ma non è così semplice. Vorrei che non me lo avesse raccontato.

«Lo so. Non è stato facile vederlo così, molti non se la sono sentita», dice, continuando a non guardarmi. «Stavo per rinunciarci anche io. Ma sapevo che sarebbe stata l'ultima volta che avrei avuto questa possibilità. Quindi ci sono andata».

Non dico niente. Bevo il mio caffè.

«Al funerale c'erano moltissime persone», continua. «Non avevamo abbastanza posti per tutti. C'erano ragazzi di scuola che non conoscevo nemmeno. E tanti fiori».

«Questa è davvero una bella cosa».

«Qualcuno mi ha chiesto di te», dice. «Ho detto che non ti sentivi bene. Che preferivi fargli visita da sola».

«Non dovevi dare nessuna spiegazione».

«Lo so. Ma alcuni continuavano a chiedermelo».

«Chi?»

«Non importa chi», dice, liquidando la questione.

Bevo l'ultimo sorso di caffè. Adesso è freddo e sembra ancora più amaro.

Mi guarda. «Allora, sei andata a trovarlo al cimitero?».

Mi prendo un po' di tempo per rispondere. «No… non ancora».

«Ti andrebbe?», mi chiede, prendendomi di nuovo la mano. «Possiamo andarci ora. Insieme».

La strattono via. «Io… adesso non posso…».

«Perché no?»

«Ho delle cose da fare», dico vagamente.

«Tipo cosa?».

Non so che dire. *Perché devo dare spiegazioni?*

Si appoggia al tavolo, la voce bassa. «Julie, lo so che è stato terribile per te. È stato terribile anche per me. Ma non puoi evitarlo per sempre. Dovresti venire, dargli l'ultimo saluto. Soprattutto adesso». Poi, quasi in un sussurro, aggiunge: «Ti prego, si tratta di *Sam*…».

La voce le si incrina quando pronuncia il suo nome. Riconosco il pianto che sale su per la gola, lo trattiene a stento. Vederla così mi dà una fitta di dolore al petto che mi impedisce di parlare. No, è impossibile che stia fingendo. Non riesco a pensare in modo chiaro. Sto solo cercando di non crollare.

Stringo la tazza vuota. «Te l'ho detto, non ne voglio parlare», ripeto.

«Per l'amor del cielo, Julie», mi rimprovera. «Sam avrebbe voluto che tu venissi. Non ci sei stata per tutta la settimana. Non sei venuta nemmeno quando l'hanno seppellito».

«Lo so, e sono sicura che tutti hanno avuto da ridire al riguardo», rispondo.

«Chi se ne frega di quello che dicono gli altri», urla,

quasi alzandosi dal posto. «Importa solo quello che direbbe *Sam*».

«Sam è *morto*».

A questa affermazione, tra noi cala il silenzio.

Mi fissa a lungo. I suoi occhi sondano i miei in cerca di una traccia di senso di colpa, o di rimpianto, come aspettandosi che io faccia marcia indietro, ma tutto quello che ho da dire è: «Sam è morto, Mika. Se vado a trovarlo o meno non fa alcuna differenza».

Continuiamo a fissarci per lunghi istanti prima che lei sposti lo sguardo. Dal suo silenzio, capisco che è tanto sbalordita quanto delusa. È in questo momento che realizzo che nessuno parla più intorno a noi. La cameriera passa senza dire nulla.

Dopo qualche momento, quando riprendono le chiacchiere dei commensali, raccolgo i pensieri su cosa dire.

«Non è stata colpa mia, sai? Gli avevo detto di non venire, ma non mi ha ascoltato. Gli avevo detto di *restare lì*. Quindi le persone devono smetterla di aspettarsi delle scuse da me e di incolparmi per…».

«Non sto dicendo che è colpa tua», ribatte Mika.

«Lo so. Ma tutti gli altri probabilmente sì».

«No. Non tutti la pensano così, Julie. E mi dispiace. Qui non stiamo parlando di te… ma di Sam. E del fatto che tu sei mancata al suo funerale. La persona che gli era più vicina, che lo conosceva meglio di chiunque altro, non era lì a spendere delle parole per lui. Sam meritava di più, e tu lo sai. È quello che gli altri si aspettavano. Ma tu non ci sei stata mai, in *nessuna* occasione».

«Hai ragione. Forse lo conosco meglio di tutti», dico. «E posso dirti che non credeva in nessuna di queste cose. Le funzioni, la veglia, la gente della scuola… *ma per favore*. A Sam non interessava niente di tutto ciò.

L'avrebbe odiato. Anzi probabilmente è felice che non mi sia fatta viva!».

«Non lo pensi veramente, lo so», dice.

«Tu non sai un bel niente». La risposta mi esce più tagliente di quanto avrei voluto. Vorrei quasi rimangiarmi le parole, ma resto zitta.

Per fortuna, riappare la cameriera per prendere il nostro ordine prima che le cose degenerino ulteriormente. Mika guarda me, la cameriera, poi di nuovo me.

«Devo andare», afferma in tono brusco, e inizia a raccogliere le sue cose. La cameriera si fa da parte mentre si alza dalla panca. Appoggia dei soldi sul tavolo e si gira per andarsene. «Quasi dimenticavo», dice, «l'altro giorno ho preso i compiti per te a scuola. Non sapevo quando saresti tornata». Apre la cerniera della borsa. «Sono arrivati anche gli annuari. I nostri sono stati gli ultimi a essere ritirati, quindi ho preso anche il tuo. Ecco...». Lascia cadere tutto sul tavolo.

«Oh... grazie».

«Ci si vede».

Non la saluto. La guardo uscire dalla porta, con il campanello che suona alle sue spalle. Sono di nuovo sola. La cameriera si offre di riempirmi ancora la tazza, ma scuoto la testa. All'improvviso mi sento soffocare in questo posto rumoroso, angusto e appiccicoso di sciroppo. Ho solo bisogno di andare via.

Ho tutto il pomeriggio davanti e non so cosa fare. Inizio a vagare senza meta. Cerco di non pensare a Mika e a quello che non avrei dovuto dire, ormai è troppo tardi. Cammino per la città, aspettando che la caffeina faccia effetto. Almeno il freddo della mattina si è attenuato. Le vetrine dei negozi brillano al sole. Le guardo sfilare davanti ai miei occhi senza fermarmi. C'è il negozio di antiquariato. Con Sam ci divertivamo a entrare e arredare insieme il nostro appartamento immaginario. Mi blocco. Dal vetro impolverato si intravedono i lunghi scaffali stracolmi di dipinti e statuine, pavimenti ricoperti di tappeti persiani e vecchi mobili. Poi mio malgrado, si affaccia alla mente un altro ricordo...

Sam mi porge un regalo. «Ti ho preso un pensiero».

«Per cosa?»

«Per il diploma».

«Ma non abbiamo nemmeno...».

«Julie, aprilo e basta!».

Apro il pacchetto. All'interno c'è un fermalibri d'argento a forma di ala. È una sola ed è tesa.

«Non dovrebbe far parte di una coppia?», chiedo. «Dov'è l'altro pezzo? L'ala mancante».

«Posso permettermene una alla volta», spiega Sam. «Ma mi hanno appena pagato. Andiamo a prendere l'altra».

Quando siamo tornati al negozio di antiquariato, l'altra metà era già stata venduta.

«Chi diavolo compra un solo pezzo di un set?», chiede Sam alla donna alla cassa.

Mi rivolgo a lui. «Tu».

Da allora è diventata una battuta ricorrente tra noi. Ma non importa più ormai. Ho buttato anche l'ala nella scatola con il resto delle sue cose.

Questa città è piena dei nostri ricordi. C'è il negozio di dischi dove lo trovavo sempre quando uscivo dal lavoro. La porta rossa è tenuta aperta da una sedia. Qualcuno sta curiosando tra gli scaffali. Qualcun altro sta cambiando le corde di una chitarra elettrica. Ma non c'è traccia di Sam seduto al bancone vicino all'altoparlante, a regolare la musica. E pensare che non lavorava nemmeno lì. Semplicemente conosceva tutti. Mi sposto in fretta prima che qualcuno mi riconosca e tenti una conversazione che non mi va di affrontare.

Non so per quanto tempo resisterò a Ellensburg. Sono stanca di rivivere il nostro passato nella mia testa. Il diploma non è lontano, mi dico. Solo un paio di mesi e poi andrò via. Non so esattamente dove, ma non importa. Mi basterà non essere qui.

Non so come, mi ritrovo al lago. Non è di strada. In effetti, non ci sono nemmeno sentieri per raggiungerlo e nessuna segnaletica. Ciò significa che bisogna andare a cercarlo di proposito. Della lunga lista di posti che avevo programmato di evitare oggi, questo era l'ultimo in cui mi aspettavo di finire.

Alcune foglie cadono da un albero, lancio le mie cose su una panchina e mi siedo di fronte al lago. Sam e io ci incontravamo qui nei mesi più caldi. Era il nostro rifugio. Il nostro nascondiglio segreto quando non potevamo permetterci di lasciare la città. Qualche volta, io mi sedevo con un taccuino e cercavo di scrivere qualcosa mentre Sam faceva una nuotata. Se chiudo gli occhi, lo sento ancora sguazzare, vedo le sue spalle che attraversano il lago. Ma poi li apro e davanti a me ho solo la piatta superficie dell'acqua. E mi ritrovo di nuovo sola.

Smettila di pensare a Sam. Pensa a qualcos'altro.

Scrivere spesso mi aiuta a distogliere la mente dalle cose. Ho portato un quaderno con me. Ma come si fa a scrivere quando non si trova la concentrazione? Forse se rimango seduta abbastanza a lungo, verrò colta dall'ispirazione. Picchietto con la penna una pagina bianca e aspetto che arrivino le parole giuste. Non abbiamo spazi dedicati alla scrittura creativa a scuola, quindi cerco di farlo nel tempo libero. E in ogni caso, in classe non si può scrivere quello che si vuole. Certo, bisogna conoscere le regole per infrangerle, ma scrivere dovrebbe prima di tutto essere un piacere, no? Penso che gli insegnanti spesso lo dimentichino. E a volte lo dimentico anch'io. Spero davvero che all'università sia diverso.

Dovrei ricevere presto notizie. Il Reed College è la mia prima scelta. È lo stesso in cui è andata mia madre. E non è una cosa che volge a mio favore. «Non ho una grande reputazione lì, quindi non ne farei menzione», mi ha avvisata. «Quando sarai abbastanza grande, ti racconterò com'è andata. A parte questo, Portland è una città meravigliosa. Ti piacerà moltissimo». Inoltre, è solo a quattro ore di distanza, quindi non saremo poi troppo lontane. L'altro giorno ho esaminato l'elenco delle materie, ed è pieno zeppo di corsi di scrittura creativa. Sono tutti tenuti da scrittori affermati che provengono da ogni parte del mondo. Penso che potrei essere me stessa lì, scoprire in cosa sono più brava. Magari chissà, scriverò un libro per la tesi. Ma non voglio correre troppo. Come prova d'ingresso è richiesto un saggio di scrittura. Quindi anche se vengo ammessa al college, non è detto che riesca a frequentare i corsi che desidero. Ho già scritto dei pezzi che potrei rimaneggiare, ma sono preoccupata che non risultino abbastanza buoni. Dovrei lavorare a qualcosa di nuovo. Qualcosa che possa impressionarli. Ma quest'ultima settimana ha messo duramente alla prova la mia creatività. Non riesco a togliermi Sam dalla testa, non importa quanto ci provi. Non ci sarà quando aprirò la risposta alla domanda di ammissione. Non saprà mai se sono entrata.

Dopo un'ora, la pagina è ancora vuota. Potrei leggere qualcosa, per prendere spunto. Ho l'annuario accanto me. Ho provato a lasciarlo alla tavola calda prima, ma la cameriera mi ha seguito fuori e me lo ha quasi tirato in testa. La copertina ha un design scadente grigio e blu. Sfoglio alcune pagine. Una buona parte è costituita dalle foto dei club e delle attività sportive, la salto a piè pari. Poi c'è la categoria degli studenti più popolari dell'ultimo anno, il clown di classe e i migliori amici, una sorta di contest di cui poco mi importa. In molti sono andati in giro a raccogliere consensi nell'ultimo periodo. Un po' imbarazzante, a essere sinceri. La sezione successiva riguarda le foto di tutti gli alunni, ma non ho voglia di guardarle. Scorro fino ad arrivare alla fine dove ci sono le pagine bianche in cui si possono lasciare messaggi o dediche. E mi rendo conto che qualcuno mi ha scritto, lì sulla penultima pagina. Forse è stata Mika prima di darmelo. Ma poi presto attenzione alla grafia e noto che non è la sua. No, è di qualcun altro. Mi ci vuole un secondo per riconoscerla. Ma non può essere vero.

Sam. È la sua scrittura. Ma come è possibile? Quando lo ha scritto? Non riesco a trovare una spiegazione. Non dovrei leggere, sto cercando così disperatamente di dimenticare. Ma non posso trattenermi, le mani iniziano a tremare.

La sua voce mi riempie la testa.

Ehi.

Volevo solo battere tutti sul tempo ed essere il primo a scriverti. Spero che questa sia l'ennesima prova del mio amore per te. Non riesco ancora a crederci. Come hanno fatto tre anni a passare così in fretta? Sembra ieri che ero seduto sull'autobus dietro di te e cercavo di farmi coraggio e parlarti. È pazzesco anche solo pensare a quando ancora non ci conoscevamo. Prima di "Sam e Julie". O preferisci "Julie e Sam"? Lascio a te decidere.

So che non vedi l'ora di lasciare questo posto, ma a me mancherà.

Capisco come ti senti, però. Le tue idee sono sempre state troppo grandi per una piccola città come la nostra. Lo sanno tutti. Ma sono felice che una tappa del tuo percorso sia stata Ellensburg. Così abbiamo avuto l'occasione d'incontrarci. Forse era destino, sai? La mia vita non è davvero mai iniziata finché non ti ho incontrato, Julie. Sei la cosa migliore che potesse accadere a questa cittadina. E a me. Non importa dove andremo, purché stiamo sempre insieme.

Sarò onesto. Ho sempre avuto paura di lasciare casa. Ora non vedo l'ora di andare avanti e creare nuovi ricordi con te. Ma non dimenticare mai quelli che abbiamo costruito qui. Soprattutto quando riuscirai a sfondare. E qualunque cosa accada, prometti che non ti dimenticherai di me, okay?

Ti amo e ti amerò per l'eternità, Julie.

Per sempre tuo,
Sam

Per sempre…

Chiudo l'annuario e guardo l'acqua, lasciandomi pervadere da quelle parole. Una famiglia di anatre è apparsa dall'altra parte del lago. Le guardo fare piccoli cerchi nell'acqua e ascolto la brezza che smuove le foglie dai rami, come se tutto il peso delle parole di Sam risuonasse attraverso di me.

È passata una settimana dalla sua morte. E nel tentativo di andare avanti, ho cercato di cancellarlo dalla mia vita come un terribile ricordo. Dopo tutto quello che abbiamo passato insieme. Ho buttato tutte le sue cose. Ho saltato il suo funerale. E non gli ho nemmeno detto addio. C'è solo una cosa a cui Sam ha sempre tenuto davvero, che ci ricordassimo l'uno dell'altra. Eppure eccomi qui, a tentare così fortemente di dimenticare.

Un brivido mi scuote, cominciano ad apparire le prime nuvole. Il freddo di questa mattina ritorna a farsi sentire mentre resto seduta immobile sulla panchina a guardare le lunghe ombre comparse sulla superficie del lago. Un improvviso senso di colpa mi pervade fino alle ossa. Non so quanto tempo è passato da quando mi sono seduta. Di colpo mi ritrovo in piedi, a correre indietro verso la città.

Il mercato sta sbaraccando – è un caos di prodotti che cadono, di pagnotte rovesciate e di teste che si girano. Non mi interessa chi incontro mentre mi faccio strada verso casa. Dalla posizione del sole e dal traffico congestionato, deve essere tardo pomeriggio. Il camion della spazzatura probabilmente è passato da ore. Ma gli orari di ritiro spesso cambiano, o ci sono ritardi, e la scatola con le cose di Sam potrebbe essere ancora dove l'ho lasciata.

Non appena giro l'angolo e intravedo casa mia, guardo lungo il marciapiede. Non c'è più. Non c'è più nulla. È sparito tutto. I ricordi di Sam. Quasi inciampo. La terribile sensazione di affondare mi assale, come se l'acqua mi riempisse i polmoni e non riuscissi più a respirare.

Corro in casa e controllo in cucina. Il bancone è vuoto. Cerco nel soggiorno sperando che mia madre mi abbia risparmiato le conseguenze di una pessima decisione e abbia riportato dentro alcune delle cose di Sam. Ma non c'è niente.

Tiro fuori il telefono. Mia madre è al lavoro, ma riesce comunque a rispondere al quarto squillo.

«Mamma… dove sei?»

«Perché? Julie, è successo qualcosa?».

So che sembro in preda alla disperazione. Ma non riesco a darmi una calmata.

«La scatola che avevo questa mattina. Quella che ho portato fuori. L'hai riportata dentro casa?»

«Julie, che dici? Non avrei mai osato».

«Quindi non sai dov'è?», chiedo disperata.

«Mi dispiace, non ne ho idea. Stai bene? Perché hai questa voce?»

«Sto bene. È solo che... Devo andare...».

Riaggancio prima che possa dire altro. Lo stomaco sprofonda. È troppo tardi. Tutto quello che mi era rimasto di lui è sparito.

Penso che ho saltato ogni cerimonia in sua memoria – memoria che ho abbandonato. Non mi sono nemmeno degnata di far visita alla sua tomba. Non riesco a stare ferma. Continuo a camminare avanti e indietro per casa mentre tutte le emozioni, quelle che finora ho trattenuto, mi attraversano come acqua ghiacciata nelle vene facendomi tremare le mani. Mika aveva ragione. Cosa penserebbe di me Sam se sapesse come l'ho trattato?

Ripercorro gli ultimi giorni e comincio finalmente a realizzare. Tutta la rabbia repressa non era altro che una barriera che nascondeva il mio senso di colpa.

Non è stato Sam a lasciarmi quella notte. Sono stata io ad abbandonare lui. La consapevolezza mi colpisce, in un attimo schizzo fuori e inizio a correre.

Il cielo coperto di nuvole dipinge ombre sul quartiere. Ellensburg non è la città più piccola dello Stato di Washington. Ma c'è una strada principale che la attraversa tutta, e se la segui in pratica hai visto ogni cosa. Pochi isolati prima di arrivare all'università, c'è un sentiero che taglia dritto verso Nord. Lo seguo fino alla collina, intanto le nuvole si addensano fino al primo scroscio di pioggia.

Ci vuole circa un'ora a piedi per raggiungere il cimitero in cima alla collina, ma il sentiero fa guadagnare oltre mezz'ora. E siccome sto correndo da quando sono uscita di casa, lo raggiungo in men che non si dica.

Dal cielo cade una pioggerella sottile che ha la stessa consistenza della nebbia. Riesco a malapena a vedere davanti a me. Ho i vestiti zuppi ma non mi importa. Mi avvio a grandi passi verso l'ingresso.

Sam è sepolto da qualche parte lassù. Devo vederlo almeno una volta, devo fargli visita, devo dirgli che mi dispiace di non essere venuta prima e di essere stata una persona tanto orribile. Devo fargli sapere che non l'ho dimenticato.

Una scena mi scorre in testa come se stessi guardando un film. Lo vedo seduto in cima alla sua lapide, stretto nella sua giacca di jeans. Mi aspetta da tutta la settimana. Una serie di conversazioni prendono vita nella mia mente mentre penso a cosa dirgli, a come spiegare perché mi sono tenuta alla larga per così tanto tempo. Ma mezzo metro prima di raggiungere il cancello principale, mi fermo di colpo.

Il lampione sospeso sopra l'entrata cigola, si spegne a intermittenza per via della pioggia.

Cosa ci faccio qui? La collina si estende per più di centosessanta ettari. Alzo lo sguardo e vedo migliaia di lapidi schierate per chilometri. Non so quanto tempo ci vorrebbe per trovarlo o da dove cominciare. I piedi rimangono saldi sul cemento bagnato. Non posso entrare. Non posso costringermi. *Sam non è qui.* Non c'è niente da vedere se non il posto dove è stato messo. Ma non voglio che sia l'ultima immagine che ho di lui. Non voglio questo ricordo. Non voglio pensare a lui che trascorre il resto dell'eternità sepolto da qualche parte su quella collina.

Mi allontano di alcuni passi dal cancello, mi sto ancora chiedendo perché sono venuta. È stato un terribile errore. Sam non è qui. Non voglio che sia qui.

Senza rendermene conto volto le spalle all'ingresso e quasi scivolo mentre riprendo a correre.

La pioggerellina della sera diventa uno scroscio d'acqua, i muri di mattoni che circondano il cimitero svaniscono dietro di me. Non so dove sto andando. Voglio solo allontanarmi il più possibile. Il cielo si sta riversando su di me, decido di addentrarmi nel bosco. Continuo a correre fino a quando non vedo più case né strade.

La pioggia battente ha ammorbidito il terreno e lo ha riempito di pozzanghere. Mentre corro, immagino di entrare in un mondo parallelo dove tutto deve ancora accadere o dove si può tornare indietro nel tempo e cambiare il corso degli eventi. Ma non importa quanto ci provi, non riesco a *controllare* il tempo e lo spazio, a disfare la trama di un futuro che mi piega e mi fa a pezzi.

All'improvviso inciampo e cado sbattendo a terra. Sento prima un dolore atroce, poi il mio corpo diventa insensibile e non avverto più niente. Provo ad alzarmi ma non riesco a muovere un muscolo. Quindi, non mi sforzo. Rimango lì distesa su pietre e foglie mentre continua a diluviare.

Mi manca Sam. Mi manca il suono della sua voce. Mi manca sapere che risponderà a ogni mia telefonata. Non so nemmeno dove sono o chi potrei chiamare. Non è uno dei miei momenti migliori. Domani mi pentirò di essermi lasciata andare fino a questo punto. Ma adesso sono davvero disperata e sola. Tiro fuori il telefono e lo accendo. La luce mi acceca per qualche secondo. Ho cancellato tutto questa mattina – foto, messaggi, applicazioni. Non c'è più niente. Scorro la rubrica, cercando di pensare a qualcuno da chiamare, ma non ho molte opzioni. Quando noto che il nome di Sam non c'è, mi viene in mente il momento in cui ho cancellato anche il suo numero. Non so se lo ricordo a memoria. Né so cosa aspettarmi quando lo compongo comunque, sperando di sentire la sua voce in segreteria ancora una volta. Forse posso lasciargli un messaggio, fargli sapere che mi dispiace.

Gli squilli mi fanno trasalire. Fa effetto sentirne il suono nel bosco deserto. Chiudo gli occhi e rabbrividisco dal freddo. Squilla a lungo, soffocando lentamente i miei pensieri. Ho la sensazione che vada avanti all'infinito, finché improvvisamente non si interrompe.

Qualcuno risponde al telefono.

C'è un lungo silenzio prima che arrivi una voce.

«*Julie…*».

Le gocce di pioggia picchiettano contro il mio orecchio. Sento il suono del mio stesso cuore che batte contro la terra. Alzo leggermente il viso verso il cielo e continuo ad ascoltare.

«*… Ci sei?*».

Quella voce. Debole e roca come il mormorio dell'oceano in una conchiglia. La conosco. L'ho già ascoltata mille volte fino a riconoscerla come fosse la mia. Quella voce. È impossibile.

Sam…

Capitolo 2

«*Riesci a sentirmi... Julie?*».

Il rumore dell'oceano svanisce e la sua voce risuona più chiaramente. «*Ci sei?*».

Sbatto le palpebre spazzando via le gocce di pioggia. Devo aver riprodotto uno dei suoi messaggi vocali per errore. Eppure pensavo di averli cancellati tutti questa mattina.

«*Se riesci a sentirmi... di' qualcosa. Fammi sapere se sei tu ...*».

Non ricordo questa frase. Deve trattarsi di qualcos'altro. Forse ho sbattuto la testa e improvvisamente sto immaginando le cose. La vista si offusca, chiudo di nuovo gli occhi per fermare gli alberi che mi girano tutt'intorno. Non so se la sua voce venga dal telefono o dal mio cervello, ma rispondo comunque.

«*Sam?*».

Il silenzio riempie i boschi. Per un secondo penso che se ne sia andato. Che non mi abbia mai risposto. Ma poi sento un respiro che non è il mio.

«*Ehi...*», dice con aria di sollievo. «*Pensavo di aver perso la connessione...*».

Spalanco gli occhi, non so dove mi trovo. Sono troppo intorpidita dal freddo per capire persino da che parte è il cielo. Cerco di dare un senso a tutto questo ma mi sembra difficile.

«*Sam?*», dico di nuovo.

«Puoi sentirmi, vero? Non ero affatto sicuro che avrebbe funzionato».

«Cosa sta succedendo?»

«Mi chiedevo se mi avresti mai chiamato», dice, come se fosse tutto normale, come se stessimo continuando una conversazione interrotta ieri. «Mi sei mancata. Mi sei mancata infinitamente».

Non riesco a pensare in maniera lucida. Non so cosa stia succedendo.

«Io ti sono mancato?».

Mi lascio avvolgere dal suono familiare della sua voce, la pioggia sulla pelle, la sensazione del corpo che affonda nel terreno, l'improvviso senso di stordimento. Per quanto strano sembri tutto questo, non posso fare a meno di chiedere: «Sei… davvero tu, Sam?»

«Sono io», dice, e ridacchia un po'. «Pensavo che non ti avrei mai più sentita. Pensavo che ti fossi dimenticata di me».

«Come faccio a parlare con te?»

«Mi hai chiamato». La sua voce è calma come l'acqua immota. «E io ho risposto. Come sempre».

Sempre.

«Non capisco… Com'è possibile?».

Un attimo di silenzio. Gocce di pioggia mi scivolano sulla pelle, come se fosse sudore. Si prende un momento per rispondere.

«A essere sincero, Julie, non ne ho idea», ammette. «Non so come sia possibile. Sappi solo che sono davvero io. Okay?»

«Okay…», riesco a dire.

Decido di assecondare il momento, lasciare che la sua voce mi faccia scudo come un ombrello, anche se non può essere reale. Sento la mente perdere la presa sulla realtà e il corpo sprofondare ancora di più nella terra mentre mi aggrappo alla voce di Sam come fosse un'ancora di salvezza. Anche se non so da dove arriva. Vorrei davvero che fosse lui, ma non può essere. È impossibile. E poi realizzo. *«Sto sognando...»*.

«Questo non è un sogno», dice, e la sua voce riempie il bosco. «Te lo assicuro».

«Allora come facciamo a comunicare?»

«Come abbiamo sempre fatto. Attraverso il telefono, come adesso».

«Ma Sam... Continuo a non...», provo a dire.

«Lo so», prosegue. «Stavolta è un po' diverso, ma prometto di darti presto una risposta migliore. Per ora, godiamocelo e basta, no? Questa telefonata, intendo. L'opportunità di sentirci di nuovo. Parliamo d'altro. Quello che vuoi tu. Come facevamo prima».

Prima. Chiudo di nuovo gli occhi e cerco di tornare a quel momento. A prima che lo perdessi. A prima che accadesse tutto questo. A prima che tutto finisse. Ma quando li riapro, sono ancora nel bosco. E Sam è solo una voce al telefono.

«Sei ancora lì?», mi chiede. La sua voce è così limpida, giro la testa e mi aspetto di trovarmelo davanti agli occhi.

Ci sono solo io qui. Una domanda mi sale alle labbra. «Dove sei?»

«Da qualche parte», risponde vago.

«*Dove?*», chiedo di nuovo. Regolo l'angolazione del telefono, ascoltando i rumori di sottofondo dall'altra parte, ma la pioggia attutisce ogni suono.

«È difficile da spiegare. Voglio dire, non credo di saperlo nemmeno io. Scusa non ho tutte le risposte. Ma niente di tutto questo ha importanza, okay? Sono qui ora. E io e te siamo di nuovo connessi. Non sai quanto mi sei mancata...».

Anche tu mi sei mancato. Mi sei mancato davvero tanto, Sam. Ma le parole non riescono a uscire dalla mia bocca. Una parte di me pensa ancora di sognare. Forse sono caduta nella tana del bianconiglio e sono entrata in una dimensione parallela. O forse ho battuto la testa più forte di quanto pensassi. Qualunque cosa sia, temo che quando la nostra conversazione finirà, lo perderò di nuovo e non otterrò mai le risposte che cerco.

Scende ancora una lieve pioggerella.

«Cos'è questo suono?», chiede Sam, in ascolto. «È pioggia? Julie, Dove sei?».

Mi guardo intorno. Per un istante ho dimenticato come sono finita qui. «All'aperto, da qualche parte».

«Cosa ci fai lì fuori?»

«Non ricordo...».

«Sei vicina a casa tua?»

«No... Io... non so bene dove mi trovo». Non sono sicura di niente al momento.

«Ti sei persa?».

Ci rifletto un attimo. Ci sono tanti modi in cui potrei rispondere. Invece, chiudo gli occhi per escludere il resto del mondo. Mi concentro sulla sua voce e cerco di trattenerla il più a lungo possibile.

«Dovresti metterti al riparo dalla pioggia, Julie... Trova un posto al sicuro e all'asciutto, okay?», mi dice. «E non appena l'avrai trovato, richiamami».

Il mio cuore sussulta e apro gli occhi.

«*Aspetta!*». La mia voce si incrina. «Per favore, non riattaccare!».

Non sono pronta a perderlo di nuovo.

«Non preoccuparti, non vado da nessuna parte», dice. «Vai in un posto al coperto e richiamami. Io ti risponderò. Promesso».

In passato ha già fatto promesse che non ha mantenuto. Vorrei rifiutarmi di attaccare ma non riesco a parlare. Vorrei rimanere in linea con lui per sempre.

«Non appena mi chiamerai... Risponderò».

Sam lo ripete più e più volte finché inizio a crederci.

Non posso restare qui per sempre. Sono zuppa e sto cominciando a perdere la sensibilità alle mani. Devo uscire dal bosco, mettermi al riparo, prima che il sole tramonti e non riesca più a trovare la strada per tornare indietro.

Non ricordo come sia finita la telefonata o cosa sia successo dopo. Rimane un ricordo sfocato nella mia mente come la pagina mancante di un libro. Tutto quello che so è che ho continuato a camminare finché non sono uscita dal bosco e ho ritrovato la strada principale.

È tarda sera quando arrivo in città. Mi affretto lungo i marciapiedi bagnati, passando sotto le pensiline dei negozi per evitare la pioggia. Le luci della tavola calda dove ho incontrato Mika stamattina sono spente, ma il caffè in fondo alla strada è ancora illuminato. È l'unica luce accesa in diversi isolati. Attraverso la strada ed entro. Anche a quest'ora, il posto è mezzo pieno di studenti universitari raggruppati sotto le lampade etniche. Gli impermeabili pendono dagli schienali degli sgabelli da bar. Gli schermi dei PC illuminano i volti inespressivi. Vado a un tavolo sul retro senza ordinare nulla. Una volta sistemata, giro la sedia verso la finestra. Non ci sono specchi in questo caffè, quindi il pallido riflesso nel vetro mi coglie di sorpresa.

Spengo la candela sul tavolo e la mia immagine svanisce. Mi passo una mano tra i capelli bagnati. I vestiti stanno gocciando sul pavimento di legno. Forse avrei dovuto strizzarli prima di entrare. Per fortuna questo angolo del caffè è abbastanza buio e io riesco a passare inosservata.

Faccio dei respiri profondi per calmarmi e mi guardo intorno. La donna al tavolo vicino sta leggendo un libro. Non voglio che senta la telefonata, quindi aspetto un po'. È sola, vestita tutta di nero, forse lavora qui. Forse sta leggendo durante la pausa. Sorseggia il suo tè lentamente, rendendomi ansiosa. Quando finalmente si alza per andarsene il mio respiro torna regolare. Tiro fuori il telefono. Sono quasi le nove. Non so come si sia fatto così tardi. Mi rendo conto solo adesso di quanto tempo è passato da quando sono uscita di casa. Non ci sono nuovi messaggi o chiamate perse. Immagino che nessuno si sia accorto che non c'ero.

Appoggio prima il telefono sul tavolo, poi lo sollevo. Ripeto questo stesso gesto non so quante volte. L'odore del tè e del caffè mi colpisce le narici. Ora che non sono più nel bosco e riesco a pensare in modo razionale, l'idea di richiamare Sam mi sembra ridicola. Qualunque cosa sia successa là fuori, probabilmente era soltanto nella mia testa. Almeno credo. Sono uscita di senno?

A questo punto credo proprio di sì, perché prendo di nuovo il telefono e compongo il suo numero.

La chiamata va a buon fine. Sento il primo squillo e trattengo il fiato. Mi risponde quasi all'istante.

«*Ehi*… Ti stavo aspettando».

Il suono della sua voce mi conforta. Porto le dita alla bocca per trattenermi. Non so se sentirmi confusa o sollevata. O entrambe le cose.

«*Sam*…», pronuncio il suo nome senza riflettere.

«Non ero sicuro che mi avresti richiamato», dice. «A un certo punto ho addirittura pensato che te ne fossi dimenticata».

«Non l'ho dimenticato. Non sapevo dove andare».

«Dove sei adesso?».

Giro la testa e guardo la vetrata colorata sopra la porta. Dall'interno del caffè, le lettere a mosaico si riflettono al contrario alla luce dorata e blu della lanterna.

«Al Sun and Moon».

«Il caffè dove lavoravo?», mi chiede. L'avevo quasi scordato. È passato un po' di tempo dall'ultima volta che sono stata qui. Tace per un momento, ascolta i rumori di sottofondo attraverso il telefono. Solo allora li percepisco anche io: gli sgabelli che graffiano il pavimento di legno, il tintinnio di un cucchiaio su un piatto di ceramica, i mormorii bassi di una conversazione dall'altra parte della stanza. «È lì che ti ho parlato per la prima volta. Eri seduta in fondo alla sala. Ricordi?».

La mia mente torna a quel giorno. Un grembiule nero, il vapore di un caffellatte caldo, un giglio di carta sul bancone. Sam mi ha portato da bere prima ancora che ordinassi e abbiamo parlato per ore. Sono passati quasi tre anni. Questo è lo stesso tavolo? In fondo, vicino alla finestra. Quasi non me ne sono accorta.

«Avevi preso un latte macchiato al miele di lavanda. Lo ricordo ancora. Dopo non lo hai più ordinato, però. Bevi il caffè adesso. Almeno, ci provi», dice con una risata.

Sembra ieri che eravamo seduti qui insieme. Ma non posso pensarci adesso. «Sam…». Cerco di riportarlo al presente.

«Ricordi quella volta che volevi un espresso per finire la tesina, ma io ti ho detto che era troppo tardi per berlo?», va avanti, preso dai ricordi. «Hai continuato a insistere, quindi te l'ho preparato comunque, e alla fine non hai chiuso occhio per tutta la notte. Ti sei arrabbiata così tanto con me…».

«Non ero arrabbiata con te. Ero solo un po' nervosa».

«Ricordi il concerto, quella sera che mi sono fatto autografare la chitarra? Anche quella volta siamo finiti al caffè, vero? Ci siamo divisi uno di quei biscotti a forma di mezzaluna… quelli con la glassa bianca. Quelli che hai detto che non sembravano affatto delle lune».

Certo che mi ricordo. Il ricordo è ancora fresco nella mia mente, mi si contorce lo stomaco. Indossavo la sua giacca di jeans, la stessa che ho gettato stamattina. Eravamo bagnati fradici per la pioggia. Esattamente come adesso. Il cuore mi batte forte. Perché tira fuori queste cose? I nostri ricordi. Non credo di poter ascoltare oltre. «Perché stai facendo così?», chiedo.

«Cosa intendi?»

«Stai riportando a galla tutto…».

«È una brutta cosa?»

«*Sam…*». Inizio a dire.

Qualcosa mi interrompe. Intravedo una spalla, una manica nera, qualcuno fa ruotare una sedia e occupa il tavolo dietro me. Nello stesso momento la porta si apre ed entra un'altra coppia. Sta diventando troppo affollato qui dentro. Mi giro verso la finestra e abbasso la voce. «Vorrei che mi dicessi cosa sta succedendo. Come faccio a sapere se questo è reale?»

«Perché è reale. *Io sono reale*, Julie. Tu devi soltanto credermi».

«Come puoi pensare che ci creda? Mi sembra di impazzire».

«Non sei pazza, okay?»

«Allora come è possibile che riesco a parlarti?»

«Mi hai chiamato, Julie. E io ti ho risposto. Come sempre».

È la stessa cosa che mi ha detto prima. Ma non mi basta.

«Non mi aspettavo di certo che rispondessi. Né di sentire la tua voce di nuovo».

«Sei delusa?», chiede.

La sua domanda mi sorprende. Non so come rispondere. «Non è quello che intendevo. Volevo solo… Io…». Non so cosa dire. La mia mente è troppo lontana e confusa al momento. Qualcuno fa cadere un cucchiaio, il rumore riecheggia dappertutto, sento risate agli altri tavoli. C'è troppo rumore adesso. Entrano altre persone, la stanza sembra rimpicciolirsi, mi sento sul punto di essere schiacciata.

«Julie…». La voce di Sam mi riporta indietro. È l'unica cosa che non mi fa crollare a pezzi. «So che niente sembra avere senso adesso. Il fatto che parliamo di nuovo. Mi dispiace non poterti dare tutte le risposte che chiedi. Mi piacerebbe averle. Vorrei che ci fosse un modo per dimostrarti che questo è reale. Devi solo credermi, okay?»

«Non so più a cosa credere».

Altre voci riempiono la stanza. Poi il rumore di passi, seguito da un'ombra. Jeans e capelli biondi. La coppia che è appena entrata prende il tavolo di fronte a me. Cerco di sbirciare con la coda dell'occhio senza essere notata. Quando riconosco la voce, avverto un vuoto allo stomaco.

Taylor si sistema sulla sedia mentre Liam poggia le bevande calde sul tavolo. Sono gli amici di Sam. Si frequentano da quasi un anno ormai. Erano al falò la notte in cui è morto. Mi giro verso la finestra e abbasso leggermente la testa, lasciando che i capelli bagnati mi cadano lungo il volto. Di tutte le persone di scuola in cui avrei potuto imbattermi… dovevano essere proprio loro? Avranno di certo notato che non ero al funerale. E scommetto che avranno avuto molto da ridire al riguardo.

Sam è praticamente cresciuto insieme a loro. Formavano un gruppetto piuttosto affiatato, li frequentava prima che mi trasferissi qui. Si erano allontanati quando noi due abbiamo iniziato a uscire insieme. Sospetto che Taylor avesse i suoi buoni motivi. Quando ho chiesto a Sam perché non piacessi ai suoi amici, ha detto che le persone qui hanno dei pregiudizi verso chi è cresciuto nelle grandi città. Probabilmente per via delle divergenze "politiche" delle nostre famiglie. Il padre di Taylor va in giro con un macchinone di grossa cilindrata mentre il mio con una macchina elettrica. I ragazzi alzavano gli occhi al cielo quando mi lasciava davanti alla scuola. Mio padre odiava stare qui. Non vedeva l'ora di andarsene.

Forse non mi hanno notato. Ho troppa paura per controllare. Non so se aspettare che se ne vadano o se rifugiarmi in bagno. Poi, una luce abbagliante mi illumina il viso. Alzo lo sguardo. Taylor abbassa il telefono puntato verso di me. Spalanca gli occhi quando si rende conto di aver dimenticato di spegnere il flash della fotocamera. Liam sorseggia dalla sua tazza fingendo che non sia successo niente. Non si scusano né mi rivolgono la parola. Tremo dalla testa ai piedi.

Non posso affrontarli adesso. Non posso.

«Julie, cosa c'è che non va?».

La voce di Sam mi ricorda che è ancora al telefono.

Un'auto fuori dal caffè spara i fari sulla vetrata, illuminandomi come un riflettore. *Devo uscire di qui.* Mi alzo bruscamente, facendo quasi cadere la sedia. Taylor e Liam rimangono in silenzio ma sento i loro sguardi addosso mentre cammino tra i tavoli, sbattendo da tutte le parti finché non raggiungo la porta e la apro.

Ha finalmente smesso di piovere. Ci sono persone che si muovono tutto intorno a me. Mi chino sotto l'ombrello di qualcuno e scendo di corsa sul marciapiede con il telefono premuto sul petto. Non appena raggiungo l'angolo, ricomincio a correre. Corro fino a quando il rumore e le luci non sono lontani da me. Fino a quando non passa più una sola macchina.

C'è un unico lampione a illuminare questo lato dell'isolato. Mi ci appoggio. La luce tremola mentre riprendo fiato. Mi ricordo che Sam è ancora in linea e rimetto il telefono all'orecchio.

«Julie… cos'è successo? Dove sei scappata?».

La testa mi martella. Non so cosa dire, tutto quello che riesco a tirare fuori è un sussurro: «Non capisco cosa mi sta succedendo…». Non sono mai così, anche quando Sam è morto, sono riuscita a controllarmi, a non crollare.

«Julie… stai piangendo?».

Me ne rendo conto solo mentre me lo chiede. E non riesco a fermare le lacrime. Cosa c'è di sbagliato in me? Cosa ci faccio qui fuori? Niente ha più senso.

La voce di Sam si addolcisce. «Mi dispiace. Pensavo davvero che se ti avessi risposto tutto sarebbe andato per il meglio. È colpa mia. Vorrei poter rimediare».

Faccio un respiro profondo. «Ti prego, dimmi che cosa sta succedendo, Sam. Dimmi perché hai risposto».

Resta in silenzio a lungo prima di rispondere: «Volevo che avessimo la possibilità di dirci addio».

Per poco non crollo a terra. Ho un groppo in gola che mi rende quasi impossibile parlare, trattengo altre lacrime. «Ma io non voglio dirti addio», riesco a dire.

«Allora non farlo. Non ti costringerò, okay? Non devi farlo per forza adesso».

Mi asciugo gli occhi e riprendo a respirare.

«Ascolta», sussurra dopo un momento. «Che ne dici se ti mostro una cosa? Penso che ti farà sentire meglio, okay?». Prima che io possa chiedere altro, aggiunge: «Fidati di me».

Fidarmi di lui. Non credo che si renda conto di quanto mi sto fidando restando al telefono. Non so cosa aggiungere quindi non dico nulla. Rimango in silenzio sotto la luce del lampione, mentre mi aggrappo alla sua voce e ripeto a me stessa che va tutto bene. In realtà non so più cosa sia vero e cosa no.

Rettifico quello che ho pensato prima a proposito del lago. È *questo* l'ultimo posto in cui mi aspettavo di finire stasera.

Il vialetto di casa di Sam è sgombro, non ci sono macchine parcheggiate. E non c'è una sola luce accesa alle finestre. La sua famiglia deve essere dai parenti fuori città. Non so cosa ci faccio qui. Sam mi ha chiesto di venire a prendere qualcosa che aveva intenzione di darmi. *«Fidati di me»*, ha continuato a dire. C'è una chiave di riserva attaccata sotto la cassetta della posta, proprio come mi ha detto. La trovo e apro la porta d'ingresso, sperando che non ci sia nessuno dentro.

È troppo buio per vedere qualcosa. Il profumo dei fiori e dell'incenso mi travolge. Inciampo nelle scarpe del fratellino mentre cerco l'interruttore. Accendo una lampada e mi guardo intorno. Il soggiorno è pieno di fiori che iniziano ad appassire. Una bella ghirlanda di crisantemi è appesa vicino alla mensola del camino. Deve essere per Sam.

Sento la sua voce al telefono. «C'è qualcuno in casa?», mi chiede.

«Non credo. È troppo tranquillo».

«Che strano. Dove sono finiti tutti?»

«Ci sono dei mazzi di fiori per te, però», gli dico. «La casa ne è piena».

«Fiori?», ripete, con un tono di sorpresa. «Interessante... Ci sono anche i tuoi?»

«I miei?».

Mi guardo intorno, anche se so che non ci sono. Non ho mandato nemmeno un biglietto. Il senso di colpa mi si annida nel petto, mi sento di nuovo malissimo. «Non li vedo in giro», è tutto quello che dico.

«Sono sicuro che mia madre li conserva da qualche altra parte».

«Forse...».

Non mi va di restare qui. Mi tolgo le scarpe e vado al piano di sopra. È così strano essere da sola in casa sua. In punta di piedi supero la stanza del fratellino James, anche se so che non c'è. Forse è l'abitudine. La camera di Sam è alla fine del corridoio. La porta è ricoperta da loghi di band e adesivi della NASA. La maniglia è fredda. Faccio un respiro profondo prima di aprirla.

Non ho bisogno di accendere la luce per sapere che c'è qualcosa di diverso. La tenda è aperta, la luna illumina la stanza. C'è un mucchio di scatoloni a terra. Alcuni scaffali sono stati sgomberati. Sembra che i suoi genitori abbiano iniziato a inscatolare le sue cose. Sono rimaste solo le lenzuola e il suo odore. Faccio un altro respiro profondo. *Non avrei mai pensato di tornare di nuovo qui.*

«Sei ancora lì?». La voce di Sam mi riporta a lui. «Scusa, la mia stanza è un disastro». Me lo diceva sempre prima.

«Cosa dovrei cercare?»

«Dovrebbe essere da qualche parte sulla mia scrivania», dice. «L'ho incartato».

Guardo sulla scrivania. Dietro il computer, sotto i raccoglitori, nei cassetti. Ma non c'è niente.

«Sei sicura? Prova di nuovo nel cassetto centrale».

«Non c'è niente, Sam», gli dico. Mi guardo intorno.

«Potrebbe essere in uno degli scatoloni».

«Quali scatoloni?».

Non vorrei quasi dirglielo. «Ci sono dei contenitori in camera tua. Penso che i tuoi genitori stiano raccogliendo le tue cose».

«Perché dovrebbero farlo?».

Gli do un momento per pensarci.

«Oh... Giusto. Me ne sono dimenticato per un istante».

«Posso controllare, se vuoi».

Ma non mi sta ascoltando. «Perché dovrebbero impacchettare le mie cose così presto...», dice più a sé stesso che a me. «Non è tanto che me ne sono andato, vero?»

«Sai, non posso parlare per i tuoi genitori... ma a volte è difficile anche solo guardare certi ricordi», cerco di spiegargli.

«Immagino...».

Accendo la lampada da scrivania per vedere meglio. Le scatole sono piene per metà di vestiti, libri, CD, la collezione di dischi e i poster arrotolati – oggetti che pensavo non avrei mai più rivisto. D'un tratto ricordo tutto quello che ho gettato questa mattina. Eccomi di nuovo di fronte alle sue cose. La sua maglietta dei Radiohead. Il cappello dei Marines che ha comprato quando eravamo a Seattle, anche se non sa nulla di baseball. Ogni cosa conserva ancora il suo odore. Per un secondo dimentico persino quello che sto cercando.

«L'hai trovato?», chiede di nuovo.

Apro un'altra scatola. È piena di strumenti di registrazione. Ha investito sei mesi di risparmi in un microfono. Diceva sempre di voler incidere la propria musica. Io l'avrei aiutato con i testi. Voleva diventare un musicista. Voleva che una sua canzone venisse trasmessa alla radio un giorno. Voleva sfondare in quel mondo. Ora non ne avrà più la possibilità.

Alla fine trovo il regalo. È incartato con pagine di riviste e avvolto in veline di carta. È più pesante di quanto mi aspettassi.

«Che cos'è?»

«Aprilo e basta, Jules».

Strappo la carta facendola cadere sul tappeto. Mi ci vuole un istante per capire di cosa si tratta.

«Aspetta un attimo...». Lo rigiro tra le mani, cercando di dare un senso alla cosa. È il fermalibri a forma di ala. Lo stesso che ho buttato questa mattina. Ma non può essere. «Sam... dove lo hai preso?»

«Al negozio di antiquariato. È la metà che ti mancava».

Lo guardo da vicino. Ha ragione... non è lo stesso di stamattina. È la metà che non eravamo riusciti a trovare. «Pensavo che l'avesse comprato qualcuno prima di noi».

«Quel qualcuno ero io».

«Cosa?»

«Questa è la sorpresa», dice con una risata. «Ero tornato al negozio e avevo preso l'altro pezzo per te. Poi quando ci siamo andati insieme ti ho lasciato credere che non ci fosse più. Così sarebbe stato ancora più speciale quando avresti riunito le ali. Quando sarebbero state complete. È piuttosto romantico, vero?».

Lo sarebbe. Solo che io non ho più l'altra ala. E ora i due pezzi non saranno mai più riuniti. Non posso credere di aver rovinato il suo regalo. Ho rovinato tutto.

«Mi aspettavo una qualche reazione», dice Sam, notando il mio silenzio. «Ho fatto qualcosa di sbagliato?»

«No, assolutamente no, è solo che io...». Deglutisco forte. «Non ho più l'altro pezzo».

«L'hai perso?».

Stringo il fermalibri. «No... L'ho gettato via».

«Che vuol dire?»

«Ho buttato via tutto», gli confesso. «Tutte le tue cose. Non riuscivo più a guardarle. Stavo cercando di dimenticarti. Sono così dispiaciuta, Sam».

Il silenzio riempie la stanza. So che è ferito, quindi dico: «Ho cercato di recuperarle. Ma era troppo tardi. Era già sparito tutto. Sono una persona orribile. Mi dispiace...».

«Non sei una persona orribile. Non dire così. Non sono arrabbiato con te, okay?».

Sento le lacrime agli occhi. «Ma ho rovinato il tuo regalo...».

«Non hai rovinato niente. Hai sempre questo pezzo. Sarà come prima».

Prima. Cosa intende? Non si torna indietro. «Ma ho buttato anche tutto il resto delle tue cose. Non le riavrò mai più indietro...».

Riflette un attimo. «Be', che ne dici di prendere qualcos'altro? Puoi prendere tutto quello che vuoi dalla mia stanza».

Ci avevo già pensato. Ma avevo paura di chiedere. «Sei sicuro?»

«Certo. Qualsiasi cosa vuoi. Mi fa piacere che tu abbia qualcosa di mio».

Lo tengo al telefono mentre riesamino le scatole. È una situazione bizzarra, tutto l'opposto di quello che ho fatto questa mattina. Prendo la maglietta dei Radiohead e altri piccoli oggetti – un plettro da chitarra, dei braccialetti, il cappello che ha comprato durante il viaggio a Tokyo. Poi vado all'armadio e faccio scorrere le ante per aprirlo. Ci sono ancora dei vestiti appesi, e lo trovo subito. Eccolo lì, il suo camicione a quadri. Sam lo indossava quasi tutti i giorni, indipendentemente dalla stagione. Immagino che i suoi genitori non se la siano sentita di gettarlo via.

Lo tolgo dalla gruccia e lo indosso. Per un istante, sento le sue mani su di me, ma è solo nella mia testa. Mi asciugo gli occhi con la manica. Dopo un momento, mi avvicino al letto e mi sdraio. Il telefono è caldo contro la guancia. È stata una giornata lunga, e una settimana impegnativa. Solo quando mi stendo sul materasso mi rendo conto di essere esausta. Sam mi dice che posso restare finché ne avrò bisogno. Non serve aggiungere altro. Rimango al telefono, in ascolto, e lo *sento* lì, all'altro capo della linea, con me. Dopo un po', di colpo, mi dice: «Mi dispiace».

«Per cosa?», gli chiedo.

«Per tutto questo».

All'inizio non capisco per cosa si stia scusando. Ma poi comprendo. Almeno credo.

«Anche a me», sussurro.

Resta con me al telefono per il resto della notte e parliamo finché non mi addormento. Proprio come avevamo già fatto mille volte in passato.

Capitolo 3

Prima

Non riesco a vedere nulla al buio. Avverto una mano che si muove sul mio viso e tira la cordicella della lampada che sta sul pavimento in mezzo a noi. Siamo in camera di Sam, sdraiati sul tappeto con i cuscini intorno come se fossero muri. Dalla plafoniera pendono delle lenzuola bianche. Ci stiamo nascondendo nel fortino che Sam ha costruito con il fratellino, James. Si allunga e mi sposta i capelli dal viso per guardarmi meglio. Indossa la sua canotta preferita, di un blu brillante, che gli mette in mostra le spalle e gli fa risaltare l'abbronzatura estiva. Mi sussurra: «Possiamo fare altro se ti stai annoiando».

James fa capolino dall'apertura con una torcia. «Ti ho sentito».

Sam abbassa la testa, gemendo. «Siamo nascosti qui da due ore».

«Hai promesso che avresti giocato con me stasera», gli risponde il fratellino. Ha appena compiuto otto anni. «Pensavo che fosse divertente anche per voi».

«È così», lo rassicuro, e do a Sam una gomitata sul braccio. «Sam, rilassati».

«Sì, Sam. *Rilassati*», ripete James.

«Va bene. Ti concedo un'altra ora».

Guardo nervosamente la plafoniera che regge il peso

un'occhiata al fortino. Potrebbe cede- o all'altro. «Credi che siamo al sicuro?»

parti», dice con una risatina. «L'abbia- lione di volte. Vero, James?»

al sicuro qui nelle lande desolate», rispon- con voce inquietante.

afferma Sam per stare al gioco. Mi guar- remmo fare molta attenzione ai pericoli che à fuori. Meglio starsene accoccolati e tenersi sussurra giocosamente. Si sporge e mi bacia sul- cia.

es fa una smorfia. «Bleah. Niente smancerie nel fortino!».

«Era solo sulla guancia!».

Scoppio a ridere, poi mi zittisco di nuovo. «Lo senti?». Mi fermo ad ascoltare. «È il rumore della pioggia».

«Pioggia acida», mi corregge James.

Guardo Sam e sospiro. «Dovrò tornare a casa a piedi sotto l'acqua».

«Oppure puoi passare la notte qui», suggerisce con un sorrisetto.

«*Sam*».

James ci punta la torcia in faccia. «La mamma mi ha detto di avvisarla quando Julie rimane oltre la mezzanotte».

«E tu mi tradiresti così?», chiede Sam, con aria ferita. «Tu, sangue del mio sangue?»

«Ha detto che mi avrebbe dato dieci dollari».

«Quindi accetti tangenti ora, eh!», dice Sam. «Che ne pensi se te ne do quindici?»

«La mamma ha detto anche che mi avresti fatto una controfferta. Ma è disposta a darmi qualsiasi somma tu rilanci, più i biglietti per la partita dei Rockets».

Sam e io ci guardiamo. Poi scrolla le spalle. «Mia madre sta avanti».

«Non perdiamo di vista l'obiettivo», dice il piccolo, cercando dei segni di invasione all'apertura del fortino. «Dobbiamo capire che cosa ne hanno fatto gli alieni degli ostaggi che hanno rapito».

«Pensavo che ci stessimo nascondendo dall'apocalisse zombie», ribatte Sam.

«... Che hanno scatenato gli alieni. È ovvio!», gli risponde, roteando gli occhi. Riposiziona le braccia tenendo la torcia come una spada laser. «Dobbiamo procurarci gli ingredienti per l'antidoto al più presto. Non possiamo perdere altri uomini». Dietro di noi giace il corpo di Mr. Orsacchiotto avvolto in una federa. Abbiamo dovuto prendere la difficile decisione di sopprimerlo prima che il virus si diffondesse.

«Oh. Ti riferisci a questo antidoto?», Sam alza una fiala di vetro che assomiglia molto alla sua acqua di colonia.

James abbassa lentamente la spada laser. La sua voce si fa più bassa. «Hai sempre avuto la cura... e non ti è importato che uno dei nostri uomini fosse stato contagiato?»

«L'ho tenuta in tasca per tutto il tempo».

«Vile traditore».

«Peggio», dice Sam. «Sono io l'alieno».

James socchiude gli occhi. «Lo sapevo».

Sussulto mentre si lancia sul fratello, tirando giù il fortino con lui. Le lenzuola mi cadono addosso, coprendomi il viso. Poi si sollevano di nuovo in aria e si trasformano in piccoli fiocchi di neve. Lo scenario intorno a me cambia.

Sono seduta nell'auto di Sam con la portiera aperta. Abbiamo parcheggiato dall'altra parte della strada rispetto al campus del Reed College. A terra ci sono foglie e un sottile strato di neve. Sam scende dall'auto e mi raggiunge dal mio lato. Si accovaccia per guardarmi meglio e mi offre una mano.

«Dai, Julie. Diamo solo un'occhiata», dice. «Abbiamo fatto tutta questa strada».

«Ti avevo detto che non c'era bisogno di venire. E sta iniziando a nevicare. Dovremmo andarcene».

«"Nevicare" mi sembra un parolone».

«Andiamo via, Sam», ripeto, mentre guardo dritta davanti a me, già pronta a ripartire.

«Pensavo volessi dare un'occhiata al campus... Cioè, non è per questo che abbiamo viaggiato per *quattro* ore?»

«Volevo soltanto farmi un'*idea* del posto. E me la sono fatta».

«Dal sedile della mia macchina?». Appoggia una mano sul tettuccio e guarda in basso. «Non capisco. Eri così eccitata prima. E ora vuoi già ripartire».

«No, non è quello. È che vorrei fare un salto in centro prima che chiudano i negozi. Andiamo», insisto.

«*Julie...*», dice Sam. Mi lancia quello sguardo che significa che non posso ingannarlo, mi conosce troppo bene. «Raccontami cosa c'è che non va».

Incrocio le braccia e sospiro. «Non lo so. E se non mi piacesse? Già non mi è sembrato un granché dalle foto. Sono rimasta abbastanza delusa».

«Ma non hai ancora visto tutto».

«E se fosse anche peggio?», faccio segno verso un edificio di mattoncini rossi che assomiglia a un fienile vicino a un campo desolato. «Guarda, sembra di essere appena usciti da Ellensburg».

«Hai deciso a priori di non dare neanche una possibilità all'università dei tuoi sogni, Jules», dice. Si alza e osserva la gente che gli passa accanto. «Non vuoi nemmeno fare due chiacchiere con qualche studente? Chiedergli magari come si trova, com'è la vita sociale o cose del genere?»

«Non proprio», dico. «E se fossero tutti un branco di ricchi snob interessati solo a sapere che lavoro fanno i miei genitori?»

«È proprio quello che siamo venuti a scoprire».

Faccio un respiro profondo. «Non lo so, Sam… C'è quest'aura sulla città che è… come posso dire?». Mi fermo a pensare. «Pretenziosa».

«Pensavo che la considerassi una cosa buona», dice.

Gli lancio un'occhiataccia.

«Sto scherzando». Mi sorride. «Quindi, a quanto pare Portland non ti piace».

«Sopravvalutata. Per quello che vedo».

Sospira, poi si accovaccia di nuovo. La sua voce si ammorbidisce. «Hai paura di lasciare tua madre, vero?», dice.

«Non voglio che resti sola», rispondo. «Già se ne è andato mio padre, forse dovrei prendermi un anno o due di pausa e lavorare in libreria. Il signor Lee ha detto che mi avrebbe promosso a viceresponsabile».

«È quello che vorrebbe tua madre?», mi chiede.

Non dico niente.

«È quello che vorresti tu?».

Ancora nessuna risposta da parte mia.

«Starà bene, Jules», mi rassicura. «È la persona più indipendente che io conosca. Insomma, è la professoressa di un corso universitario che si intitola: *La distorsione del tempo*. In pratica fa pilates nelle altre dimensioni».

«Lo so», dico.

Mi prende la mano intrecciando le dita. «Portland sarà magnifica», promette. «Troveremo un piccolo appartamento carino in centro… lo metteremo a posto… cercheremo delle caffetterie dove io possa suonare la mia musica e tu sederti e scrivere… sarà come abbiamo sempre sognato».

«Forse».

«Vediamo cosa offre questo campus».

«*Davvero…* non è necessario», dico. «Va bene quello che ho visto dalla macchina. Sul serio».

«Okay». Sospira. «Allora vorrà dire che guiderò fino a dentro». Tira fuori le chiavi e si alza.

«Che cosa? *Sam…*».

Ne sarebbe capace di sicuro. Lo afferro prima che torni al posto di guida. «Va bene… Andiamo».

Mi sorride, mi prende le mani e mi aiuta a uscire dall'auto. La nebbia inizia a farsi strada tutt'intorno a noi. Lo seguo attraverso il muro di foschia, luci stroboscopiche che lampeggiano dall'alto e musica che risuona in sottofondo. Diventa sempre più forte finché non mi rendo conto di trovarmi in un altro posto.

La nuvola di fumo svanisce, Sam mi sta conducendo in un seminterrato affollato. Siamo a casa di qualcuno i cui genitori sono probabilmente fuori città. È la mia prima festa del liceo e non conosco nessuno. C'è un tavolo da ping-pong disseminato di tazze rosse e blu. Nessuno balla davvero, più che altro tutti ondeggiano a ritmo di musica. Diversi ragazzi indossano occhiali da sole al chiuso. Sembra che io sia arrivata in ritardo.

«Vuoi qualcosa da bere?», chiede Sam.

«Certo… cosa c'è?».

Guarda l'angolo bar vicino al muro. «Ti piace la birra?»

«Sì», mento. Non ho intenzione di ingurgitare nulla.

Voglio soltanto qualcosa da tenere in mano. Ricordo un trucchetto che usava mia madre ai suoi tempi. «*Svuota il bicchiere e riempilo di succo di mirtillo*», posso ancora sentire la sua voce in testa.

Mi guida tra la folla in fondo alla sala, verso un divano rosso dove una ragazza con una felpa bianca è seduta con le gambe incrociate.

«Lei è mia cugina Mika», ci presenta Sam. «Questa è Julie. Si è appena trasferita qui».

Si alza per stringermi la mano. «Piacere di conoscerti», dice. «Da dove vieni?»

«Seattle».

«Giusto. Si vede».

«Ah sì?», chiedo, incerta su come prenderla.

Sam la guarda e poi torna a me. «Allora, come ti trovi a Ellensburg?», mi chiede. Mi sembra chiaro che ha già bevuto.

«Non lo so ancora», dico. «Non c'è molto da fare».

Annuisce. «Sì, immagino. Probabilmente sei abituata a cose tipo… spettacoli laser, ologrammi, sale giochi in 3D… sai, cose del genere».

«Ha detto che viene da Seattle, non dal futuro, Sam», dice Mika.

«Be', a Seattle c'è davvero qualcosa del genere».

Sam guarda sua cugina. «Visto?».

Qualcuno mi viene addosso, facendo quasi cadere il mio drink, quindi mi tolgo di mezzo.

«È un party riservato ai ragazzi dell'ultimo anno», mi informa Sam per impressionarmi. «Ho dovuto chiedere a Spencer se potevo invitarti. Lui vive qui. È il fratello maggiore che ha organizzato la festa».

Non riesco a pensare a nient'altro da dire se non: «Fico».

Per un minuto restiamo in silenzio. Sam cerca di fare conversazione.

«Allora, cosa ti piace fare nel tempo libero?»

«Uhm, mi piace scrivere».

«Tipo i libri?»

«Anche. Voglio dire, non ne ho ancora scritto uno. Ma un giorno chissà».

«Qual è il tuo libro preferito?»

«Mi è piaciuto tanto *Il gigante sepolto*».

«È anche il mio preferito», afferma.

«È una bugia. Non l'ha mai letto», dice la cugina.

Le lancia un'occhiataccia.

Poi Mika mormora: «Vi lascio soli», e scompare tra la folla.

«È vero… magari non l'ho ancora letto», ammette. «Ma conosco l'autore. È giapponese, giusto?»

«Sì. Ishiguro».

«Lo sapevo». Annuisce. «Mia madre ha tutti i suoi libri». La musica ad alto volume rallenta fino a diventare qualcosa di più gradevole. Il blues di una chitarra elettrica accompagnata da una voce stile John Lennon. «È Mark Lanegan. Lo conosci?»

«Certo», mento.

«È di queste parti, sai. Di Ellensburg. Mio padre l'ha incontrato al distributore di benzina una volta».

«Forte», mento di nuovo.

«Sì. Visto? Anche qui succedono cose eccitanti. Ellensburg è un bel posto. Ti piacerà», afferma con una certa sicurezza. «Ci sono stato a Seattle e fa schifo. Sei fortunata a essertene andata».

«Io amo Seattle», dico.

«Oh… Sì? Me ne hanno parlato davvero bene». Cerca di sorridere.

«Questo è un bel pezzo».

«È *Strange Religion*», dice, accennando alla melodia. «Una delle mie preferite».

Ascoltiamo la canzone, annuendo, guardandoci goffamente di tanto in tanto. Tutti gli altri nel seminterrato ballano in coppia. A un certo punto Sam quasi inciampa. Lo afferro per il braccio.

«Dovresti sederti», gli suggerisco, accompagnandolo al divano. Appoggia la nuca al muro, pare sul punto di addormentarsi. Eppure sembrava che stesse bene un momento fa.

«Non bevi spesso, eh?», gli chiedo.

«No».

«Neanch'io».

«Sono davvero felice di vederti», dice. «Non ero sicuro che saresti venuta».

«Be', eccomi qui». Gli prendo il bicchiere dalla mano e lo poggio sul tavolo.

«Forse possiamo uscire insieme qualche volta. Tipo, dopo la scuola, o una cosa così».

«Mi piacerebbe».

«Vuoi un caffè?»

«Non lo bevo. Anche se sto provando a farmelo piacere».

«Sono davvero felice che tu sia venuta stasera».

«L'hai appena detto».

Mi sorride e chiude gli occhi.

Improvvisamente la musica si interrompe. Qualcuno accende e spegne le luci. Una voce grida dall'alto delle scale.

«*Ragazzi*... c'è la polizia fuori! Uscite dal retro... tutti!».

«Sam, svegliati, dobbiamo andare...».

«Eh...», sbadiglia, allora metto il suo braccio intorno

al mio collo e lo sollevo dal divano. Una calca di gente si precipita verso il cortile, zoppico e inciampo, cercando di seguirli fuori. Alla fine, supero la porta ed esco nella completa oscurità mentre il peso di Sam svanisce dalle mie spalle. La scena cambia di nuovo. Mi ritrovo da qualche altra parte.

Il vento mi soffia sulla pelle, attraverso il buio, sono all'aperto. Sbatto le palpebre, un campo da baseball emerge al chiaro di luna. C'è un telescopio nel mezzo, posizionato verso il cielo. Chinato accanto a me c'è Sam che cerca di sistemare qualcosa.

«Non funzionerà», dice.

«Cosa c'è che non va?», chiedo.

Mi guarda, i suoi occhi sono carichi di delusione. «È troppo nuvoloso. Non si vede niente. Speravo funzionasse. Volevo sorprenderti».

Sbircio il cielo. «Sorprendermi con cosa? Le stelle?»

«No. Volevo mostrarti gli anelli di Saturno. Per quella storia che hai scritto in classe. Hai detto che avresti voluto vederli per descriverli meglio». Si china, controlla di nuovo la lente del telescopio. «Dannazione».

«Non posso credere che l'hai fatto sul serio».

«Ho mandato una mail alla facoltà di astronomia», mi dice. «E mi hanno concesso il telescopio in prestito solo per stasera».

«Sam...», sussurro, e gli tocco la schiena. Alza lo sguardo dalla lente. Non ci siamo ancora mai baciati. Gli tiro su lentamente il viso e premo le labbra sulle sue. Non dimenticherò mai la sua espressione sorpresa. Il metallo del telescopio ci dà una leggera scossa di elettricità.

«Grazie per tutto quello che hai fatto», sussurro.

«Ma non sei riuscita a vedere niente».

«Sono brava con l'immaginazione».

Sorridiamo entrambi. Mi abbraccia e mi tira a sé per un secondo bacio più lungo, sotto un cielo nuvoloso con sprazzi di chiaro di luna.

Ricordo che più tardi mi ha detto: «Te li mostrerò un'altra volta. Promesso».

Non ha più mantenuto la parola.

Capitolo 4

Ora

La campana risuona nel corridoio vuoto, come al solito sono arrivata in ritardo. Ho perso l'autobus questa mattina. Adesso mi toccherà entrare in classe a lezione iniziata e avrò tutti gli occhi puntati addosso. Prendo in considerazione l'idea di saltare la prima ora ma sono già stata assente per un'intera settimana, e ormai sono qui. Meglio togliersi il pensiero, visto che prima o poi dovrò affrontare tutti. Almeno mi sono ricordata di impostare la sveglia ieri. Ma non avrei mai pensato di svegliarmi nel letto di Sam e di dover correre a casa a cambiarmi.

Sam.

Sto ancora cercando di spiegarmi quello che è successo ieri sera. *La chiamata nel bosco. Sentire di nuovo la sua voce.* Era tutto reale, vero? In che altro modo sarei potuta finire nella sua stanza? Devo passare solo sette ore in questo posto, ricordo a me stessa. E poi potrò chiamarlo di nuovo. È tutto ciò a cui riesco a pensare. È l'unica cosa che mi spinge ad andare avanti e affrontare il resto della giornata senza di lui.

Faccio un respiro profondo prima di varcare la porta dell'aula. Tutte le teste si girano verso di me, cala il silenzio. Il professor White rimane con il gesso sospeso sulla lavagna, sta per dirmi qualcosa. Ma alla fine distoglie lo sguardo e continua la lezione, permettendomi di andare a sedermi. Mentre attraverso la classe, nessuno osa guardarmi negli occhi. Quando arrivo al banco vuoto vicino alla finestra, il mio cuore si ferma. È quello in cui io e Sam di solito ci sedevamo insieme. Ma non mi fermo a pensarci troppo a lungo perché mi sento osservata. Faccio un altro respiro e poso le mie cose. Non guardo nessuno. Fisso lo sguardo davanti a me, controllo i minuti che scorrono sull'orologio, uno dopo l'altro.

Dopo la lezione, tutti mi ignorano. Nessuno mi chiede come sto e nessuno si gira dalla mia parte. Non so cosa mi aspettassi di trovare al mio ritorno. È difficile fingere che non mi dia fastidio. Forse hanno notato tutti che non ero al funerale. Forse pensano che sia una persona fredda e senza cuore che non prova niente dopo la morte del suo ragazzo. Il resto della giornata procede come da copione. I corridoi diventano silenziosi quando passo io, e seguono sussurri. Tengo la testa alta e faccio finta di non sentire. Ricordo improvvisamente la foto che Taylor mi ha scattato e mi chiedo a chi l'abbia inviata. Probabilmente al suo gruppetto, tutti quelli che erano al falò quella notte. Sono sicura che avranno goduto nel vedermi in quello stato. Per fortuna non ho lezioni insieme a lei o a Liam. Ho cercato di evitarli per tutto il giorno. Ho anche preso le scale per non passare davanti ai loro armadietti.

A pranzo non so dove sedermi. Metto il cibo sul vassoio con calma e cerco Mika. Non l'ho vista per tutta la mattina. Forse si sta ancora prendendo una pausa dalla scuola. Non mi ha più contattato dopo l'incontro alla tavola calda. Se solo sapesse cosa è successo ieri sera. *Dopo che ho chiamato Sam e mi ha risposto.* Ma non posso dirle nulla. Non so se Sam vorrebbe. Dovrei chiedergliela prima di prendere qualsiasi decisione. Se le telefonate sono reali, non voglio correre alcun rischio.

Ci sono molte sedie vuote ma nessun posto dove sedersi. Per un attimo penso di mangiare fuori, ma mi stanno guardando tutti. Non voglio che pensino che ho paura di pranzare da sola. Non mi nasconderò in bagno come certe ragazze.

Cerco un tavolo vuoto in fondo alla mensa. Qualcosa cattura la mia attenzione. Sullo schienale di una sedia, c'è uno zaino di seta bianca con delle rose di glitter. Appartiene alla mia amica Yuki. I capelli neri e setosi le scendono lungo la schiena. Lunghi, bellissimi. È seduta vicino alla finestra con altri due studenti del programma di scambio – Rachel che viene dal Vietnam e Jay dalla Thailandia. Mi avvio verso il tavolo e poso il mio vassoio.

«È occupato questo posto?».

Occhi increduli alzano lo sguardo dal cibo. Jay, che è di una spanna più alto degli altri, si toglie le cuffie e spazza via i capelli dalla fronte. Indossa una maglia da baseball a righe blu che ha comprato durante il viaggio a Seattle.

«No… certo che no», dice Rachel. Ha i capelli raccolti in una coda di cavallo. Sposta la borsa per farmi spazio. «Prego, accomodati».

«Grazie», rispondo.

Ci scambiamo dei sorrisi imbarazzati mentre mi siedo tra lei e Jay. A Yuki riservo un cenno del capo. Mangiamo in silenzio. Di solito intavolano conversazioni brillanti. Ma c'è un peso che incombe su di noi. L'atmosfera è cupa e triste.

Senza dire nulla, Jay fa scivolare un contenitore con del mango di fronte a me. È un gesto affettuoso. Gli sorrido e ne prendo una fetta. Poi mi allunga un sacchetto di biscotti fatti in casa, insieme a dei mini Kit Kat al tè verde. Sa che sono i miei preferiti. E anche i suoi. Provo a rifiutare ma insiste. «Facciamo così, ce li dividiamo, okay?», propone. È sempre stato molto dolce.

Rachel mi sorride. «Ci sei mancata, Julie», afferma. «Ti abbiamo pensato tanto. Siamo felici di pranzare di nuovo con te».

«E ci manca tanto anche Sam», dice Jay tristemente. «Ci dispiace… per quello che è successo».

Al tavolo cala il silenzio. Gli occhi di Yuki lampeggiano tra me e Jay, come se stesse leggendo la mia reazione. Forse vuole assicurarsi che non mi infastidisca. È strano sentirli parlare di Sam in questo modo. Come se non fosse stato al telefono con me la scorsa notte.

«Sam era un grande amico», aggiunge Yuki, annuendo. Prova a sorridere. «Per tutti noi. Lo ricorderemo per sempre».

«Sempre», dice Rachel.

Mi scalda il cuore sentire queste parole, specialmente da parte di Yuki. Lo conosceva più degli altri. Ha vissuto con la sua famiglia durante il primo anno del programma di scambio. Sam è stata la prima persona che ha incontrato quando è arrivata a Ellensburg. La sua guida personale. Più che altro la madre sperava che Yuki lo avrebbe aiutato a migliorare il suo giapponese. Il giorno dopo il funerale, si è fermata a casa mia per portarmi della zuppa e del tè, anche se avevo ignorato tutti i suoi messaggi.

Jay e Rachel invece si sono trasferiti qui alcuni mesi fa. È il loro primo anno. Non sono gli unici studenti stranieri. Ce ne sono altri. Ma di solito gli europei vengono trattati come delle celebrità e invitati a tutte le feste.

Yuki, Jay e Rachel, invece, hanno avuto difficoltà ad ambientarsi. Sono stati emarginati, nonostante parlino benissimo inglese. Ancora adesso, nessuno prova a fare amicizia con loro, a differenza di quello che accade con i francesi e i tedeschi. Così se ne stanno spesso tra loro. La cosa terribile è che per questo vengono accusati di isolarsi dal resto della scuola. Me lo ha fatto notare Sam. I suoi amici li chiamavano: *gli asiatici*. E quando lui ha puntualizzato: «Sapete... sono asiatico anch'io», uno di loro ha detto: «Sì, ma tu sei... *diverso*». Perché Sam è nato qui e non aveva nessun accento. Non gli ha risposto. Un giorno ha semplicemente preso le sue cose e si è trasferito al tavolo di Yuki. E io l'ho seguito. Ora il pranzo sembra insignificante senza di lui. *Come se mancasse qualcosa.* So che anche gli altri hanno questa sensazione.

Jay mi passa un altro Kit Kat e si avvicina. «Se hai bisogno di una mano, basta chiedere», sussurra. «Saremo sempre qui per te».

Non so cos'altro dire se non: «Grazie». Infilo la forchetta nell'insalata e continuiamo a mangiare in silenzio. Dopo un bel po', quasi dal nulla, dico: «Penso che Sam sarebbe felice di sapere cosa avete detto di lui». So che è così dal profondo del cuore. E ho intenzione di riferirgli tutto più tardi.

Alla fine delle lezioni, mi precipito all'armadietto per prendere le mie cose. Sto cercando di evitare tutti. Voglio solo andare a casa e chiamare Sam. Ci siamo già messi d'accordo. Ma a un certo punto avverto una presenza dietro di me. E sento toccarmi la spalla.

«Julie?».

Mi giro e incontro degli occhi verde scuro. È Oliver,

il migliore amico di Sam, ed è un po' troppo vicino. Indossa il suo classico giubbotto da baseball blu. Lo zaino gli pende da una spalla.

«Allora è vero che sei tornata...».

«Hai bisogno di qualcosa?»

«Volevo salutarti».

«Oh. Ciao», dico velocemente. Torno al mio armadietto e afferro un altro libro, sperando che colga il suggerimento.

Ma Oliver non si muove. «Come stai?»

«Bene».

«Oh...». Sembra in attesa che aggiunga altro, ma io non dico più niente. Forse si aspettava una risposta diversa. Ora non sono dell'umore giusto per affrontare questa conversazione. Soprattutto con lui. Ma continua a parlare. «È davvero già passata una settimana?»

«A quanto pare».

«Sei sicura di stare bene?», chiede di nuovo.

«Ti ho già detto di sì».

Non voglio essere scortese. Ma io e Oliver non siamo mai stati buoni amici, nonostante Sam. C'è sempre stata una certa tensione tra noi e non ho mai capito il perché. Come se fossimo in competizione per ottenere la sua attenzione. Per un po' ho anche tentato di fare amicizia con lui. Ogni volta che eravamo insieme provavo a iniziare una conversazione, ma era sempre telegrafico o fingeva di non sentirmi. Invitava Sam a uscire e diceva che non c'era posto per me nella sua macchina o che non aveva un biglietto in più da darmi. Quindi perdonatemi se non sono dell'umore giusto per fare una chiacchierata con lui. Soprattutto perché Sam non c'è più. Non devo per forza essere amichevole. Non gli devo niente.

Anche Oliver era al falò quella notte. Forse è di questo

che desidera parlare. Non voglio un confronto in questo momento. Chiudo l'armadietto. «Devo andare».

«Speravo che potessimo parlare», dice con un filo di voce.

«Non ho davvero tempo ora. Scusa». Esco senza dire altro.

«Aspetta... solo un secondo».

Continuo a camminare.

«*Per favore*», dice. Il tono acuto e ferito nella sua voce mi colpisce, mi fermo. «Per favore...», ripete, quasi con disperazione questa volta. «Non ho nessun altro con cui parlare».

Mi giro lentamente. Rimaniamo lì a guardarci in faccia mentre le persone ci passano accanto. Ora che lo osservo, riesco a leggere il dolore sul suo viso. Ha perso anche lui Sam. Ma a differenza mia non può più parlargli. Mi avvicino e gli sussurro: «Vuoi parlare di Sam?».

Annuisce. «Nessun altro può capirmi», dice. Poi si sporge verso di me. «Perché doveva succedere proprio a lui?».

Gli tocco la spalla, è molto teso. Come se stesse trattenendo qualcosa dentro. Non aggiungiamo altro perché non ce n'è bisogno. Per la prima volta, è come se ci capissimo.

«Lo so...».

«Sono davvero felice che tu sia tornata», dice. «Era troppo strano non vedere neanche te in giro». Poi dal nulla mi circonda con un braccio e mi stringe forte. Sento la morbida pelle della sua giacca contro la guancia. Di solito evito questo tipo di manifestazioni, ma per stavolta lascio correre. Si allontana e si risistema lo zaino. «Va bene se ti scrivo ogni tanto? Magari solo per parlare?»

«Certo».

Mi sorride. «Grazie. Ci vediamo domani».

Lo guardo scomparire in fondo al corridoio. Rimango con la sensazione di esserci guardati dentro per la prima volta da quando ci conosciamo. È presto per dire se diventeremo veri amici, ma almeno, forse, le cose tra noi saranno diverse.

A casa, trovo l'auto di mia madre nel vialetto. Quando entro, è in cucina a lavare i piatti. Appena chiudo la porta, sento chiudere il rubinetto e poi la sua voce.

«*Julie?*», mi chiama dalla cucina. Prima che possa rispondere, si precipita in corridoio con uno sguardo sollevato sul viso. «Dove sei stata tutto il giorno?».

Mi tolgo la giacca. «Ero a scuola. Pensavo di avertelo detto ieri».

«Ma perché non hai risposto ai miei messaggi?», mi chiede.

«Quali messaggi?»

«Ti ho mandato un messaggio ieri sera. Ti ho anche chiamato».

«Mi hai chiamato?». Non ricordo di aver visto nessuna notifica. L'unica persona con cui ho parlato ieri sera è stato Sam. Controllo di nuovo lo schermo. «Sei sicura? Non ho ricevuto niente».

Le passo il telefono per farle verificare di persona.

«Certo che sono sicura», dice, scorrendo le notifiche. «È strano. Ti ho mandato senza dubbio un messaggio. Pensi che sia colpa del tuo cellulare? Potrebbe essere anche il mio».

«Forse è un problema di rete».

«Forse...», ripete pensierosa. Mi restituisce il telefono. «Sai, non importa quanto siano all'avanguardia questi affari, non funzionano mai quando serve». Fa un lungo sospiro.

«Mi dispiace di averti fatto preoccupare».

«Va tutto bene», dice. «Volevo solo essere sicura che non ti fosse successo niente». Mi prende la giacca e la appende a un gancio al muro. «Per fortuna ho notato che il tuo zaino non c'era stamattina, quindi ho pensato fossi andata a scuola. A che ora sei tornata ieri sera?»

«Oh...». Sposto lo sguardo al pavimento. Non si è accorta che non sono proprio rientrata a casa. «Non troppo tardi...», rispondo.

«Sai, avrei potuto darti un passaggio stamattina».

«Non mi dispiace aver fatto una passeggiata». Mi giro verso le scale.

«Aspetta». Mi ferma. «Com'è andata a scuola? Tutto okay?».

Mi immobilizzo sul primo gradino. «È andata... bene», dico senza voltarmi.

«Ne vuoi parlare?»

«Non adesso. Sono un po' stanca».

Annuisce. «Va bene. Sai che ci sono sempre per te, Julie», dice mentre vado di sopra. «Ma dovremmo far controllare il tuo telefono! Anche il mio, ora che ci penso. Mi era venuto il sospetto che qualcuno stesse cercando di hackerarlo. È probabile che sia stato messo *sotto controllo*. D'altronde controllano tutto di questi tempi... Probabilmente stanno registrando anche questa conversazione, proprio adesso. Fai attenzione!».

«Contaci!».

Mi chiudo la porta alle spalle e mi guardo intorno. Tutto è esattamente come l'ho lasciato. Sono tornata stamattina da casa di Sam per cambiarmi e prendere le mie cose prima della scuola. Ecco perché sono arrivata in ritardo a lezione. Non volevo passare la notte nella sua stanza, ma ero così esausta… e lui mi ha detto che andava bene. Non ho più parlato con lui da allora. Mi siedo accanto al letto e prendo il telefono. Abbiamo programmato di sentirci dopo la scuola, una volta tornata a casa. Mi ha promesso che avrebbe risposto. Altrimenti, non mi sarei addormentata. Fisso lo schermo. Mentre la parte razionale di me continua a pensare che l'ultima notte sia stata tutta un sogno, sposto lo sguardo alla sua camicia a quadri appesa allo schienale della sedia. Sulla scrivania c'è il fermalibri che mi ha dato ieri sera. La maglietta dei Radiohead è piegata e riposta nel cassetto centrale. Ho controllato un secondo fa per essere sicura che fosse ancora lì.

Guardo il telefono. Per qualche ragione, il numero di Sam non appare nella cronologia delle chiamate. L'ho notato stamattina quando mi sono svegliata. È come se non ci fosse traccia di quello che è successo. Non è tutto nella mia testa, vero? Come avrei potuto sapere che la chiave era sotto la cassetta della posta? C'è solo un modo per esserne certi. Faccio un grosso respiro e compongo il suo numero. Sono tesa già al primo squillo. Ma suona solo due volte e poi risponde.

«Julie…».

I nodi nel petto si sciolgono e riprendo a respirare. *«Sam».*

«Sembri sollevata di sentirmi», dice con una risata. Il calore della sua voce mi riporta indietro e tutto sembra… come *prima.*

«Puoi biasimarmi?», sussurro, come se qualcuno potesse sentirci. «Non mi aspetto che tu risponda».

«Ma ho promesso che l'avrei fatto, no?».

Ingoio il fiato, respiro la sua voce come aria. «Lo so…

Ed è per questo che ti ho richiamato. Ma ti rendi conto di quanto sia pazzesco vero? Tu non ci sei più…».

«Cosa intendi?», mi chiede.

Lo stomaco mi si contorce. Non credo stia scherzando. È consapevole di cosa è successo una settimana fa, giusto? *Il falò. Le chiamate perse. I fari sulla strada.* Non è possibile che stiamo parlando di nuovo al telefono. Ho quasi paura a chiederglielo. Ma devo sapere. Le parole sembrano macigni nella gola. «*Sei morto, Sam…* Lo sai questo, vero?».

C'è un lungo silenzio prima che risponda.

Fa un sospiro. «Sì, lo so… Lo sto ancora elaborando».

Sono colta da un brivido. Una parte di me avrebbe voluto sentire una risposta diversa. Sperare che potesse tornare da me. «Quindi mi sto immaginando tutto?»

«Non stai immaginando niente, Julie. Te lo assicuro, okay?».

Un'altra promessa. Senza una spiegazione. Mi aggrappo al telefono, cercando di non crollare. «Non ho ancora capito come sia possibile. Come facciamo a parlarci?».

Tace di nuovo. Sposto il cellulare sull'altro orecchio, aspettando la sua risposta. «Se devo essere onesto, Jules, non lo so», dice. «Tutto quello che so è che mi hai chiamato e io ho risposto. E adesso siamo di nuovo in contatto».

«Non può essere così semplice, però…», ricomincio a dire.

«Perché no?», mi chiede. «So che sembra assurdo in questo momento. Ma forse non abbiamo bisogno di complicare le cose con domande a cui non sappiamo rispondere. Forse possiamo approfittare di questa opportunità e prenderla per quello che è. Finché possiamo».

Guardo il muro, cercando di riflettere. *Un'altra op-*

portunità. Essere di nuovo in contatto. Forse ha ragione. Forse questo è un dono o una falla nell'universo. Qualcosa al di fuori della nostra comprensione. Ricordo le sue parole di ieri sera. «Quando ero fuori dalla caffetteria, hai detto una cosa. Hai detto che volevi avere la possibilità di dirci addio. Hai detto che è per questo che mi hai risposto. Dicevi sul serio?».

Impiega un po' di tempo a rispondere. «A un certo punto, avremo entrambi bisogno di dirlo. Ma non devi preoccuparti di questo ora, va bene?»

«Quindi... vuol dire che fino ad allora, posso ancora chiamarti?»

«Certo. Ogni volta che avrai bisogno di me».

«E prometti di rispondermi?»

«Sempre».

Sempre.

Chiudo gli occhi cercando di assimilare quanto sta accadendo. Non ci vuole molto affinché la mente torni a *prima*. Prima che tutto cambiasse, quando avevamo ancora i nostri progetti. Prima che morisse, quando potevo toccarlo e sapere che c'era. Prima che tutto ci fosse tolto. Dall'altra parte, percepisco che Sam sta facendo lo stesso. Quando apro gli occhi, mi ritrovo sola nella mia stanza. Se penso a lui, e a questa seconda possibilità, non riesco a reprimere la domanda. So di averlo chiesto già, ma non mi ha più dato una risposta. «Dove sei, Sam?»

«Da qualche parte», dice vago.

«Dove?»

«Non saprei dirlo. Almeno per adesso».

Sento che non dovrei insistere. «È un posto dove sono stata anch'io?»

«Non credo...».

Cerco di ascoltare i suoni dalla sua parte. Ma non riesco a sentire niente.

«Puoi almeno descrivermi cosa vedi?».

Si prende un momento. «Un cielo infinito».

Guardo verso la finestra. La tenda è in parte tirata, mi avvicino e la apro completamente. Apro e lascio entrare la brezza mentre guardo oltre i tetti delle case, oltre le cime delle colline lontane e verso il cielo. Sento Sam che *ascolta*. Gli chiedo: «Stiamo guardando lo stesso cielo?»

«Forse. Non ne sono del tutto sicuro».

«Immagino che questo sia tutto ciò che puoi dirmi».

«Per ora, almeno. Mi dispiace».

«Va bene», rispondo, per tranquillizzarlo. «Sono solo felice che tu abbia risposto al telefono».

«Sono felice che tu mi abbia chiamato», dice. «Pensavo che non ti avrei più sentita».

Mi si riempiono gli occhi di lacrime. «Pensavo di averti perso per sempre. Mi sei mancato».

«Anche tu mi sei mancata. Mi sei mancata infinitamente».

Non gli faccio altre domande. Almeno, non adesso. Lo prendo per quello che è, e mi godo la possibilità di riconnettermi a qualcuno che credevo di aver perso, non importa quanto possa sembrare ridicolo. Il resto della telefonata va avanti come un sogno a occhi aperti, continuo a chiedermi cosa sia reale e cosa no. Non so nemmeno se abbia importanza. Parliamo di cose ordinarie e sembra di nuovo come ai vecchi tempi. Gli dico quello che hanno detto Yuki e gli altri a pranzo. Gli racconto il resto della mia giornata a scuola, la conversazione con Oliver. Non so se è frutto della mia immaginazione, ma ci sono cose che non riesco a spiegare. Sarebbe più facile ammettere che niente di tutto questo è reale, ma poi vedo i suoi oggetti nella mia camera. *La maglietta, i bracciali, l'altro fermalibri.* Come avrei potuto prenderli se non mi avesse detto dov'era la chiave di riserva?

Le domande mi affollano la mente, ma per ora le metto da parte. Voglio concedermi di vivere in questa bellissima e strana tana del bianconiglio in cui sono precipitata. Non mi interessa come tutto questo sia possibile. Sam è di nuovo con me. Non voglio lasciarlo andare.

Capitolo 5

Lavoro nella libreria del signor Lee da quasi tre anni ormai. È un posto che pullula di cimeli, di libri rari, di testi rilegati in pelle o pezzi da collezione, ed esiste da due generazioni nonostante sempre più persone tendano ad acquistare online. È l'ultima libreria rimasta in città. L'ho trovata per caso la settimana in cui mi sono trasferita qui.

Il negozio è senza nome e senza insegna. L'unica indicazione sono i libri accatastati in torri a spirale vicino alle vetrine. Molti dei nostri clienti entrano più che altro per curiosità.

A essere onesti, non sapevo quanto a lungo sarebbe durato questo lavoro quando ho fatto domanda. Ogni volta che giro l'angolo della libreria, ho paura di trovare le luci spente e il cartello CHIUSO appeso alla porta. Sono sorpresa che il signor Lee riesca ancora a mantenerci quando c'è così poco da fare. Non lo ringrazierò mai abbastanza per la sua gentilezza.

Lo scacciapensieri di cristallo tintinna contro la porta a vetri appena la apro.

Ho deciso di passare dopo la scuola, per controllare la situazione. Dopo una settimana di silenzio da parte mia, è ormai giunto il momento. Quando entro, mi sembra di aver attraversato un portale spaziotemporale. Le lampadine pendono da fili di diverse altezze e funzionano a intermittenza. Il negozio sembra piccolo a guardarlo dall'esterno, ma una volta entrati le sedici lunghe file di scaffali dipinti a mano che sfiorano il soffitto lo fanno sembrare davvero enorme.

All'inizio sembra che non ci sia nessuno. È più tranquillo del solito. Poi sento il rumore di una scatola che viene aperta, diversi libri che cadono e una voce che esclama: «Oh cavolo».

Immaginavo che avrei trovato Tristan oggi. Seguo la voce e lo trovo accovacciato in fondo alla sezione fantasy, mormora tra sé e sé mentre raccoglie i libri caduti a terra. Mi inginocchio per aiutarlo.

«Hai bisogno di una mano?»

«Eh? Ahia...».

Si gira troppo in fretta, sbattendo la testa contro la scaletta degli scaffali.

«O mio Dio... stai bene?»

«Sì, tutto okay». Fa una smorfia, sorridendo nel dolore. Sbatte le palpebre e mi riconosce. «*Julie?* Quando sei arrivata?»

«Giusto un momento fa», rispondo mentre gli controllo la fronte. «Forse dovremmo metterci qualcosa».

Con la mano fa un gesto per dirmi di lasciar perdere. «No, davvero, sto bene», afferma di nuovo, e ridacchia in modo poco convincente. «Mi succede in continuazione qui dentro».

«È preoccupante».

«Tranquilla! È solo un bernoccolo».

Dopo aver impilato i libri, lo aiuto ad alzarsi. Si raddrizza e fa scorrere un paio di volte la mano nei riccioli castani, anche se subito rimbalzano al loro posto. È una specie di tic nervoso.

«Mi dispiace di averti spaventato», dico.

«Non mi hai spaventato», ribatte, spolverandosi le maniche. «Sono solo sorpreso, tutto qui. Non sapevo che saresti venuta oggi».

«Ho pensato di fare un salto. So che è passato un po' di tempo dall'ultima volta che sono stata qui». Mi guardo in giro per vedere se è cambiato qualcosa. Ma il posto è esattamente come l'ho lasciato. «Mi dispiace di essere sparita all'improvviso. Ho saputo che ti sei offerto di coprire i miei turni. Ti volevo ringraziare».

«Oh, non c'è bisogno. Voglio dire, sono felice di esserti stato d'aiuto».

Oltre al signor Lee, qui lavoriamo solo io e Tristan. Se uno di noi è malato, l'altro gli copre il turno e si occupa della chiusura del negozio. Dipendiamo molto l'uno dall'altro, soprattutto nel periodo di esami quando dobbiamo incastrare bene i nostri orari. Detesto avergli scaricato addosso un'intera settimana di lavoro senza dirgli neppure una parola. Frequenta il penultimo anno, quindi non abbiamo mai lezione insieme. La prima volta che abbiamo parlato è stato durante il colloquio per questo lavoro. Il signor Lee ha detto di essere rimasto colpito dalla nostra conoscenza dei libri e ci ha scelto appositamente per i generi che leggiamo di più. Io sono appassionata di narrativa e young adult, Tristan è un esperto di fantascienza e fantasy. In seguito abbiamo scoperto che eravamo stati gli unici a fare domanda.

«Mi sento ancora in colpa», dico.

«Non dovresti», afferma, scuotendo la testa. «Puoi prenderti tutto il tempo che ti serve. Mi piace stare qui. Non ti preoccupare».

Lo scacciapensieri tintinna di nuovo, è entrato un cliente. Tristan si volta a guardare e si passa una mano tra i capelli. Sussurra, con cautela: «Allora, tu come stai? Volevo chiamarti, o scriverti, ma avevo paura che fosse troppo presto. Mi dispiace per quello che è successo a Sam. Deve essere davvero difficile per te in questo momento...».

Fisso il pavimento, pensando a cosa dire. Da quando Sam ha risposto alla mia telefonata, è come se il mondo intero si fosse capovolto, e non so più cosa dire alle persone che mi chiedono come mi sento. Come lo spiego il legame tra dolore e speranza, senza essere fraintesa? Senza accennare al suo segreto? «Cerco solo di affrontare un giorno alla volta...».

Annuisce. «Capisco...».

Ancora lo scacciapensieri. Uso questa breve distrazione per cambiare argomento. Faccio scorrere una mano sugli scaffali. «Allora, com'è andata qui al negozio?»

«Abbastanza bene», dice, comprendendo. «A proposito, vorrei farti vedere una cosa». Mi prende per un braccio, trascinandomi in un'altra sezione. Una donna e suo figlio stanno esaminando dei libri usati vicino alla vetrina principale. Tristan si rivolge a loro con un sorriso: «Se avete bisogno fatemi sapere», dice.

Arriviamo nel settore della fantascienza, il suo preferito.

«Guarda... tutta la collezione di Space Ninja, edizione speciale», dice, mostrandomi lo scaffale a cui ha lavorato. «Ce ne sono solo una cinquantina al mondo».

«Oh, wow».

Apre il libro con attenzione. «Ha una mappa olografica dell'intera galassia NexPod. Non è una figata?». Volta pagina. «E c'è l'immagine del Capitano Mega Claws – olografica anche questa. Se la inclini un po', l'artiglio si muove».

«È bellissimo». Tocco la carta che luccica. «Sembra costoso, però».

«È già stato venduto».

«Oh… allora perché è ancora qui?»

«Devo spedirlo», spiega. «Lo hanno comprato online».

«Siamo su internet?»

«Dalla scorsa settimana», dice Tristan. «Abbiamo un negozio anche sul web adesso. Ci sta portando davvero molti clienti».

«È stupefacente. E al signor Lee sta bene?»

«Certo. Mi ha anche chiesto di aggiornare la nostra pagina Facebook. E abbiamo addirittura un account Twitter».

«C'è qualcuno che lo usa ancora?»

«Non ti immagini nemmeno».

«Interessante».

Rimette il libro sullo scaffale. «Ho anche contattato l'autore, Steve Anders. Gli ho chiesto di venire a fare un firma copie qui. Mi hanno risposto».

«*O mio Dio.* Quando viene?»

«Non viene», dice accigliato. «Il suo addetto stampa ha comunicato che non ha mai nemmeno sentito parlare di Ellensburg».

«La maggior parte delle persone non la conosce», affermo con un sospiro. «Almeno ci hai provato».

«Sì. Me lo ha detto anche il signor Lee».

Lo scacciapensieri si fa sentire di nuovo all'arrivo di un altro cliente. È sempre bello vedere le persone entrare nel negozio, anche se alla fine non comprano niente. Dopo un momento di silenzio, sento odore di salvia e foglie di tè. Un'energia calma avvolge la libreria. Mi giro e vedo la porta del retrobottega aperta e il signor Lee accanto a Tristan, una mano sulla sua spalla. Ha la capacità di apparire dal nulla.

«Buon pomeriggio, Julie».

«Signor Lee...», è tutto ciò che dico. Speravo di incontrarlo. Mi sento a disagio per non essermi fatta viva prima, ma so che capisce. Nessuno lo sa, ma era con me il giorno in cui ho scoperto che Sam era morto. Anzi, eravamo proprio qui al negozio quando ho ricevuto la telefonata di Mika quella mattina. Mi ha sollevato da terra, ha chiuso la libreria, mi ha accompagnato in ospedale e ha aspettato per riportarmi a casa. Gli è sempre piaciuto avere Sam intorno.

Secondo il signor Lee «ci portava fortuna».

«E io cosa ho portato?», gli ho chiesto una volta.

«Hai portato Sam».

«I libri hanno sentito molto la tua mancanza», mi dice alzando una mano. Mentre qualcun altro potrebbe trovare strane le sue parole, io sono abituata al suo modo di attribuire personalità ai libri, dando loro vita. Ad esempio, quando arriva un nuovo testo, dice: «Dovremo trovare una casa per questo». Mi fa sorridere tutte le volte.

«Sono stati nei miei pensieri anche loro», rispondo.

Annuisce. «Avevo la sensazione che saresti passata», dice. «Tempismo perfetto. C'è qualcosa che vorrei che tu vedessi».

Lasciamo Tristan con i clienti e andiamo verso l'ufficio sul retro. La stanza nascosta si trova dietro una libreria finta, e non è un gran segreto. Ogni volta che entro e seguo la stringa di luci e ornamenti lungo il soffitto, mi sento come *Alice attraverso lo specchio.*

L'ufficio è pieno di scatoloni impilati, stracolmi di libri per i quali non abbiamo ancora un posto o che non abbiamo disimballato. Il signor Lee mi chiede di aspettare mentre scompare nel piccolo studio. Quando torna, ha in mano una specie di libro che non riconosco subito.

«L'ho trovato nella scatola delle donazioni della scorsa settimana. Guarda…». Me lo porge.

Faccio scorrere la mano sulla copertina. Ha una bellissima rilegatura in tessuto marrone, morbida al tatto, con motivi floreali ricamati e spolverati d'oro. Non c'è scritto nulla sopra. Forse manca la copertina. Scorro alcune pagine in cerca del titolo. Ma è tutto vuoto.

«È un taccuino», dice il signor Lee. «È davvero bello, non sei d'accordo?»

«Sì…», sussurro, ammirando la qualità delle pagine. «Non posso credere che qualcuno lo abbia dato via. Non è nemmeno mai stato utilizzato».

«Appena l'ho visto ho subito pensato a te», dice, e indica il vecchio computer sul tavolo in fondo. «Ho notato che rubi la carta dalla stampante per scrivere. Quindi ho pensato che avresti apprezzato questo regalo. Chissà… forse se cambi mezzo, potresti trarne nuova ispirazione».

«I fogli li ho solo presi in prestito».

Ridacchia e fa un gesto di noncuranza.

Guardo il taccuino. «Quindi è per me?»

«Sempre che tu ne faccia buon uso», afferma con un cenno del capo. «Lo considero un investimento».

«In che modo?»

«Vedi… una volta che hai finito il tuo libro, possiamo metterlo sugli scaffali, all'entrata del negozio», spiega. «E potrò dire ai clienti che l'hai scritto qui, sai? Sul diario che ti ho regalato io».

Sorrido mentre lo tengo stretto a me. Il signor Lee mi ha sempre incoraggiato a scrivere di più. *«Sfrutta il tuo tempo al negozio. Fatti ispirare dai libri, parla con loro. Sono pieni di idee».* A volte condivido le mie storie con lui perché mi interessa la sua opinione. A differenza del mio insegnante di scuola, lui conosce bene il mondo della letteratura e trova sempre bellezza nelle mie parole. Capisce cosa sto cercando di dire anche quando non ne sono sicura nemmeno io. «Non so se sono in grado di scrivere un libro intero, però», ammetto. «Ho un po' di problemi di concentrazione ultimamente, sono distratta. Non so più cosa scrivere».

«A cosa pensi?», mi chiede.

Faccio scorrere la mano lungo il dorso del diario. «Un po' a tutto, diciamo. Alla mia vita. Ai cambiamenti». *E a Sam, ovviamente.*

«Allora scrivilo. Scrivi cosa ti succede».

Lo guardo. «Signor Lee, a nessuno interessa leggere della mia vita».

«E tu per chi scrivi?», mi chiede, inarcando la fronte. Me l'ha già domandato altre volte. E so la risposta che vuole sentire. *Scrivo per me stessa.* Anche se non so cosa significhi davvero. Non riesco fare a meno di preoccuparmi di ciò che pensano le persone, soprattutto del mio modo di scrivere. «Abbiamo troppe voci in testa. Devi scegliere quelle che significano qualcosa per te. Che storia vuoi raccontare *tu*?».

Fisso il diario, riflettendo sulle sue parole. «Ci proverò, signor Lee. Grazie di tutto. E mi dispiace di non averla avvisata che mi sarei assentata per un po'…».

Alza un dito per fermarmi. «Non serve che ti scusi». Apre la porta della libreria e indica il negozio. «I libri ti danno il bentornato».

Mi sento sempre a casa quando sono qui. Potrei passarci dei giorni. È confortante essere circondati da muri di libri. Ma per quanto sia bello tornare, Sam mi sta aspettando. Avevamo programmato di fare un'altra chiamata oggi. Ma questa volta, mi ha chiesto di telefonargli da un posto nuovo. Ha detto che voleva mostrarmi una cosa.

Sono appena uscita dalla libreria quando sento lo scacciapensieri suonare dietro di me, seguito dalla voce di Tristan.

«Julie! Aspetta!».

Mi giro e lo vedo con la mano tesa, stringe il mio cellulare.

«Hai dimenticato questo».

Mi sfugge un sussulto. «O mio Dio...». Prendo il telefono e me lo stringo forte al petto. Il cuore mi batte all'impazzata mentre la testa si affolla di pensieri e ipotesi su *cosa sarebbe successo. Che cosa sarebbe successo se l'avessi perso? E se non avessi potuto più richiamare Sam? Come posso essere tanto sbadata? Come avrei potuto perdonarmi?* Mi riprometto di stare più attenta. «Grazie davvero», dico quasi completamente senza fiato.

«Nessun problema», risponde. «L'hai lasciato sul bancone».

«Sei il mio *salvatore*».

Ride. «Saremmo persi senza questi aggeggi, eh?»

«Non sai quanto, Tristan».

Tiro un sospiro di sollievo e sorrido aspettando che torni dentro. Ma non si muove. Se ne sta lì impalato, un po' goffo.

«C'è qualcos'altro che vuoi dirmi?».

Si gratta la nuca. «Più o meno. Cioè... ho dimenticato di dirti una cosa prima».

«Cosa?»

«Si tratta del festival del cinema. Lo Spring Flick Festival... Il mio film è stato accettato. Ci tenevo che tu lo sapessi».

«È magnifico, Tristan! Congratulazioni. Ero certa che ce l'avresti fatta».

Lo Spring Flick è una sezione dell'Ellensburg Film Festival riservata agli studenti che si svolge all'università. È uno dei più grandi eventi cittadini. Tristan e i suoi amici hanno presentato un cortometraggio nella categoria per le scuole superiori. Hanno passato gli ultimi sei mesi a lavorare a un documentario su Mark Lanegan, il musicista rock nato in questa città. Sam era un suo grande fan.

«Si terrà il mese prossimo, qualche settimana prima del diploma», continua, passandosi una mano tra i capelli. «Ho un biglietto in più. Mi avevi detto che saresti voluta venire, se il film fosse stato accettato. Ti va ancora?».

La parola *diploma* mi coglie alla sprovvista e vado quasi nel panico. *Mancano davvero soltanto due mesi?* Non ho ancora avuto notizie dai college. E sono indietro con la scuola, che cosa succede se non riesco a recuperare in tempo? Mi perdo così tanto nei miei pensieri, che dimentico la sua domanda. Forse ci sto mettendo troppo a rispondere, perché diventa rosso in faccia e inizia a balbettare. «Mi dispiace tanto. Non avrei dovuto chiedertelo così presto. Probabilmente hai troppe cose per la mente adesso. Ora devo tornare dentro...».

Si gira verso il negozio.

«*Aspetta*», lo richiamo. «Certo. Verrò».

«Sul serio?», chiede, improvvisamente raggiante. «Cioè, va bene. Okay, magnifico. Fico. Ti darò notizie al più presto. E... fammi sapere se cambi idea. Va bene lo stesso».

«Ci sarò, Tristan», ripeto mentre mi volto per andarmene.

Rimane fermo sulla porta a salutarmi, mentre attraverso la strada e poi sparisco dietro l'angolo.

Dei fiori di ciliegio mi cadono sulle scarpe appena scendo dall'autobus. Mi trovo all'ingresso dell'Università Central Washington. Dietro gli alberi si erge la torre in mattoni di Barge Hall, mi guardo intorno. I sentieri di tutto il campus sono ricoperti di petali rosa e bianchi. C'è un ruscello che scorre accanto alla biblioteca. Attraverso un ponticello. Mentre taglio per il prato, i rami lasciano cadere petali sui miei capelli e sulle spalle. Una leggera brezza li fa volteggiare in aria. Quando gli alberi fioriscono in primavera, questo campus sembra un luogo da sogno.

Il Sakura Festival si svolge una volta all'anno e vengono a vederlo persone da tutto lo Stato di Washington. Sam e io di solito arrivavamo in autobus quando il tempo era caldo. È bello passeggiare lungo i sentieri del college. È la prima volta che vengo quest'anno. Respiro il profumo e ricordo noi due che camminiamo insieme, mano nella mano.

Sam si ferma ad annusare l'aria. «Questo mi riporta indietro con la memoria...».

«È simile?», chiedo.

Mi guarda. «A cosa?»

«Agli alberi di ciliegio in Giappone».

Si guarda bene intorno. «È come confrontare un lago con l'oceano. Capisci che intendo? Non è neanche lontanamente simile». È appena tornato da un viaggio in Giappone, è andato a trovare i suoi nonni e ha partecipato al Sakura Festival originale. Ha detto che era un viaggio di famiglia...

Incrocio le braccia. «Grazie ancora per l'invito».

«Te l'ho detto». Ride mentre mi prende le mani. «Andremo quest'estate dopo il diploma. Promesso. Ti piacerà moltissimo. Non credo tu abbia mai visto niente del genere».

«Niente a che vedere con Ellensburg?»

«Mondi completamente diversi».

Sorrido e gli bacio la guancia. «Non vedo l'ora».

«Allora, come sono i fiori quest'anno?». La voce di Sam al telefono mi riporta indietro.

Ho chiamato appena i viali si sono svuotati, così adesso ci siamo solo noi.

«Sono bellissimi», dico. Guardo gli alberi che costeggiano i sentieri, ascoltando il flusso d'acqua che scorre più avanti. «Ma non come l'oceano, giusto?». Non risponde, ma lo sento sorridere. «Perché mi hai chiesto di venire qui?»

«È la nostra tradizione», dice Sam. «Passeggiare qui ogni primavera, ricordi? Mi sono reso conto che quest'anno non siamo ancora riusciti a venire. E mi sono sentito triste. Non volevo che pensassi che mi fossi dimenticato. Quindi ho pensato di portarti qui ancora una volta, finché posso».

«Ma tu non sei qui», gli ricordo.

«Lo so». Sospira. «Ma fai finta che io ci sia. Solo per un secondo. Proprio lì, accanto a te, come prima...».

Chiudo gli occhi e provo a immaginarlo. Il vento leggero mi accarezza il viso, ma non cambia nulla. *Avresti dovuto farmi venire con te l'ultima volta. Questo non basta a rimediare.* «Non è la stessa cosa, Sam. Per niente...».

«Lo so. Ma è il meglio che possa fare in questo momento».

Una coppia che si tiene per mano mi passa accanto.

Ecco cosa manca. *Il tocco di una mano. Il calore della pelle. Il senso di lui accanto a me.* Anche se sono di nuovo in contatto con Sam, lui non è davvero qui. Stringo forte il telefono, allontano questo pensiero e continuo a camminare. Avevo paura di uscire e imbattermi in qualcuno. Non posso dire a nessuno delle nostre chiamate perché non sappiamo cosa potrebbe succedere. Non voglio correre alcun rischio, quindi ho promesso di mantenere il segreto. Quando il campus si è liberato da un po' di gente, trovo una panchina libera lontano dal sentiero e vado a sedermi.

«Allora come va a scuola?», mi chiede Sam. «È tutto… diverso?»

«Vuoi dire, senza di te?»

«Sì».

«Credo di sì», dico. «Sono tornata solo da pochi giorni. Ma detesto che tu non ci sia. Non mi piace sedermi accanto a una sedia vuota, sai?»

«Le persone parlano di me?».

Rifletto un attimo. «Non lo so. Non parlo con nessuno».

«Oh… Okay».

C'è qualcosa nella sua voce. Forse una nota di tristezza? «Sono sicura che la gente pensa ancora a te, però», aggiungo. «Ci sono delle tue foto in segreteria e in alcuni corridoi. Le guardo sempre quando entro. Le persone non ti hanno dimenticato, se è questo che ti stai chiedendo».

Non dice niente. Vorrei sapere su cosa rimugina. Mentre me ne sto in silenzio, a pensare alla scuola, una domanda mi viene naturale. «Parli con qualcun altro, Sam?»

«Cosa intendi?»

«Voglio dire, al telefono. Come adesso».

«No. Solo con te».
«Come mai?».
Riflette per un momento. «Sei l'unica che mi chiama».
Prendo in considerazione la cosa. «Significa che se qualcun altro ti chiamasse risponderesti?»
«Non credo».
«Perché?»
«Perché la nostra connessione è diversa», dice. «E, in un certo senso, forse anche io ero in attesa di una tua chiamata».
«Potrebbe avere un significato?»
«Per esempio?»
«Non lo so», dico, pensandoci all'improvviso. «Forse c'è qualcosa che hai bisogno di dirmi. O che vuoi che io faccia…».
«O forse volevo solo risponderti e assicurarmi che stessi bene», dice Sam. «È così difficile da credere?».
Mi appoggio alla panchina e cerco di farmene una ragione. «Quanto tempo abbiamo ancora?»
«Non sarà per sempre. Se è questo che mi stai chiedendo».
Temevo questa risposta. Deglutisco forte. «Significa che un giorno non mi risponderai più?»
«Non preoccuparti. Riusciremo a dirci addio prima, okay? Lo sapremo quando sarà il momento».
«Non te ne andrai di nuovo?»
«Promesso, Julie. Rimarrò il più a lungo possibile».
Chiudo gli occhi per un attimo e cerco di trovare conforto nelle sue parole. Non faccio altre domande. Non voglio rovinare questa bella giornata. Una leggera brezza agita i petali caduti sull'erba. Quando apro gli occhi, sposto lo sguardo tra i rami e fisso il sole che brilla tra i fiori di ciliegio.

«Vorrei che tu fossi qui con me», sussurro.
«Lo vorrei anch'io».

Il sole è ormai tramontato quando torno a casa. Sono rimasta al telefono con Sam così a lungo che ho perso la cognizione del tempo. Volevo richiamarlo ancora una volta arrivata in camera, ma ha detto che avremmo dovuto aspettare fino a domani. Forse è meglio così. Nonostante la scuola sia l'ultimo dei miei pensieri, ho troppi compiti arretrati. È tutto accumulato sulla mia scrivania. È davvero difficile riuscire a concentrarsi. Riesco a malapena a finire di leggere un capitolo di storia quando un rumore alla finestra mi fa sobbalzare. *Crac*. Un secondo dopo, un altro *crac* e un sasso vola nella stanza, rimbalzando sul pavimento. Corro a guardare fuori.

Una figura alta si muove nel vialetto. Sembra un volto familiare.

«Oliver? Sei tu?».

Sotto la mia finestra, trovo Oliver con il suo giubbotto da baseball. Saluta nella mia direzione.

«Ehi… come butta?».

Gli lancio un'occhiataccia. «Che ci fai qui?»

«Oh, sai, ero di passaggio», risponde, scrollando le spalle con disinvoltura. «Ho pensato di farti un saluto. Spero di non disturbare».

«Oliver… hai appena lanciato un *sasso* alla mia finestra».

«Giusto, ti chiedo scusa, è stato scortese da parte mia…», dice, tenendo entrambe le mani in aria come se si arrendesse. Sembra non avere alcuna intenzione di andare via.

«Hai *bisogno* di qualcosa?», chiedo.

Scuote la testa. «No. Affatto. Voglio dire, forse. In un certo senso… Sì? Voglio dire, no. Intendo…».

«Dillo e basta».

Abbassa le spalle e sospira. «Volevo chiederti se ti andava di fare una passeggiata o qualcosa del genere».

«Adesso?»

«Ecco, a meno che tu non sia occupata».

«Abbastanza».

«Oh…».

Non credo fosse la risposta che si aspettava. Si guarda attorno nel buio, un po' spaesato.

«Mi dispiace», dico.

Scrolla le spalle. «No, va bene. Allora me ne ritorno a casa…». Si gira guardando la strada come se stesse per andare via. Ma non lo fa. Anzi, rimane bloccato in quella posizione. Aspetto ancora un po' ma non succede niente.

«Non te ne andrai, vero?».

Abbassa la testa, sembra infelice. «Ho davvero bisogno di parlare con qualcuno».

Guardo i compiti sulla scrivania, poi di nuovo Oliver. «Okay, va bene. Scendo subito. Basta che non fai più rumore».

Si copre la bocca e mi fa il segno di OK.

Pochi minuti dopo, lo trovo ad aspettarmi sugli scalini della veranda con le mani in tasca. È buio. Nel momento esatto in cui esco nel portico, i suoi occhi si spalancano.

«Oh…uhm, la camicia…». Balbetta leggermente e fa un passo indietro.

È un po' fresco stasera, quindi ho indossato al volo la camicia a quadri di Sam. Sono uscita senza pensarci. Non immaginavo che l'avrebbe notato.

«Non riuscivo a trovare la mia giacca», dico. Mi rimbocco le maniche e incrocio le braccia, cercando di non attirare l'attenzione. Restiamo in silenzio per un po'. «Allora, dove stiamo andando?», Chiedo.

«Da nessuna parte, in particolare», dice. «Va bene lo stesso?»

«Certo».

Sorride. Alla luce del portico, lo vedo meglio. I capelli castano scuro gli si arricciano sulla fronte pallida, non una ciocca fuori posto. Sono sempre stata invidiosa dei riccioli di Oliver. Dai, non possono essere naturali.

Mi fa cenno di scendere i gradini. «Dopo di te».

Camminiamo in silenzio lungo il marciapiede illuminato dai lampioni. Non si sentono altri rumori se non i nostri passi sull'asfalto e qualche macchina occasionale. Oliver fissa dritto davanti a sé, il suo sguardo è distante. Non so dove stiamo andando, e nemmeno se abbia importanza a questo punto.

Dopo un po', decido di rompere il ghiaccio «Non vuoi dire niente?»

«Sì, certo», risponde. «Di cosa vorresti parlare?»

Smetto di camminare. «Oliver… mi hai chiesto *tu* di uscire».

Si ferma sul marciapiede senza voltarsi indietro. «Giusto». Guarda su e giù per controllare che non vengano auto. «Da questa parte», dice e attraversa la strada. Lo seguo a malincuore. Mentre lasciamo il quartiere, ho la sensazione che abbia in mente una meta precisa.

Non mi guarda. Continua a camminare. Dopo un po', finalmente mi domanda: «Pensi ancora lui?».

Non ho bisogno di chiedere a chi. «Certo che ci penso».

«Quanto spesso?»

«Tutto il tempo».

Annuisce. «Idem».

Attraversiamo di nuovo, evitando le luci della città. Devia su una strada sterrata, che probabilmente sarebbe meglio non imboccare. Lo seguo comunque, controllando avanti e indietro.

«Ultimamente hai per caso dato uno sguardo al profilo Facebook di Sam?», continua.

«No, ho cancellato il mio. Perché?»

«È davvero strano», dice. «Le persone gli scrivono ancora. Sulla sua bacheca. Come se lui potesse leggerla».

«E cosa scrivono?»

«Esattamente quello che ti aspetteresti», risponde, con la mascella tesa. «Non lo sopporto. Non si usa nemmeno più Facebook, sai? Non ricordo l'ultima volta che ho scritto sulla bacheca di qualcuno. Sam muore e all'improvviso è sommerso di messaggi? Li ho letti tutti. Non sembra nemmeno che scrivano a lui. Sembra più che vogliano farsi leggere dagli altri. C'è la gara a chi soffre di più».

Non so che dire. «Le persone affrontano il dolore in modi diversi a volte. Non dovresti lasciarti influenzare da quello che scrivono».

«Non sono modi diversi se fanno tutti la stessa cosa». Indica oltre la strada. «Di qua».

Si sta facendo tardi ma non dico niente. La città è alle nostre spalle ormai, e ho perso la cognizione del tempo, non so quanto abbiamo camminato. Di solito non mi spingo così lontano, specialmente quando è buio. Ma sono con Oliver. E sembra che non voglia restare da solo.

La temperatura scende ancora un po', riesco a vedere la nuvola di vapore che esce dalla mia bocca. Ma per qualche ragione, non ho freddo. Tengo le braccia incrociate e mi concentro sul rumore della ghiaia che scricchiola sotto le nostre scarpe. Poi Oliver si ferma all'improvviso. Quasi gli sbatto addosso. Alzo lo sguardo e vedo il cartello. Anche al buio, le lettere bianche riflettono le parole.

ARRIVEDERCI A ELLENSBURG

Siamo al confine della città. Un campo d'erba si estende a partire dalla striscia di ghiaia che divide Ellensburg dal resto del mondo. L'aria non si muove, iniziano a vedersi le prime stelle. Guardo a sinistra e vedo la luna bassa sugli alberi. Illumina i fili d'erba leggermente ghiacciati dal freddo, facendoli brillare come il chiaro di luna sull'acqua.

Oliver sposta un po' di ghiaia con il piede. Rimango vicino a lui, a guardare. Fissa in lontananza per un po', le mani sprofondate nelle tasche.

«Sam e io venivamo spesso qui», sospira, quasi malinconicamente. «Voglio dire, una volta». Mi guarda. «Prima che incontrasse te».

Non dico niente.

Distoglie lo sguardo. «Sai… per molto tempo, sono stato arrabbiato con te».

«Per cosa?»

«Per avermi rubato il mio migliore amico», confessa. «Sono sempre stato un po' geloso, se proprio vuoi sapere la verità. Mi lasciava da solo in continuazione per venire da te. E tutte le volte che uscivamo, parlava soltanto di te».

Lo guardo, mi viene quasi da ridere. «Questa è bella. Perché anch'io sono sempre stata gelosa di te per lo stesso motivo».

Mi sorride, poi guarda di nuovo nel vuoto. «Io e Sam

avevamo fatto un sacco di progetti, sai? Sognavamo di andarcene da Ellensburg un giorno. A volte questa città ci stava davvero stretta, oppure uno di noi aveva avuto una brutta giornata, allora camminavamo fino a qui e oltrepassavamo il confine», racconta mentre va oltre la striscia. «Parlavamo spesso di finire il college alla Central Washington, e di dove saremmo andati in futuro. Ma succedeva prima che facesse nuovi progetti con te».

«Ed è per questo che mi hai sempre ignorato?»

«Mi dispiace».

«Non fa niente», dico, e oltrepasso anch'io il confine. «Forse non sono stata il massimo con te».

Dopo un momento sospira, gli occhi lucidi. «Questa cosa mi distrugge davvero, sai. Non è riuscito a lasciare la città. La sua vita è stata tutta qui. Questa linea è stata il punto più lontano che abbia mai raggiunto». Scuote la testa.

Deglutisco forte. «Fa male anche a me».

«Sono contento che ti abbia incontrato, però», dice senza guardarmi. «Lo hai reso felice. I momenti che avete passato insieme sono stati molto preziosi». E quando non rispondo, aggiunge: «A proposito, non ascoltare nessuno. Non dar retta a quelli che ti vogliono dare la colpa. Non sanno un bel niente». Distolgo lo sguardo mentre continua. «Ti amava davvero, sai? Se lo conoscessero almeno un po', saprebbero che lui disprezzerebbe le cose che stanno dicendo. Cerco di farli tacere ogni volta che li sento».

Non so cosa rispondere. «Grazie».

Stiamo per un po' in silenzio a fissare l'erba. Poi dal nulla – non so se a sé stesso o alla luna – dice: «Vorrei potergli parlare un'ultima cosa». E si rivolge a me. «Ci pensi mai? A quello che vorresti dire a Sam, se avessi un'altra possibilità?».

Guardo in basso. Non sa che io ce l'ho già questa opportunità. Che posso ancora parlare con Sam. Ma non posso raccontarglielo. «Sì, ci ho pensato».

«Anch'io».

Si sta facendo tardi. Però restiamo lì in silenzio, fermi a pensare e a fissare l'altra parte del mondo ancora un po', prima di tornare indietro.

Una volta raggiunta casa mia, Oliver mi accompagna alla porta d'ingresso. Prima di entrare, devo chiederglielo: «Allora cosa gli diresti?».

Mi fissa confuso.

«Intendo… a Sam. Se ne avessi la possibilità…».

«Oh, be', io…», balbetta. Apre e chiude la bocca, come se avesse dimenticato come si fa a parlare. Come se qualcosa lo stesse trattenendo. Vedendolo così in difficoltà, gli tocco la spalla.

«Non devi dirmelo per forza», lo rassicuro.

Fa un sospiro di sollievo. «Magari un'altra volta», dice.

Sorrido e apro la porta.

«Ti va se lo facciamo di nuovo?», chiede.

«Un'altra passeggiata, intendi?»

«Sì», annuisce. «Non so, uscire o qualche cosa del genere».

Ci penso su. «Mi piacerebbe. Ma bussa la prossima volta. O mandami un messaggio».

«Cercherò di ricordarmelo», dice. «Anche se ti ho scritto. Ma non mi hai mai risposto».

«Quando?»

«Oggi. E anche ieri».

«Vuoi dire… più di una volta? C'è qualcosa che non va

allora». Controllo il telefono per essere sicura. Non ci sono messaggi da Oliver. Ora che ci penso, da parte di nessuno. Non mi arrivano più? Ho notato che succede da quando ho iniziato a parlare con Sam. «Credo sia colpa del mio cellulare, ultimamente non funziona bene a quanto pare».

«È un sollievo», dice. «Pensavo proprio che mi stessi ignorando».

«Quindi hai deciso di presentarti e lanciare sassi alla mia finestra?».

Trattiene un sorriso. «Cosa posso dire… sono un tipo fastidioso».

«Forse un pochino. Comunque, devo rientrare adesso».

Prima che io entri in casa, però, si avvicina senza dire una parola e mi avvolge tra le sue braccia. È un abbraccio più lungo dell'ultima volta, ma va bene così.

«La tua camicia», sussurra vicino al mio orecchio. «Ha ancora il suo odore».

«Lo so».

Dopo esserci salutati, chiudo la porta e sento che Oliver si ferma in veranda prima di scendere giù per le scale. Mentre mi preparo per andare a letto, continuo a domandarmi cosa direbbe a Sam se ne avesse la possibilità. Mi chiedo se si fiderà mai abbastanza da confidarmelo. O forse si tratta di qualcosa che in fondo già so.

Capitolo 6

C'è questa canzone che ascolto ogni volta che mi siedo per scrivere. Si intitola *Fields of Gold*, la bellissima versione live della cantante Eva Cassidy. Parte con una chitarra lontana e una voce triste che risuona come il lamento di un lupo o il pianto di un uccellino. Ogni volta che la ascolto, chiudo gli occhi e mi vedo, in piedi in un campo d'orzo dorato, con il vento che mi scompiglia i capelli e il sole caldo che mi tramonta alle spalle. Non c'è mai nessuno con me, solo campi infiniti e il suono di una chitarra che non so da dove provenga.

Sam ha imparato a suonarla per me. Un giorno in classe mi ha chiamato picchiettandomi sulla spalla e mi ha domandato cosa stessi ascoltando. Ricordo la volta che eravamo sdraiati sull'erba e gli ho chiesto di cantarla, anche se sapevo che si vergognava della sua voce. Mi ha risposto: «*Un altro giorno*». Gliel'ho chiesto ancora molte altre volte, e aveva sempre una scusa pronta: non si era riscaldato, si sentiva un po' rauco, aveva bisogno di fare più pratica. Forse aveva paura di rovinarmi la canzone, perché sapeva quanto mi piacesse. Me l'ha canticchiata solo in rare occasioni, tra cui la sera in cui ho aiutato mio padre a portare le sue cose in macchina e poi sono rimasta a guardarlo mentre se ne andava via di casa.

Ascolto la canzone, da sola nella mia stanza, e mi rendo conto che non sentirò mai Sam cantarla per me. «*Un altro giorno*», non è mai arrivato.

La mattina seguente mi immergo nella musica di Sam. Trovo uno dei suoi vecchi CD nell'auto di mia madre e lo ascolto nel parcheggio della scuola, prima di entrare. È una playlist di registrazioni live che ha mixato nella sua cameretta. Ha riarrangiato canzoni famose facendole sue ed è difficile non farsi trascinare dai suoi bellissimi riff di chitarra acustica. Ha un debole per i vecchi classici e questo lo deve al suo papà. Elton John, Air Supply, Hall & Oates. Anche se nessuno ascolta più i CD, lui li masterizzava appositamente per me, perché sapeva che li preferivo al digitale. Proprio come con i libri, mi piace avere qualcosa di tangibile tra le mani. Me ne ha fatti a decine nel corso degli anni. Erano ogni volta più lunghi e accurati. Li personalizzava focalizzandosi su quello che sentiva per me al momento – ho appreso in seguito. Amava le belle ballate lente, cosa che avevamo in comune. Una delle sue preferite era *Landslide* di Fleetwood Mac. La sceglieva sempre quando gli chiedevano di suonare qualcosa con la chitarra. La scena musicale di Ellensburg non è delle più vivaci forse, ma lui in qualche modo ne ha fatto parte. Si è esibito in talent show scolastici, matrimoni, in vari locali e tante altre volte solo per noi. Gli ho sempre detto che questo posto non era abbastanza grande per lui. E la pensava come me.

Questo è l'unico CD che mi è rimasto dopo che ho gettato via tutto. Sul davanti, c'è il mio nome scritto in blu con la sua grafia. Prima di scendere dalla macchina, lo ripongo con cura nella custodia e lo infilo in borsa.

A scuola non è cambiato niente da quando sono tornata. Le teste continuano a girarsi dall'altra parte quando passo e nessuno mi rivolge la parola. Non mi dispiace neanche più essere ignorata. Trovo pace nell'essere lasciata sola. Ho atteso con impazienza la lezione di storia dell'arte oggi, perché è l'unica che io e Mika frequentiamo insieme. Ma è mancata di nuovo. Non la vedo da un po' ormai. Alla fine, ho deciso di mandarle un messaggio, non mi ha ancora risposto però. Non so, forse dovrei preoccuparmi. Spero che vada tutto bene. E se non ricevesse i miei SMS?

Trovo Jay ad aspettarmi alla fine della terza ora. Indossa una camicia azzurra elegante, con qualche bottone aperto e le maniche arrotolate. Oggi si è pettinato in modo diverso, lasciando scendere morbidi ciuffi sulla fronte, che lo fanno sembrare una pop star. È praticamente un crimine non apprezzare il suo stile. Quando gli faccio i complimenti, sorride, facendo risaltare gli zigomi.

«Dimmi un po', facevi il modello in Thailandia?», gli chiedo.

Inclina il viso verso la luce del soffitto, con occhi ardenti. «Da cosa lo hai capito?»

«I tuoi zigomi».

Oggi ci incontriamo con Yuki per pranzo. Rachel invece non ci sarà. Sta cercando di avviare un club studentesco asiatico con alcuni amici, e hanno bisogno di venticinque firme entro la prossima settimana. Jay mi ha detto che è difficile convincere le persone a partecipare.

C'è un banco apparecchiato alla fine del corridoio. Rachel è seduta con la sua amica Konomi, e sta parlando con alcuni studenti dell'ultimo anno. Quando noto che ci sono anche Taylor e Liam, mi vengono i brividi.

Liam prende uno dei volantini. «Quindi nessuno di noi può iscriversi? Qui dice solo studenti asiatici».

«No, non c'è scritto così», ribatte Rachel.

Taylor inclina leggermente la testa, fingendo di sembrare interessata. «E quali sarebbero i requisiti?»

«Non ci sono requisiti», le risponde. «Chiunque può partecipare».

«Allora perché l'avete chiamato club studentesco *asiatico?*», chiede Taylor, indicando il cartellino sul banco. «Non sembra molto inclusivo. Che attività avete intenzione di proporre?»

«Sprecare i soldi della scuola per guardare gli anime». Dice Liam, ridendo.

Ho le guance in fiamme. Sam gli darebbe una bella strigliata se fosse qui. Ma purtroppo non c'è. Forse vorrebbe che dicessi qualcosa? Che difendessi Rachel? Mentre resto lì, a chiedermi cosa fare, Jay li raggiunge al tavolo.

«Qual è il problema?».

Liam gli lancia un'occhiataccia. «Chi ha detto che abbiamo un problema?»

«Se non sei interessato al club, non devi iscriverti per forza», gli risponde Jay. «E non c'è bisogno di prenderci in giro».

Taylor incrocia le braccia. «Era una battuta!».

«E nessuno stava parlando con te», dice Liam. Si raddrizza, per intimidirlo e fargli fare marcia indietro. Ma Jay non si sposta e mantiene la calma. Prima che la situazione possa degenerare, mi metto tra loro, sperando di calmare le acque.

«Sai cosa? Le tue battute non sono così divertenti», dico a Liam. «Perché non li lasciate in pace? Smettetela di far perdere tempo a tutti».

Liam scambia un'occhiata con Taylor prima di rivolgersi me. «Diamo fastidio ai tuoi amici? Gli unici a scuola che ti parlano ancora? Almeno parlano inglese, è già qualcosa».

«Sei uno stronzo», quasi urlo.

I suoi occhi si assottigliano. «Io almeno sono andato al funerale del mio amico. E, soprattutto, non è morto per colpa mia».

Mi vengono i brividi in tutto il corpo. Non so nemmeno cosa rispondere. Rimango lì, immobile. Cerco solo di nascondere lo shock. Taylor scuote la testa prima di voltarsi. Prima che si allontanino, Liam prende una manciata di caramelle da una ciotola sul tavolo e se le infila in tasca.

«Ci si vede».

Una volta che sono arrivati in fondo al corridoio, faccio un sospiro pesante e mi giro verso il banco.

«Stai bene, Rachel?», chiedo.

«Nessun problema». Mi sorride come se nulla fosse, come se quello che hanno detto non l'avesse disturbata. È un sorriso che non potrò mai capire. «E tu?», mi chiede di rimando. «Stai bene?».

Non so cosa rispondere. Prendo il foglio d'iscrizione e scrivo il mio nome.

La giornata non fa che peggiorare. Non riesco a prestare attenzione a nessuna delle lezioni. Ogni volta che fisso l'orologio penso che si fermi solo per rendermi la giornata più lunga. Scarabocchio su un quaderno e fisso fuori dalla finestra per tornare a far scorrere il tempo. Ma non sembra funzionare. Nessuno si siede accanto a me. Faccio finta di non accorgermene. Gli insegnanti continuano a blaterare, non sento una parola di quello che dicono. Riesco a pensare solo a Sam. Vorrei potergli parlare in questo momento. Ma abbiamo programmato una chiamata per questa sera, quindi dovrò aspettare. Mentre sono seduta in fondo alla classe di inglese, mi viene in mente una cosa. Non so come ho fatto a non pensarci prima. Prendo il telefono e gli mando un messaggio, dicendogli che mi manca.

Invio negato.

Provo a inviarne un altro, stessa storia. È strano. Dovrò chiedergli spiegazioni più tardi.

La campanella suona, mettendo fine a una lunga lezione su *Oliver Twist*. Mentre tutti si preparano a uscire, il professor Gill, il nostro insegnante d'inglese, dice qualcosa che mi fa sussultare.

«... e ricordate, se non l'aveste già fatto – di consegnare la tesina prima di andare via».

Tesina? Vengo colta dal panico. Ricordo all'improvviso che dovevamo comparare *Amleto* e *Gatsby,* non ci pensavo più da settimane. Dovevamo consegnare il compito mercoledì scorso, ma il professor Gill ha dato alla classe più tempo, dopo quello che è successo. Dopo Sam. Ci ha inviato diverse e-mail di promemoria, eppure me ne sono completamente dimenticata. Consegnare il lavoro in ritardo per lui equivale a un reato punibile con l'insufficienza.

Quando tutti sono usciti, mi avvicino alla scrivania, anche se non ho preparato delle scuse. Vado dritta al punto.

«Professor Gill, mi dispiace tanto, non ho portato la tesina», dico.

«E perché?»

«Non ho davvero scusanti. Sono stata presa dagli ultimi avvenimenti».

Afferra la pila di fogli e li aggiusta sulla scrivania davanti a me. «Hai ragione. Non è una scusante».

«Lo so, mi dispiace davvero. Sono indietro su molte cose». Non so che altro dire. «Posso portarla domani o un altro giorno?»

«Julie, vi ho già dato più tempo». Si alza dal suo posto, ha in mano il mucchio di tesine.

«Lo so… Ho passato un paio di settimane davvero difficili», dico, seguendolo intorno alla scrivania. «Non sono stata in grado pensare in modo lucido».

«E lo capisco. Ecco perché ho dato a tutti una proroga», ripete, come se fosse già abbastanza da parte sua, come se dovessi essergli grata o qualcosa di simile. «Non posso darti un giorno in più, sarebbe ingiusto nei confronti della classe».

«*La prego*, professore…», insisto più disperatamente. «Non posso semplicemente consegnarla in ritardo e magari prendere una nota?»

«Mi dispiace, Julie. Non posso accettare un compito in ritardo. Queste sono le regole».

«Perché no? Perché non può mettermi una nota o qualcosa del genere?». Abbiamo solo quattro voti per il semestre. Se prendo un'insufficienza non potrò diplomarmi. E se non mi diplomo, non potrò lasciare questa stupida città. Non potrò più trasferirmi a Portland per andare al Reed College.

Addio al corso di scrittura. Anche se non ho ancora ricevuto nessuna risposta da loro.

«Perché ti sto preparando per il mondo reale». Indica vagamente la finestra. «E là fuori, la vita non dà proroghe. Neanche nei momenti difficili. È una preziosa lezione. Imparala. Un giorno mi ringrazierai».

Alza una mano per porre fine alla conversazione. Non è la prima volta che dice una cosa del genere. Crede davvero di farmi un grande favore. *Ma questo non è il mondo reale,* vorrei dirgli. *È il liceo. E per quanto non mi interessi, essere bocciata potrebbe influenzare il resto della mia vita.*

Non aggiungo altro perché non ha senso. Esco di corsa dalla classe prima di dire qualcosa di cui possa pentirmi. Odio ammetterlo, ma forse ha ragione. Dovrei prepararmi ad affrontare un mondo dove nessuno è dalla tua parte o è disposto ad aiutarti. Anche se non gli costa nulla.

Devo andare a casa e parlare con Sam. Lui mi capirà. Corro al mio armadietto per prendere alcune cose prima di uscire. C'è qualcuno ad aspettarmi.

«Oh... Mika».

Non dice niente. Mi guarda e basta. Ha un colorito pallido e occhiaie scure sotto gli occhi. Sembra malata.

«Stai bene?»

«Sì, sto bene».

«Non ti ho più visto in giro. Ti ho mandato un paio di messaggi».

«Sono rimasta a casa».

Ha i capelli un po' arruffati. Le sposto delle ciocche dalla faccia. Sussurro: «Sembri stanca».

«Ho capito, ho un aspetto terribile», dice, appoggiandosi agli armadietti.

«Non ho detto questo».

«Ho avuto un sacco di cose di cui occuparmi». Si guarda intorno. «E non mi piace tornare qui».

«Vuoi dire, a scuola?».

Abbassa lo sguardo.

«C'è qualcosa che posso fare?».

Mi fissa. «C'è una veglia stasera. Sarebbe bello se venissi anche tu».

«Un'altra?»

«È una fiaccolata», dice. «La scuola ha chiesto alla mia famiglia di organizzarla. Si farà stasera in centro. Verranno tutti. Mi servirebbe davvero un po' di aiuto».

Devo chiamare Sam stasera. Non voglio che mi stia ad aspettare, chiedendosi dove sono. Ma non posso confessarlo a Mika. Cosa dovrei dirle? «Non so se posso ancora…».

Mi lancia un'occhiataccia. «Quindi ti perderai anche questa?»

«Mika…», provo a dire.

«Non so perché te l'ho chiesto», ribatte, raccogliendo la borsa dal pavimento. «Sapevo che non saresti venuta. Ci vediamo».

Resto lì, immobile, a farmi assalire dal senso di colpa, incerta su cosa dire. Se solo sapesse le mie ragioni. Non posso lasciare le cose così tra noi. Quando si allontana, le prendo il braccio.

«Ci sarò! Verrò alla fiaccolata».

«Non sei obbligata», mi risponde.

«No. Davvero. *Voglio* esserci stavolta».

Mi scruta in viso, leggendomi dentro come fa sempre. «Sarà alle otto, se vuoi possiamo vederci a casa mia. Così andiamo insieme».

Dovrei chiamare Sam per quell'ora. Ma sono sicura di poterlo chiamare subito dopo. Capirà. Non voglio deludere Mika di nuovo. Non sopporto di vederla in questo stato.

«Ci sarò. Promesso».

«A stasera», dice per essere sicura.

«A stasera».

Getto la borsa a terra non appena arrivo a casa. Tutto tace, mia madre deve essere ancora al lavoro. Appena apro la porta della mia camera, una folata di vento spazza via tutti i fogli dalla scrivania. Mi affretto a chiudere la finestra, ma il telaio è bloccato. Assesto alcuni colpi ma non si muove, quindi lascio perdere. Non mi prendo nemmeno la briga di raccogliere i fogli. Ci cammino intorno, lasciandoli dove sono. Avevo intenzione di scrivere sul mio nuovo diario, di iniziare a lavorare al saggio per l'università, ma ho perso ogni motivazione. È stata una giornata sfiancante. Il dolore alla tempia sinistra è difficile da ignorare. Continuo a pensare a Liam e Taylor, al professor Gill e alla stupida tesina che ho dimenticato di consegnare.

Vorrei poter parlare con Sam adesso. Mi manca averlo intorno. Mi manca stare nella stessa stanza con lui, con la testa sul suo petto, a parlare di tutto quello che mi affligge. È sempre stato lì ad ascoltare. Anche quando non sapeva cosa rispondere. Controllo il cellulare. La telefonata è prevista per stasera. So che dovrei aspettare, ma ho avuto una giornata terribile e ho davvero bisogno di sentirlo. La sua camicia è ancora appesa allo schienale della sedia. La fisso a lungo prima di decidere di chiamarlo lo stesso.

Il telefono squilla più del solito. Ma alla fine risponde. La sua voce è calda nel mio orecchio. «*Ehi...*».

«Sam».

«Non mi aspettavo di sentirti così presto», dice. «Va tutto bene?»

«Non vedevo l'ora di chiamarti», dico. «Spero che non sia un problema».

«No, certo. Puoi chiamarmi quando vuoi, Jules. Ogni volta che ne hai bisogno».

Tiro un sospiro di sollievo. «Okay. Buono a sapersi».

«Sei sicura di stare bene? Sembri un po' tesa». Ha sempre capito molto dalla mia voce. Era una delle cose che più amavo di lui. Era impossibile nascondergli le mie emozioni.

«È stata una giornata difficile. Tutto qui».

«Cos'è successo?»

«Solo un po' di cose a scuola», dico, risparmiandogli i dettagli. «Non è niente, davvero». Mi siedo sul bordo del letto e faccio un lungo respiro per scaricare un po' di tensione. Ora che sono in linea con Sam, non voglio rovinare la nostra telefonata parlando di una tesina d'inglese che ho dimenticato di consegnare. «Non dobbiamo parlarne per forza…».

Ride. «Sei veramente tu, Julie?»

«Cosa intendi?»

«Voglio dire, una volta ti sei lamentata per quattro ore di un libro che è stato consegnato in ritardo in biblioteca, ricordi?», dice. «Puoi raccontarmi qualsiasi cosa. Fai finta che sia tutto come prima. Dimmi cosa c'è che non va».

Sospiro. «Sono solo indietro su tutto. E ho dimenticato di consegnare un compito».

«Per la lezione del professor Gill?»

«Sì, ma non è un grosso problema», dico. «Ce ne sarà un altro fra un po', e se prendo un bel voto, posso rimediare». Guardo il calendario appuntato sulla scrivania. «E il diploma non è troppo lontano. Devo solo mettermi sotto! Me la caverò». Per la prima volta, voglio che sappia che starò bene. Anche se non ne sono così sicura.

«Il diploma…», ripete la parola, quasi a sé stesso. «Me ne ero dimenticato. Deve essere davvero bello avere un obiettivo da raggiungere…».

Sento un nodo alla gola. Non so cosa rispondere. «Già…». D'un tratto penso a me con tocco e toga e non mi sento più a mio agio. Soprattutto perché lui non ci sarà quel giorno. Forse dovrei saltare la cerimonia…

«Hai già pensato a cosa farai dopo? Dopo il diploma, intendo».

«Ehm...», mi zittisco, incerta su come rispondergli. Perché stavamo svegli tutta la notte a pensarci. Progettavamo insieme il nostro futuro. Discutevamo su dove andare a vivere, sui lavori che avremmo desiderato fare, le cose che avremmo voluto realizzare. Ora che se n'è andato a me non resta che un mucchio di progetti strappati a metà. «Non lo so ancora. Sto cercando di capirlo».

«Non hai più ricevuto notizie dal Reed College?», chiede Sam.

«No... non ancora».

«Sono sicuro che sarai ammessa. Le cose andranno per il meglio».

«Lo spero».

La verità è che a quest'ora avrei dovuto avere già una risposta. Controllo la posta ogni mattina. È un'università alla mia portata, tenuto conto dei miei voti. Sinceramente, sono stufa di leggere storie in cui i protagonisti fanno domanda nei college più prestigiosi e puntualmente riescono a entrare. Non ho il curriculum giusto per certe facoltà. Preferisco un college dalla reputazione più modesta come il Reed, non troppo sotto i riflettori.

Ma non ho voglia di parlare di futuro in questo momento. Non così. Non quando Sam non ne ha più uno davanti a sé. Allora cambio argomento. «Ho visto Mika oggi a scuola», dico. «Stasera ci sarà una fiaccolata in tuo onore. Mi ha chiesto di andare con lei. Penso che parteciperanno molte persone».

«Mika...». La sua voce si accende quando pronuncia quel nome. «Come sta?»

«Ha avuto momenti migliori. Le manchi davvero».

«Anche lei mi manca tanto», dice. «Penso molto a lei. A volte vorrei poterle parlare, sai?».

Sposto il telefono sull'altro orecchio. «Perché no? Significherebbe molto per lei». Sam e Mika sono cresciuti insieme nella stessa casa. Sembrano quasi fratelli.

Emette un sospiro. «Se potessi, lo farei, Jules».

Dalla finestra aperta, il rumore dell'auto che risale il vialetto mi avvisa che è arrivata mia madre. Controllo che la porta sia chiusa nel caso tenti di entrare, cosa che fa di tanto in tanto.

«Posso chiederti una cosa?», dice dopo una pausa di silenzio.

«Certo. Qualsiasi cosa».

«Visto che non ci sono più, puoi stare tu vicino a Mika? Cioè, controllare che stia bene e cose così».

«Certo, Sam». Mi sento in colpa, ha sentito il bisogno di chiedermelo. Appena chiudo la chiamata le manderò un messaggio. «Farò in modo che stia bene. Promesso».

«Grazie. Sono sicuro che abbia bisogno di un'amica in questo momento. Anche se non lo ammetterebbe mai. Quindi, per favore, non ti dimenticare, okay?»

«Non lo farò. Non preoccuparti».

«Lo so. Tu non dimentichi mai. E questo significa molto per me». Non aggiungiamo altro. La conversazione continua ancora per un po' finché mia madre non mi chiama dalle scale. Vuole farsi aiutare a portare la spesa.

«Comunque, adesso ti lascio andare», dice Sam. «Sono sicuro che hai molti compiti da recuperare. Non voglio distrarti dal mondo».

«Non sei mai stato una distrazione».

Ride. «Ci sentiamo domani, va bene?»

«Aspetta...», dico prima che riattacchi. «Un'ultima cosa». Ho sempre avuto paura di tirare fuori l'argomento. Ho un tarlo nella mente da quando sono tornata a scuola. Ma non so nemmeno come chiederglielo. Ci impiego un po' a raccogliere le parole.

«Che c'è?», mi chiede.

Esito. «Sei… arrabbiato con me?»

«Arrabbiato per cosa?»

«Per quello che è successo quella notte».

«Non capisco cosa intendi, Julie…».

Deglutisco a fatica, cercando un modo per dirlo. «Voglio sapere se… pensi che sia colpa mia? Pensi che sia successo a causa mia?».

Un lungo silenzio.

«Oh…». La sua voce si fa più profonda, quando finalmente comprende. «Julie… ma che domande fai? Non ti do nessuna colpa. Non potrei mai incolparti per quello che è successo», dice. «Non è colpa di nessuno, okay? Ma…». Si ferma lì.

«Ma cosa?».

Si prende tempo per rispondere. «A dire il vero, non so cos'altro dire… Non so come dovrei rispondere. Non voglio incolpare nessuno. Perché non cambierà nulla, capisci? Niente può cambiare quanto accaduto. È già abbastanza difficile accettarlo…». Per la prima volta, c'è dolore nella sua voce, come se avesse qualcosa di appuntito in gola.

«Mi dispiace. Non avrei dovuto chiedertelo…». Inizio a dire.

«*Va tutto bene*, Jules. Davvero», precisa per tranquillizzarmi. «Come mai questa domanda? Spero che non sia stato il tuo pensiero finora».

«All'inizio, no. Ma poi ho sentito quello che dicono a scuola».

La voce di Sam si fa più acuta. «Non devi dargli retta.

Non sanno di cosa parlano. Non c'erano quando è successo, okay? Non lasciare che certe voci ti entrino nella testa».

«Ci proverò».

«Mi fa stare male che tu debba affrontare tutto questo», dice.

«E a me fa stare male che tu sia morto».

Nessuno di noi aggiunge nulla. Dopo aver riattaccato, raccolgo i fogli da terra e mi siedo alla scrivania. È difficile concentrarsi dopo una simile conversazione. Passo più di un'ora a cercare di iniziare un saggio di storia, ma scrivo a malapena due frasi. Continuo a pensare di richiamare Sam, ma devo fare un po' di compiti. Le parole del libro si confondono e si intrecciano, dimentico cosa ho letto un momento prima. A un certo punto mi addormento, perché quando apro gli occhi, non sono più nella mia stanza.

Una strana nebbia mi sale da sotto i piedi, e quando alzo lo sguardo mi ritrovo in una stazione dei pullman. È buio. Non riesco a vedere nulla oltre la cortina di foschia, nemmeno il cielo. Mi guardo intorno, ci sono solo io. L'unica cosa che vedo è la valigia che ho preso in prestito da mio padre l'ultima volta che sono stata da lui. Sento una vibrazione nella tasca. Infilo la mano e tiro fuori il telefono.

Accendo lo schermo.

Nove chiamate perse da Sam. Dodici messaggi non letti.

Sono le 23:48.

Dal nulla, il fragore di un camion rimbomba come un tuono, ma non riesco a vederlo. Il rumore e l'ora esatta dell'orologio mi riportano indietro a quella notte di quasi due settimane fa.

La notte in cui Sam è morto. Ritorno esattamente nel posto in cui mi trovavo.

Il telefono squilla di nuovo, questa volta ancora più forte.

È Sam. Non ho risposto l'ultima volta. Come potevo immaginare? Ma ora voglio vedere se il finale cambia.

La linea crepita nel mio orecchio, non sento niente.

«Sam! *Sam*... ci sei?».

Nient'altro che rumore di sottofondo, come qualcuno che stropiccia della carta. Muovo il telefono, e giro in tondo, finché finalmente non sento una voce. Ma riesco a malapena a capirlo.

«*Julie? Sei tu? Pronto?*»

«Sam, sono *io*! Sono Julie!».

«*Dove sei? Non riesco a trovarti. Julie?*».

Il telefono continua a crepitare. Non credo che possa sentirmi.

«Sam... Sam sto arrivando! Non preoccuparti... aspettami lì!».

«*Julie? Dove sei...*».

Il telefono emette un ultimo crepitio prima di fare scintille, lo strappo via dall'orecchio. Urlo il nome di Sam mentre dallo schermo inizia a uscire del fumo. L'aria ne diventa subito satura, non riesco a vedere cosa c'è di fronte a me. Vedo solo scie rosse e bianche.

Un clacson, corde di chitarra che si spezzano, e poi mi sveglio di colpo. Sono alla mia scrivania. Il fumo è scomparso.

Non controllo l'ora, né se è già buio. Scendo di corsa le scale, prendo le chiavi dell'auto e mi precipito fuori. Esco con la macchina dal vialetto prima che mi veda mia madre e mi vado verso la statale 10. Seguo la ferrovia fino a lasciarmi Ellensburg alle spalle.

Lo so che è ridicolo, ma Sam potrebbe essere là fuori ad aspettarmi. Devo trovarlo. I fari illuminano l'autostrada deserta per chilometri. Continuo a guardare fuori dal finestrino per vedere se sta camminando lungo il ciglio della strada. Non posso fare a meno di ripensare a quella notte.

Era a un falò vicino al fiume con alcuni amici. Quella stessa sera io stavo tornando da Seattle dopo essere stata qualche giorno da mio padre. Sam aveva promesso di venirmi a prendere, come faceva sempre. Ma quando l'ho chiamato, fuori dalla stazione, era ancora al falò, a più di un'ora di distanza. Continuava a scusarsi, ma ero così sconvolta che si fosse dimenticato che ho riattaccato e ho smesso di rispondere alle sue chiamate. Gli ho comunicato che sarei tornata a piedi. Come potevo immaginare che sarebbe stata l'ultima cosa che gli avrei detto?

Avrà pensato che lo stessi mettendo alla prova. E col senno di poi, forse era così. Perché ha lasciato il falò per venire da me. Intorno a mezzanotte quando stava guidando lungo la statale 10, un camion ha invaso la sua corsia. Avrà suonato il clacson per salvarsi la vita. Chissà se avrà tentato di schivarlo.

Non è morto nell'impatto che ha ribaltato la sua macchina. È riuscito a rimanere cosciente, si è liberato dal sedile, è strisciato fuori dall'auto e ha iniziato a camminare. Non so come ci sia riuscito, ma ha percorso più di un chilometro lungo la strada prima di crollare. Uno dei poliziotti ha affermato che è stata la dimostrazione della sua forza. Io penso più che fosse la dimostrazione del suo attaccamento alla vita. Ci sono volute ore prima qualcuno lo trovasse. Ma ormai era troppo tardi. Aveva perso troppo sangue. È morto per sfinimento. A nessuno piace ammetterlo, ma forse sarebbe stato meglio se fosse deceduto sul colpo. La sua voglia di vivere era troppo ostinata. Proprio come lui.

Hanno ritrovato il suo telefono vicino al luogo dell'incidente, sporco e coperto di vetri. Forse, se avessi chiamato al momento giusto avrebbe risposto. E avrei potuto chiedere aiuto. Forse se non mi fossi arrabbiata così tanto con lui, non se ne sarebbe andato in fretta dal falò. E avrebbe evitato il camion. Forse se le stelle si fossero allineate in modo diverso, o se il vento avesse soffiato in un'altra direzione, o se improvvisamente avesse iniziato a piovere, o qualunque altra cosa, Sam sarebbe ancora vivo. E io non starei guidando nel cuore della notte per cercarlo.

Vedo qualcosa più avanti. I fari illuminano il buio davanti a me, rallento. Sul bordo della strada ci sono decine di nastri bianchi. Parcheggio e scendo. Seguo la scia. E lì, accanto a una corona di fiori e candele accese, c'è un ritratto di Sam. Mi inginocchio a terra accanto alla foto. Indossa la sua giacca di jeans, quella che ho buttato via l'altro giorno. Il vento leggero fa svolazzare i nastrini. Tocco l'immagine con le dita.

«Mi dispiace, Sam», sussurro.

Dopo tutto questo tempo, finalmente l'ho trovato. Ma sono arrivata troppo tardi.

Capitolo 7

Prima

Il drive-in è affollato per essere martedì sera. Ci sono dei tavoli fuori, zeppi di adolescenti che mangiano patatine fritte sotto filari di lucine. Ci vuole un po' prima che si liberino dei posti per noi. Sono seduta accanto a Mika, mentre Sam è andato a prendere le bibite. È la prima volta che usciamo tutti e tre insieme. L'ho incontrata solo una volta qualche settimana fa, a una festa. Non avevo intenzione di uscire stasera. Ma Sam mi ha scritto chiedendomi di andare a mangiare qualcosa senza specificare che sarebbe venuta anche sua cugina.

Ci parliamo a malapena. Vorrei che Sam non ci avesse lasciato sole. Forse avrei dovuto offrirmi io di andare a ordinare. Perché ci mette così tanto? A un certo punto, così dal nulla, e senza nemmeno girarsi verso di me, Mika mi fa una domanda fuori luogo.

«Quindi sei innamorata di Sam, giusto?»

«Cosa…», sono troppo sbalordita per mettere insieme una frase. Sento un nodo in gola. «Non ho capito, *scusa*?».

Si passa una mano tra i capelli lisci e neri, indifferente alla mia reazione. «Sto solo dicendo che sembra che tu gli piaccia davvero».

Sgrano gli occhi, scioccata dalla sua nonchalance. «Non credi che forse non dovresti dirmelo?».

Mi lancia un'occhiataccia. «Non fingere di non saperlo. È così ovvio. Tutta la scuola lo sa».

La mia bocca si muove ma le parole non escono. *Perché Sam ci sta mettendo così tanto? Perché mi ha lasciato da sola con lei?*

«Dovresti fargli dei complimenti per i suoi capelli», continua.

«Cosa... perché?»

«È solo un suggerimento», dice, e mi si avvicina. «Ti piacciono i Sons of Seymour? La band, intendo».

«Credo di averne sentito parlare», rispondo vaga.

«Suoneranno in centro questo fine settimana. Sam è fissato con il loro ultimo album. Dovresti suggerirgli di andarci insieme. Ha già comprato il suo biglietto».

«Allora perché dovrei suggerirgli...».

Alza una mano. «Fallo e basta».

Un secondo dopo, Sam riappare tra la folla con i nostri milk-shake.

Mika sussurra: «Sta tornando. Comportati in modo naturale».

Sam posa il vassoio tra noi. «Allora, sono finite le cannucce...», dice, frugando nella giacca. «Ho dovuto combattere con un ragazzo per le ultime due». Ce le porge. «Io aspetterò che il mio frappè si sciolga così potrò sorseggiarlo».

«Che schifo», dice Mika.

Sam mi guarda. «Le cannucce sono molto dannose per l'ambiente. Ho sentito che a Seattle stanno per vietarne l'utilizzo».

«Stai cercando di fare colpo o di farci sentire in colpa?», chiede la cugina.

«Sentiti libera di ignorarla», mi dice roteando gli occhi. Si toglie la giacca, poi il cappello.

«Oh…». Noto il suo nuovo taglio. «Mi piacciono i tuoi capelli».

«Davvero?», chiede, arrossendo all'improvviso. «Ero preoccupato che fossero troppo corti».

«No, ti stanno bene».

Ci scambiamo un sorriso goffo. Bevo un sorso di milk-shake mentre lui si siede di fronte a me. Fissa il bicchiere senza cannuccia.

«Allora… niente scuola questo venerdì», dice Mika tanto per fare conversazione. «Non è un sollievo?»

«Sì… finalmente tre giorni di vacanza», risponde Sam. Ci guarda entrambe. «Voi fate qualcosa?».

Mika mi dà un colpetto con il piede.

«*Oh*…uhm, be', ho sentito che c'è un concerto questo fine settimana», penso che sia questo che voglia che dica. «Suoneranno i Sons of Seymour».

Sam si appoggia al tavolo, gli occhi che brillano di eccitazione. «O mio Dio, ho appena comprato il biglietto. Non sapevo che li ascoltassi anche tu».

«Sì, be', nemmeno io immaginavo che ti piacessero». Bevo un sorso di frullato, cercando di sembrare disinvolta.

«*Ma scherzi*! Ne sono quasi ossessionato. Qual è la tua canzone preferita?», mi chiede.

«Oh…». Faccio finta di pensarci. «Uhm, mi piace tutto l'album. Quello nuovo, intendo».

«È bellissimo».

«Sono d'accordo».

«Se ti va, potremmo andarci insieme», dice. «Sono sicuro che venderanno i biglietti all'entrata».

«Mi piacerebbe».

«Fantastico».

Guardo Mika. Sorride tra sé mentre sorseggia il suo milk-shake, con aria soddisfatta.

In quel momento, decido che mi piace. E non vedo l'ora che esca insieme a noi. In particolare adoro quando manda Sam in improbabili missioni di recupero per avere un momento per chiacchierare da sole, spesso di lui. Un giorno, al Wenatchee Valley Museum, a una mostra sull'Era Glaciale, lo spedisce a prenderle la giacca in macchina.

Mentre esamina un osso di mammut, con il naso appoggiato alla teca di vetro, mi domanda: «Com'è andato il weekend a Seattle?»

«È stato divertente. Anche se ha piovuto la maggior parte del tempo. Il tuo?»

«Sam e io abbiamo rivisto *Avatar – La leggenda di Aang*», dice. «Una delle sue serie preferite. Mi ha chiesto di te».

«Oh!».

Picchietta sul vetro, anche se non si dovrebbe. «Cosa ne penso di te, tutto qui», dice.

«E che gli hai risposto? Se posso chiedertelo...».

«Gli ho detto che mi piacevi di più delle altre ragazze di scuola», dice. «Il che, francamente, non è molto, considerando dove viviamo».

«Lo prenderò comunque come un complimento».

«E fai bene», risponde, annuendo. «La mia approvazione è molto importante per Sam. Sa che ho un buon intuito. Specialmente per le persone». Mi guarda. «Spero di non sbagliarmi».

Alla fine Sam ritorna dalla macchina.

«Non hai portato la giacca», dice.

In risposta Mika si schiaffeggia la fronte. «Me ne ero dimenticata». Controlla l'orologio. «Comunque, sto facendo tardi al lavoro. Dovrei proprio andare».

«Al *lavoro*?», chiede Sam. «È stata una tua idea venire qui».

«Mi è passato di mente», dice. «Voi potete finire di vedere la mostra senza di me».

«Come ci vai?», chiedo.

«Viene a prendermi mia madre. Dovrebbe arrivare da un momento all'altro». Controlla il telefono. «Devo andare. Divertitevi, voi due».

Non è la prima volta che fa così. Prima fa piani per tutti e tre insieme, poi trova una scusa per lasciarci da soli.

Sam e io torniamo alle ossa di mammut. È la cosa che più mi affascina qui dentro.

«Scusa per Mika», dice con un sospiro. «Ha la tendenza a... immischiarsi». Trattengo una risata. «Giusto per essere chiari. Io non c'entro niente».

«Significa che non vorresti essere qui?»

«Cosa? No! Volevo solo dire...», si ferma, fa un respiro profondo, poi ricomincia con calma. «Quello che voglio dire è che per quanto voglia bene a Mika... non ho bisogno del suo aiuto per chiederti di uscire».

«Mi sembra giusto», dico.

Torniamo alla teca. Dopo un momento, arriva una notifica al telefono di Sam. Un secondo dopo, anche al mio. Leggiamo i messaggi.

Lo guardo. «Anche il tuo messaggio è di Mika?»

«Sì».

«Cosa dice?»

«Di lasciar perdere la mostra e invitarti a cena». Mi guarda. «E il tuo?»

«Di dirti di sì».

Impossibile non sorridere. Soprattutto per Sam. «Allora, che ne pensi?».

Mi tende il braccio e mi ci aggrappo. Ci lasciamo l'Era Glaciale e le ossa di mammut alle spalle.

Alla fine trova il coraggio di invitarmi più spesso. E anche io. Quando iniziamo a passare più tempo insieme, in qualche modo Mika è sempre nei paraggi, o nei nostri discorsi. Ho imparato che non posso conoscere uno senza saperne di più sull'altra. Sono come fratello e sorella. Andiamo in macchina insieme a scuola, pranziamo allo stesso tavolo, condividiamo una chat di gruppo e ogni tanto facciamo delle piccole gite insieme. Il viaggio più memorabile che abbiamo fatto è stato a Spokane, dove ci siamo intrufolati in un pub per assistere a una gara musicale tra band. A dirla tutta, è stato anche il peggiore.

La musica è così forte che non riesco a sentire nulla. Sto vicino al bar con un bicchiere d'acqua in mano. Spencer, l'amico di Sam, dovrebbe salire sul palco da un momento all'altro. La loro band si chiama *The Fighting Poets*. Ho chiesto se fosse un riferimento a Emily Dickinson, ma mi hanno risposto: «No!».

Sam sta chiacchierando con alcuni ragazzi. Cerco Mika, ma è troppo affollato, non riesco a vederla. Forse c'è fila in bagno. Sarei dovuta andare con lei. Me ne sto qui, da sola, cercando di non farmi stonare dalla musica oscenamente alta.

E poi succede l'impensabile.

Un uomo si avvicina alle mie spalle. Le sue mani mi scivolano intorno alla vita.

Rimango immobile, sotto shock, e sento lo stomaco che mi si contorce. Mi volto.

«Non toccarmi».

È più giovane di quanto pensassi. Probabilmente frequenta il college. Ha un sorriso viscido sulla faccia, vorrei solo prenderlo a schiaffi. Non so se è ubriaco, ma non importa.

Arriva Sam.
«Che succede? Ti sta dando fastidio?»
«È la tua ragazza?», biascica il tipo. «Perché non le dici di darsi una calmata?».
Sam istintivamente lo spinge via da me. Ma vorrei che non lo avesse fatto. Abbiamo diciassette anni e non dovremmo essere qui. Non voglio essere la causa di una scenata.
Il ragazzo ritrova l'equilibrio. Respinge Sam con il doppio della forza e lui ricade indietro su alcuni sgabelli. Si girano tutti a vedere cosa succede. Sam si rialza e torna dal tipo per regolare i conti, questa volta più furioso.
Gli prendo il braccio.
«*Non farlo*».
È in quel momento che si palesa Mika. Deve aver visto tutto da lontano, perché sta urlando al ragazzo di scusarsi.
Non dimenticherò mai quello che è successo dopo.
Il tipo tira un pugno a Sam, ma Mika gli afferra il braccio come fosse una freccia. Tiene la presa forte sul polso. Restiamo tutti sorpresi, specialmente lui. Gli torce la mano al punto di romperla quasi, mettendolo in ginocchio. Quella notte ho scoperto che insegna tecniche di autodifesa alle donne, al YMCA.
«Ti piace molestare le ragazze, eh?», gli grida. «Chiedi scusa!».
«Va bene! Scusami! Ora lasciami andare!».
Poco le importa. Alza l'altra mano e gli sferra un colpo finale, mandandolo al tappeto. Ricordo che le persone intorno a noi hanno iniziato a esultare. Poche settimane dopo ha insegnato la stessa mossa anche a me.
Ci sono così tanti momenti che vorrei rivivere. Specialmente i più semplici. I momenti di tranquillità, che

spesso non apprezziamo come dovremmo. Sono quelli che mi mancano più. Noi tre seduti per terra nella stanza di Sam a fare i compiti, o a guardare un film nel soggiorno di Mika nei fine settimana. O quella volta che abbiamo portato le coperte in cortile per guardare l'alba insieme. Così, perché ci andava! Siamo rimasti svegli tutta la notte, a parlare di quello che avremmo fatto tra dieci anni, e ad aspettare il sole rosso spuntare dal buio. Ignari del vero significato che c'è nel veder sorgere un altro giorno. E ignari di un futuro di cui uno di noi non avrebbe fatto parte.

Capitolo 8

Ora

Mi sveglio la mattina dopo con un messaggio di Mika.

Ehi. Sono qui fuori.

Mi sfrego gli occhi e sbatto le palpebre per riprendermi. Che ci fa qui così presto? Ci penso un po' e appena mi rendo conto sussulto. *La fiaccolata*! Dovevo andare da lei ieri sera per darle una mano. Ma mi sono addormentata e mi è passato di mente. Probabilmente è venuta per avere spiegazioni. Devo risponderle.

Okay. Scendo subito.

Mi lavo i denti, mi vesto in fretta e salto la colazione. Quando esco, la trovo seduta di spalle sul gradino del portico. La testa poggiata contro la ringhiera mentre fissa il prato. Non dice niente quando la raggiungo.

«Non sapevo che saresti venuta…», esordisco.

Nessuna risposta.

«Stai bene?».

Non si gira. Non mi guarda.

Mi siedo accanto a lei. Tra noi aleggia un silenzio assoluto. Deve essere parecchio arrabbiata con me. «Mi dispiace davvero tanto. Mi sono completamente dimenticata che dovevamo incontrarci. Mi sento così in colpa, Mika».

«Pensavo che saresti venuta, stavolta», dice. «Ti ho aspettata. Ho fatto aspettare tutti».

«Mi dispiace tanto...». Non so cos'altro dire.

«Ho provato a chiamarti. Perché non hai risposto?».

Ripenso a ieri sera. Non so cosa mi sia preso. Devo aver lasciato il telefono a casa mentre guidavo sulla statale 10, alla ricerca di Sam. E ricordo di essermi addormentata non appena tornata. Ma non posso dirlo a Mika. Penserà che sono pazza.

«Non l'ho fatto di proposito», dico. «Mi sono solo addormentata. Non ho scusanti. Mi dispiace».

«Se non ti interessava venire, avresti dovuto dirlo».

«Mika, volevo davvero...».

«No, non è vero», mi interrompe. Poi mi guarda, il tono affilato. «Se ti importasse davvero, saresti venuta, sempre. Ma non l'hai fatto. E non so perché continuo ad aspettarmi che tu lo faccia». Appoggia la testa all'indietro contro la ringhiera. Mi sento malissimo. «Non importa, comunque. Avevi ragione tu».

«Che intendi? Ragione su cosa?»

«Sul fatto che tutto questo non abbia alcuna importanza», dice. «Come l'ultima fiaccolata. Non è servita a nulla. Lui comunque non ritornerà».

Ripenso alla conversazione alla tavola calda. Non pensavo l'avrebbe segnata in questo modo. Vorrei potermi rimangiare tutto. Vorrei potermi spiegare. Sam mi ha chiesto di assicurarmi che Mika stesse bene, invece ho solo peggiorato le cose. Non so come risolvere questo problema. «Non era quello che intendevo», dico.

«Ma è quello che hai detto».

«Ora è diverso. Ho cambiato idea. Volevo partecipare davvero questa volta».

«Lo volevo anch'io. Ma ormai è troppo tardi».

Distoglie di nuovo lo sguardo, torna a fissare il prato. Stiamo in silenzio. Quando muove le mani, noto qualcosa poggiato sul grembo. Un foglio di carta.

«Cosa hai lì?».

Sospira. Senza aggiungere una parola, me lo porge.

Apro il foglio e leggo la prima riga. «Una lettera d'ammissione?»

«È un rifiuto», dice. «Dall'Università di Washington. Mi hanno mandato un'e-mail l'altro giorno. Ho ricevuto la lettera ufficiale questa mattina».

Continuo a leggere. È difficile entrare all'Università di Washington, ma Mika ha davvero degli ottimi voti. Credevo che sarebbe stata ammessa a occhi chiusi. «Non posso crederci. Dev'esserci un errore».

«Be', non c'è», risponde. «A questo punto, essere iscritti a diversi club e avere dei buoni voti non ti garantisce nulla».

Le tocco la spalla. «Mi dispiace tanto, Mika...», sussurro, incerta su come proseguire. Non riesco a immaginare come si senta, soprattutto dopo gli ultimi avvenimenti. Abbiamo lavorato alle domande d'ammissione insieme, so quanto tempo ci abbia dedicato. Mentre io ho fatto richiesta a due college, lei a nove. Ha impiegato mesi a compilare ogni singola domanda, inquadrando strategicamente sé stessa con aspirazioni e tratti diversi in base all'istituto che aveva selezionato. L'Università di Washington era la sua prima scelta. Tra tutti quelli che hanno fatto domanda, era l'unica a meritare di entrare. Non è giusto. «Andrà tutto bene. Mancano ancora le risposte delle altre università. Presto arriverà una buona notizia, me lo sento. E poi sono loro a perderci, Mika».

«Non è mica il primo rifiuto», dice, quasi ridendo.

«Ero troppo imbarazzata per dirlo. Non ci sono molte altre lettere da aspettare». Scuote la testa. «Non so perché mi sono impegnata così tanto. Per cosa? Almeno Sam non saprà mai che sono un fallimento».

«Non dire così», ribatto, prendendole la mano. «Non hai fallito in niente. È solo marzo. Sarai ammessa da qualche parte».

Ritira la mano. «Non mi interessa neanche più. È stato tutto uno spreco di tempo».

«Mika…».

Si alza bruscamente. «Lascia stare. Devo scappare».

«Aspetta… perché non andiamo insieme?»

«Oggi non vengo a scuola», dice mentre si allontana dal portico.

«Dove stai andando?»

«Non preoccuparti di me», sentenzia senza voltarsi indietro. «Preoccupati di te stessa».

Rimango in silenzio. Lascio che scompaia dietro l'angolo senza seguirla. Mi fa male sapere cosa pensa di me. Se solo sapesse che io e Sam siamo di nuovo in contatto e che posso parlare con lui, capirebbe che le cose sono diverse ora. *Io* sono diversa. È tutta colpa mia che non le sono stata vicina. Devo trovare un modo per sistemare la situazione. Mancano solo due mesi al diploma, non possiamo lasciarci così. Specialmente dopo la promessa che ho fatto a Sam. Non voglio perdere anche lei.

È difficile trovare la concentrazione a scuola. Continuo a pensare a come chiarirmi con Mika senza mentirle. Come posso dimostrarle che tengo ancora a Sam, quando ho un segreto da mantenere? A pranzo, mi siedo con Jay, Rachel e Yuki a un tavolo al centro della mensa. È il giorno del polpettone teriyaki, quindi tutti preferiscono portarsi il pranzo da casa. Jay taglia il suo dolcetto alla frutta con un coltello di plastica e lo divide con me. È quasi troppo bello per essere mangiato, come la maggior parte del cibo che porta. Rachel sta esaminando i moduli d'iscrizione del club asiatico. Vuole organizzare la proiezione di alcuni film entro la fine del semestre.

«Abbiamo ancora bisogno di sette firme», ci dice. Fruga nella borsa e mi porge alcuni volantini che ha fatto a mano. «Julie, pensi di poter chiedere ad alcuni dei tuoi amici di unirsi a noi?»

«Oh…». Immagino che non si renda conto che i miei unici amici sono seduti a questo tavolo. E loro tre si sono già iscritti. Prendo comunque il modulo. «Posso chiedere in giro».

«Grande!».

C'è del trambusto a pochi tavoli da noi. Mi guardo intorno. Liam e il suo amico si lanciano patatine a vicenda, mentre Taylor siede sul tavolo con i capelli tirati all'indietro. Oliver è con loro. Dopo che siamo usciti l'altra sera, ho pensato che sarebbe almeno venuto a salutarmi. Ma non mi parla da allora. Non si prende nemmeno la briga di dare un'occhiata nella nostra direzione. E la stessa cosa è successa ieri. Forse non vuole farsi vedere con me. Pensavo davvero che le cose sarebbero state diverse tra noi.

Yuki si accorge che sto guardando altrove. «C'è qualcosa che non va, Julie?».

Mi giro. «No. Solo alcuni ragazzi che fanno casino».

«Ignorali», sussurra Jay.

Annuisco e provo a mangiare.

Dopo un momento, Yuki si volta di nuovo verso di me. «Ci sei mancata ieri sera. Alla fiaccolata».

La guardo. «Non sapevo che saresti andati».

«C'erano molte persone della scuola», dice Rachel. «La strada era piena. Le auto non riuscivano a passare».

Abbasso lo sguardo sul tavolo, mi vergogno anche di mantenere il contatto visivo. Avrei dovuto esserci anch'io.

«È venuta anche la famiglia di Sam», dice Yuki. «Sua madre ha chiesto di te».

La mamma di Sam. Alzo di nuovo lo sguardo. «Cosa ti ha chiesto?»

«Voleva avere tue notizie. Si chiedeva dove fossi, tutto qui. Vorrebbe che andassi a cena da loro un giorno. Significherebbe molto per lei».

Sento una morsa nel petto. Non parlo con sua madre o la sua famiglia da quando è morto. Ed è stato orribile da parte mia, soprattutto perché prima andavo spesso a mangiare da loro. Sam mi diceva che alla loro tavola c'era sempre un posto in più per me, per ogni evenienza. Ogni volta che sua madre gli preparava il pranzo per la scuola, si assicurava che ci fosse qualcosa anche per me. Pensavo che mi avrebbe odiato dopo essere mancata al funerale. Dopo aver notato che non ho mandato un solo fiore. E ora mi sono persa anche la fiaccolata. Mi vergogno moltissimo. Non ho più fame. Cosa penserebbe di me Sam se sapesse che non sono la stessa persona di cui si è innamorato?

Non riesco nemmeno a guardare il cibo. Allontano il vassoio. «Lo so, dovevo esserci anche io ieri sera. Dovevo presentarmi questa volta».

Jay mi mette una mano sulla spalla. «Va tutto bene. Non essere così dura con te stessa».

«No. Non va affatto bene», dico. «Mi sono persa tutte le celebrazioni che avete organizzato in memoria di

Sam. Anche Mika mi odia per questo». Stavolta volevo esserci. Dopo che ho parlato con Sam, mi sono addormentata alla scrivania e ho fatto un sogno strano. Poi ricordo solo che sono uscita a cercarlo. È facile dimenticare che sono tutti in lutto per lui, quando tu gli parli ogni giorno. La parte peggiore è che non posso dare spiegazioni. Gliel'ho promesso. Potrebbe influire sulla nostra connessione e non posso rischiare. I miei occhi iniziano a riempirsi di lacrime, non so che altro fare. Gli altri sono così gentili da non aggiungere nulla.

Alla fine del pranzo, mi accompagnano in classe. Prima di entrare, Yuki mi dice: «Sai, forse possiamo organizzare qualcos'altro per Sam. Qualcosa di speciale per onorare la sua memoria».

«È un'ottima idea», ribatte Rachel, annuendo. «E possiamo portare anche Mika. Noi cinque, insieme».

Ci penso un po'. *Qualcosa di speciale per Sam. Per onorare la sua memoria.* «Tipo cosa?», chiedo.

Si guardano tutti, con aria incerta.

«Ci faremo venire un'idea», promette Jay.

Sorrido. «Grazie. Non so cosa farei senza di voi».

Finiscono le lezioni. Devo correre a casa cercando di non incontrare nessuno. Ma è difficile evitare le persone, non riesco nemmeno a raggiungere l'armadietto senza sbattere contro una dozzina di spalle almeno. Mentre sto prendendo dei libri, qualcuno mi picchietta sul braccio.

È Oliver. *Di nuovo.*

«Ehi. Che fai?», mi chiede.

«Sto per andarmene».

«Fantastico… dove?»

«*A casa*».

«Oh».
Chiudo l'armadietto e mi vado verso l'uscita senza pronunciare nemmeno un'altra parola.
«Aspetta...», dice, inseguendomi lungo il corridoio. «Volevo chiederti se ti andava di fare qualcosa».
«Mi dispiace, ho da fare».
«Non ci metteremo molto», insiste. «Possiamo andare a prendere un gelato».
«Ti ho già detto *che ho da fare*», dico senza guardarlo. «Perché non esci con i tuoi amici?»
«Ho fatto qualcosa di male?», chiede, grattandosi la fronte.
Non ho voglia di stare a spiegarmi. Non dovrei. «Non sono dell'umore giusto, okay?»
«Nemmeno per un gelato?».
Lo guardo dritto negli occhi. «Per qualsiasi cosa».
«Solo due gusti?», insiste ancora.
«Oliver, ho detto di *no*».
«Un gusto».
È come se non mi sentisse. Riprendo a camminare, lasciandolo lì.
«*Dai, andiamo*!», grida in fondo al corridoio. «*Per favore!*». La voce è forte e disperata. «*Offro io*!».
Non so se è semplice empatia, ma mi fermo. Forse è solo la voce di Sam nella mia testa. A malincuore, faccio un respiro profondo e mi giro.
Stringo gli occhi. «Offri tu?».

«Allora: pistacchio con cioccolato fuso, marshmallow, panna montata e gli zuccherini colorati. Mi raccomando, porzione abbondante», dico all'uomo dietro al banco. Mi rivolgo a Oliver. «Tu cosa prendi?»
«Per me cioccolato e marshmallow, per favore...».

Ci spostiamo verso un tavolo rosa all'angolo. Non c'è molta gente. Oliver appende la giacca alla sedia prima di sedersi. Entrambi abbiamo preso una coppetta. Mangia lentamente, raccogliendo la panna montata con il cucchiaino.

«Grazie per essere venuta», dice dopo un po'.

«Come mai ti andava il gelato?», chiedo.

«È giovedì».

«E quindi?».

Oliver indica la vetrina alle mie spalle. C'è un poster di una mucca disegnata grossolanamente e la promozione è scritta sulle mammelle: GIOVEDÌ TOPPING GRATIS! L'immagine è un po' inquietante, a dire la verità. Mi giro e provo a cancellarla dalla mia mente.

Prendo un altro cucchiaio di gelato.

«Sam prendeva sempre il pistacchio».

«Lo so».

«Ma preferiva il cono».

«So anche questo».

Non dice altro. Fissa il suo cucchiaino e diventa triste all'improvviso. Forse dovrei essere più sensibile.

«Solo perché tu lo sappia, non sono arrabbiata con te», decido di dirgli. «Sono i tuoi amici che non mi vanno a genio».

Annuisce. «Mi sembra giusto. Fanno schifo».

«Allora perché esci con loro?»

«Non so se te ne sei accorta», dice, appoggiandosi allo schienale. «Ma il mio migliore amico è morto».

La mia espressione diventa di pietra.

«Mi dispiace», si scusa subito, scuotendo la testa. «Non dovevo dirlo. Non so cos'ho che non va. Io non...». Deglutisce.

Allungo una mano per calmarlo. «Va tutto bene, Oliver. Sul serio».

Fa un grosso sospiro. Prendo il cucchiaio e ricominciamo a mangiare il gelato. Nessuno dei due è più dell'umore giusto.

«Mi dispiace non dovevo dirlo», ripete, con una nota di colpa nella voce. «Non volevo rendere l'atmosfera deprimente».

«Va tutto bene... Non mi dispiace parlare di Sam».

«Buono a sapersi».

Quando finiamo il nostro gelato controllo l'orologio. Sono le quattro e un quarto. «Si è fatta l'ora di andare».

«Di già?»

«Sì, sono un po' stanca», dico alzandomi dal tavolino.

«Non ti va, non so, di vedere un film o qualcosa del genere?», mi chiede all'improvviso.

«Dovrei tornare a casa».

«Sam mi ha detto che ti piacciono i musical. Al cinema è il mese dei musical classici. È proprio in fondo alla strada».

«Non lo so, Oliver...», dico, cercando di non ferirlo. «Cosa c'è di bello?»

«Cambia ogni settimana», mi risponde. Controlla il telefono. «Oggi c'è... *La piccola bottega degli orrori.* Ne hai mai sentito parlare?»

«Certo. È uno dei miei musical preferiti».

«Anche il mio».

«L'ho visto una dozzina di volte».

«Idem».

«Sai, ho anche provato a farlo guardare a Sam», racconto, sedendomi di nuovo. «Ma si è rifiutato. Ha detto che sembrava spaventoso».

Oliver ride. «Non è per niente spaventoso!».

Mi appoggio al tavolo. «Lo so! Ma conosci Sam. Non gli sono mai piaciuti i musical».

«O mio dio… quanto era irritante questa cosa», dice facendo roteare gli occhi.

«Sì, davvero!».

Per un momento, dimentichiamo quello che è successo. Poi smette di sorridere e la realtà dei fatti ci colpisce in pieno. Silenzio. Cerco di riprendere la conversazione. «C'è uno spettacolo a quest'ora?», chiedo.

Controlla di nuovo sul telefono. «Ce n'è uno tra dieci minuti…». Mi guarda con occhi da cucciolo.

Batto le dita sul tavolo cercando di decidere.

Dopo un momento o poco più, Oliver sentenzia: «Lo prenderò come un sì».

Il gestore della biglietteria si acciglia quando usciamo cantando. Gli uscieri ci hanno praticamente cacciato per aver disturbato con le nostre risate. Il film è stato meraviglioso, esattamente come lo ricordavo! Forse è perché l'ho visto un milione di volte, ma mentre andiamo via ancora canticchio tra me e me. Non avrei mai pensato di divertirmi così tanto con Oliver. Ha lanciato popcorn allo schermo e intonato insieme a me le canzoni. Per fortuna eravamo gli unici in sala. Sono così felice di averlo visto insieme a lui. Poi mi ricordo di Sam. E mi sento in colpa. Ha sempre desiderato che diventassimo amici. E avrei voluto che fosse qui con noi, anche se odiava i musical. *Noi tre, finalmente insieme.*

È già buio. Le luci al neon delle insegne illuminano le strade mentre torniamo a casa. Le canzoni sono entrate anche nella testa di Oliver. Afferra un lampione, ci gira intorno come Don Lockwood in *Cantando sotto la pioggia*, e canta ad alta voce.

«*E ora Seymour, ti siede vicino...*».

In altre occasioni mi sarei sentita in imbarazzo, ma non riesco a smettere di sorridere mentre continua a cantare.

«*Non serve più il trucco, sei come sei*».

A un certo punto mi unisco anch'io, nel frattempo continuiamo la nostra passeggiata.

«Wow», dice Oliver. «Che grande classico!».

«Lo so. È davvero, come posso dire...». Mi fermo. «Senza tempo».

«È una mia impressione, o l'uomo che ha mangiato la pianta sembrava più grande di quanto ricordassi?»

«Forse era lo schermo».

«Può essere», dice, annuendo. «Accidenti, non è magnifico il finale? È perfetto, vero? Audrey ottiene finalmente tutto ciò che ha sempre sognato. Una vita tranquilla, una casa di periferia, un tostapane... e *Seymour*! Non ha mai chiesto troppo, capisci? Questa è la cosa bella. È rassicurante».

«Sì, davvero», concordo. «Ma lo sapevi che quello non è il finale originale? Hanno dovuto girarne uno diverso».

«Cosa intendi?»

«Nella versione originale, Audrey viene mangiata dalla pianta».

Mi guarda con gli occhi sbarrati. «Vuoi dire che Audrey *muore*?»

«Sì. È così».

Smette di camminare. «Chi mai vorrebbe un finale del genere?»

«In realtà è quello che accade nell'opera originale», spiego. «Ma quando hanno mostrato il film al pubblico, molte persone sono rimaste sconvolte. Tutti amavano Audrey. E così hanno dovuto riscrivere il finale».

«Sono contento che l'abbiano cambiato», dice, con un filo di voce. «Avrebbe rovinato l'intero film».

«Sono d'accordo con te. Sto solo dicendo che c'è anche un'altra conclusione».

«Ma *non dovrebbe* proprio esistere», dice. «Non importa quale finale sia stato girato prima. Perché alla fine Audrey vive».

«Forse nel film. Ma nel musical no».

«Be', allora non andrò mai a vedere il musical...». Si allontana.

Lo seguo camminandogli accanto. Non volevo rovinargli il film. «Sai, non penso che sia così grave. Sono solo delle versioni diverse. Alla fine, sei tu che decidi come va a finire. Quindi entrambe possono essere vere».

Si gira verso di me. «Ma è *sbagliato.* Non possono esserci due versioni diverse della stessa cosa».

«Perché no?»

«Perché una è l'originale e l'altra è una copia. Puoi avere la sensazione che siano uguali, ma di fatto non lo sono. Sono due cose distinte. Per ottenere finali differenti, ci vogliono due Audrey diverse».

Penso alle sue parole. «Di cosa stai parlando?»

«Di lui ne esiste uno solo, ed è quello che conoscevo. Non puoi clonarlo, non puoi crearne versioni diverse descrivendo una nuova persona. Non puoi apportare modifiche. Perché c'è *un* unico e solo Sam».

Non stiamo più parlando di Audrey.

«Forse hai ragione. Era giusto un pensiero».

Raggiungiamo l'angolo che divide le nostre strade verso le rispettive case. Una siepe di rose bianche fa capolino da una recinzione accanto a noi.

«Mi dispiace aver guastato di nuovo l'umore», dice Oliver.

«Va tutto bene. Ho capito che intendi».

«Grazie per aver visto il film con me».

«Sono contenta di essere venuta».

Prima di separarci, nota le rose. Si sporge in avanti e ne tocca una.

«Attento», dico. «Potrebbe mordere».

Sorride mentre la coglie. Per un secondo, penso che voglia darla a me. Ma non lo fa. La tiene in mano.

«Ora vai a casa?», gli chiedo.

«Dopo», dice. «Prima devo fare una sosta da un'altra parte».

«Dove?»

«In un posto che non è niente di speciale».

Ci salutiamo. Tornata a casa, mi metto a fare i compiti. Studio il più possibile per il resto della serata, ma faccio molta fatica a concentrarmi. Non riesco a smettere di pensare a quello che ha detto Oliver: non si possono avere due finali di una stessa storia. Si possono avere diverse versioni di un personaggio, ma l'originale è uno soltanto. E forse ha ragione lui. Non voglio una versione diversa di Sam. Voglio il Sam che ho perso; quello a cui sono ancora connessa, anche se è solo una voce al telefono.

Vorrei chiamarlo in questo esatto momento, ma non dovrei. Per quanto mi manchi parlare con lui, ho cento altre cose a cui prestare attenzione – i compiti, il diploma, cercare di rimettere insieme la mia vita. Abbiamo una telefonata in programma per domani. Ha detto che ha in serbo un'altra sorpresa per me. Finisco per addormentarmi tardi, chiedendomi dove ci incontreremo la prossima volta.

Capitolo 9

La voce di Sam mi giunge in sogno. Si insinua nelle crepe mia mente.

«Dove sei, Julie…
… perché non riesco a trovarti».

Sopra la testa una luce tremolante. Tutto intorno a me è buio. Non riesco a vedere nulla. E non riesco a sentire altro che il ronzio del lampione che mi illumina a malapena. C'è una valigia accanto a me. Quando vedo la nebbia che sale dal basso, mi rendo conto che sto sognando di nuovo. Una parte di me vorrebbe svegliarsi, ma l'altra è curiosa di vedere se c'è un finale diverso.

E poi il mio telefono inizia a squillare, come previsto.

Tocco le tasche ma non c'è niente. Non so dov'è. Come faccio a rispondere?

Continua a squillare. Non so da dove provenga il suono. Guardo a terra nel caso mi fosse caduto.

Dov'è? Non farò in tempo a rispondere.

All'improvviso un fascio di luce squarcia l'oscurità, una corrente di aria gelida mi investe. Il mio cuore sussulta. Riesco appena a vedere dei fanali posteriori, il fumo che esce dalla marmitta e la sagoma di un camion che svanisce.

Mi si serra la gola, rimango ferma a guardarlo mentre

si allontana. So dove è diretto. E devo arrivare prima io. Devo arrivare da Sam prima che sia troppo tardi.

La valigia cade e io mi precipito nell'oscurità, correndo dietro a quei fanali. Ma è troppo veloce per me. Non lo raggiungerò mai in tempo. Poi noto una cosa. Una corda legata al retro del camion. La agguanto subito tenendola stretta.

È la corda di una chitarra! La tiro con tutte le mie forze, scavando per terra con i piedi. La corda si tende nelle mie mani mentre il camion inchioda in lontananza. Suona furiosamente il clacson, i fanali posteriori lampeggiano violentemente. Ho una forza sovrumana? No, è la forza della paura e della disperazione.

Quando sento il terreno diventare soffice sotto i piedi, guardo in basso e vedo l'acqua che mi sale alle ginocchia. Continuo a tirare con tutta me stessa finché l'acqua non mi raggiunge la vita e sento che i piedi stanno per cedere. Il camion continua a suonare il clacson e io continuo a tirare e tirare la corda della chitarra – fino a quando alla fine si rompe, e mi schianto nel mio letto.

Mi sveglio piangendo nel cuore della notte. A questo punto non credo di riuscire più a dormire. Chiamo Sam, sperando che risponda. Appena sento la sua voce, gli chiedo se ha tentato di contattarmi in sogno. Se ha cercato di mandarmi un messaggio.

«Mi dispiace, Jules… ma non ero io. Era soltanto un sogno».

«Sei sicuro?», dico speranzosa. «Forse i miei sogni sono un luogo in cui possiamo ritrovarci».

«Vorrei fosse vero. Ma siamo collegati solo attraverso i nostri telefoni».

Solo attraverso i nostri telefoni.

Mi trema il labbro. «Sembrava così reale, Sam. Sembrava… che avessi un'altra possibilità».

«Un'altra possibilità per cosa?».

Non gli rispondo. Ho paura di sapere cosa pensa. Ho paura che mi dica quello che non voglio sentire. Non adesso.

Espira. «Era solo un sogno, Jules. Dovresti riposare un po', okay? Parleremo domani. Ho un'altra sorpresa per te».

«Okay. Ci proverò».

Ogni volta che lo chiamo di punto in bianco, la conversazione non dura a lungo. Impiega un po' per rispondere e, quando lo fa, la sua voce è intermittente, come se si stesse muovendo alla ricerca di un segnale. Non so perché. Ho capito che per tenere una connessione stabile dobbiamo pianificare le chiamate. Effettuarle nel momento e nel luogo giusti. Anche se posso chiamarlo ogni volta che ho bisogno di lui, devo fare attenzione a non esagerare. Forse abbiamo un numero limitato di chiamate? Le stiamo esaurendo? Vorrei davvero sapere come funziona questa cosa.

È difficile stare attenta a scuola. In classe, continuo a controllare il cellulare. Mi dà conforto quando tutti mi ignorano. Non faccio che pensare a come siamo di nuovo in contatto. A questa seconda opportunità. Ho iniziato a segnarmi tutte le nostre telefonate sul taccuino. L'ora, il luogo, la durata. Scrivo anche le cose di cui parliamo e le domande che non hanno ancora risposta. Tipo… *Perché ci è stata data questa seconda possibilità? E per quanto tempo ancora la avremo*? Sam mi ha detto che non ha tutte le risposte. Forse dovrei provare a fargli di nuovo le mie domande.

Oggi Mika si presenta a lezione. Arriva in ritardo e si siede dall'altro lato dell'aula, a diverse file di distanza da me. Ha i vestiti stropicciati, i capelli spettinati e non ha portato i libri. Non ha risposto a nessuno dei miei messaggi. Vorrei parlarle dopo la lezione ma, non appena suona la campanella, prende la borsa e si precipita fuori. Vorrei spiegarle perché l'ho ignorata. Penso anche di lasciare un bigliettino nel suo armadietto. Ma cosa potrei scriverle?

Cara Mika,

mi dispiace di essermi persa la fiaccolata l'altra sera. Sai, sono stata distratta, ho parlato con Sam negli ultimi giorni. Penso che questa cosa crei interferenza con le chiamate e i messaggi in arrivo, ed è per questo che molte cose mi sfuggono. Sì, il nostro Sam. È ancora morto, ma può rispondere al telefono quando lo chiamo. È difficile da capire, non mi ha dato alcuna spiegazione. Spero che questo ti aiuti a inquadrare meglio la situazione e che possiamo tornare a essere amiche.

Julie

Lo consegnerebbe subito all'ufficio di assistenza psicologica per farmi tenere d'occhio, e non avrebbe tutti i torti. Decido di rinunciare al biglietto e aspettare. Così avrò anche più tempo per capire cosa dirle.

Il pranzo è l'unica parte della giornata che non mi pesa. Jay, Rachel e Yuki riescono sempre a tirarmi su il morale. Oggi è venerdì, il giorno della pizza – il giorno della settimana preferito da Jay.

«È la torta più famosa d'America», dice, servendosi una seconda fetta con il salame.

«Ma non è la torta di *mele?*», chiede Rachel.

Jay scuote la testa. «Davvero? Pensavo la torta con il salame fosse più popolare».

«Non credo che le pizze siano considerate torte», interviene Yuki.

Prendo il diario che mi ha dato il signor Lee e lo apro sul tavolo. Ho riflettuto su quello che mi ha detto l'altro giorno. *Che storia voglio raccontare? Per chi scrivo?* Le domande mi frullano in testa mentre fisso la pagina bianca. Vorrei tanto poter dire che scrivo per me stessa, ma forse non è la verità. Forse scriverò sempre per qualcun altro. Per esempio, per i professori del college che leggeranno il mio saggio e decideranno se è all'altezza. Cosa ne penseranno? Cosa succede se a nessuno di loro importa cosa ho da dire? *Cosa ho da dire*? E se fosse insignificante per il resto del mondo? Dovrebbe essere importante solo per me, giusto? È più difficile di quanto sembri, però. *Scrivere per sé stessi.* Magari è questo che intendeva il signor Lee quando diceva che abbiamo troppe voci in testa. Vorrei silenziarle tutte per trovare l'unica che ho dentro davvero. Picchietto la penna sul tavolo e continuo a pensare.

«È bellissimo», dice Yuki. «Dove lo hai preso?»

«Me lo ha dato il signor Lee». Chiudo il diario per mostrarle la copertina. I fiori ricamati luccicano come gioielli sotto la luce della mensa. «Qualcuno l'ha lasciato in donazione al negozio la scorsa settimana».

Rachel si avvicina per dare un'occhiata più da vicino. «È *così* carino. Posso prenderlo un attimo?»

«Lo so, è quasi un peccato scriverci su», commento, porgendoglielo. «Mi sembra di sprecare le pagine».

«Cosa vuoi scriverci?», mi chiede Yuki.

Mi poggio le mani sul grembo, incerta. Poi mi viene in mente, come se fosse un ricordo. Come se avessi sempre saputo la risposta. «Sam. Parlerò di Sam. Scriverò della nostra storia».

Yuki sorride. «Mi piacerebbe leggerla un giorno. Se avrai voglia di condividerla».

Le sorrido mentre qualcuno si avvicina al tavolo.

«Ti dispiace se mi siedo qui?».

Guardo Oliver. Ha in mano un piatto di pizza al formaggio e una confezione di latte al cioccolato. Sposto lo sguardo al tavolo di Taylor e Liam, che ci lanciano delle occhiate torve.

«Sì», dico. «Certo che puoi».

«Fantastico».

Sposta una sedia proprio accanto a me, costringendo Jay a scansarsi un po'.

«*Ehi Yukes*», dice, facendole un cenno dall'altra parte del tavolo. «Come va il coro? Qualche nuovo assolo?».

Yuki si asciuga la bocca con un tovagliolo. «Spero di averne uno presto. Abbiamo appena fatto le audizioni per il prossimo concerto».

«Sono sicuro che tu li abbia stracciati», dice, aprendo il latte al cioccolato. «Ricordi quella volta in cui tu e Sam avete spaccato al karaoke? Indimenticabile».

Avevo scordato che Oliver e Yuki si conoscessero grazie a Sam.

«Staremo a vedere», risponde Yuki, arrossendo leggermente.

«Io verrò a sentirti comunque», le risponde lui. Poi si rivolge a Jay, appoggiando un braccio sullo schienale della sedia. «Non credo che noi due ci siamo mai incontrati. Sono Oliver».

«Oh… Io sono Jay».

Si strofina il mento. «Dov'è che ti ho già visto?»

«Sei venuto a uno degli incontri per il club di protezione ambientale», dice Jay. «Ma poi non sei più tornato».

«Oh, *è vero*», conferma Oliver, come se lo ricordasse con affetto. «Parlavate di pulizia delle spiagge o roba del genere. Sembrava un po' noioso, se devo essere onesto».

Gli do un colpetto sul braccio. «*Oliver.* Jay è il tesoriere del club. La pulizia delle spiagge è stata una sua idea».

«Lo sto solo prendendo in giro», mi dice, facendo un gesto di noncuranza con la mano. «Sono molto colpito dal suo lavoro».

Rachel si allunga e gli tocca la spalla. «Vuoi entrare a far parte del nostro club?», chiede, porgendogli il modulo. «Ci servono ancora sei firme».

«Certo. Che club è?».

Prende la mia penna e gliela porge. «Il club asiatico. Spero di riuscire a organizzare la proiezione di alcuni film».

Oliver firma senza fare domande. «Spero che proietterete *Akira*. È un classico».

«Posso metterlo nella lista», dice Rachel. «Voteremo per la scelta finale».

«Molto democratico». Annuisce mentre restituisce il modulo. «Ci sarà un voto anche per gli spuntini?».

Tutti al tavolo scoppiano a ridere. Non mi aspettavo che Oliver si sedesse con noi, ancor meno che andasse d'accordo con tutti così in fretta. C'è qualcosa di diverso in lui oggi. Un lato più tenero che non sono abituata a vedere. Forse le cose vanno meglio tra me e lui. Forse c'è davvero la possibilità di diventare buoni amici in futuro. Sono felice che abbia finalmente deciso di unirsi a noi.

Suona la campanella. Mentre sto raccogliendo le mie cose, Yuki mi chiede: «Cosa hai deciso di fare? Verrai con noi più tardi?»

«Per cosa?», domando.

«Andremo da qualche parte dopo la scuola per buttare giù delle idee per ricordare Sam», dice. «Ti ho mandato un messaggio ieri sera».

Mi guardo intorno, un po' confusa. «Non l'ho ricevuto. Non sapevo che dovessimo incontrarci». Tiro fuori il telefono per controllare. L'ho tenuto vicino tutto il giorno. Perché continuo a non ricevere i messaggi? «Quando l'hai mandato?»

«Era piuttosto tardi», dice. «Forse stavi dormendo».

Ripenso a ieri sera. Credo che le telefonate stiano bloccando tutto il resto. Devo ricordarmi di controllare il registro delle chiamate.

Jay mi compare accanto. «Dovresti venire. Conosci Sam meglio di tutti noi».

«Che cosa state dicendo di Sam?», chiede Oliver, curioso.

«Vogliamo fare qualcosa di speciale per lui», dice Rachel. «Con Julie».

«Tipo cosa?»

«Stiamo ancora decidendo».

«Oh...», si sporge in avanti, labbra strette. «Posso... partecipare anch'io?».

Tutti si girano verso di me.

«Certo», esclamo. Poi guardo Yuki. «Ma oggi non posso venire. Sono davvero dispiaciuta. Ho già preso impegni con una persona». Non dico che quella persona è Sam.

Yuki mi tocca la mano. «Non preoccuparti. Ci riuniremo di nuovo. Penseremo a qualcosa di grandioso».

Anche se sorrido, non posso fare a meno di sentirmi esclusa dal gruppo. È un bel po' che non stiamo tutti insieme fuori scuola. Prima andavamo a casa di Sam regolarmente, ascoltavamo musica. Visto che sono all'ultimo anno, non so se avremo ancora molte occasioni di fare qualcosa insieme.

Non appena finisce la scuola, vado dritta in città. Invece di fermarmi al lavoro come faccio di solito, aspetto alla fermata all'angolo l'autobus che parte alle tre. Non andrò troppo lontano. Arriverò al punto in cui si intravedono le cime delle montagne e le strade lasciano spazio ad alberi e steppa. È stata un'idea di Sam. Ha detto che aveva una sorpresa per me l'ultima volta che abbiamo parlato. Dovrei chiamarlo appena scendo.

L'autobus mi lascia vicino al marciapiedi dove c'è un gruppo di escursionisti. Mi allontano dal sentiero principale e mi addentro tra gli alberi. Non sono mai andata fuori dal percorso prima d'ora. Intorno a me non c'è nulla, se non infiniti boschi e pendii. Taglio per i campi di fiori, accarezzando le corolle viola e gialle degli astri. Sam mi guida al telefono attraverso una radura illuminata dal sole nel mezzo del bosco. La sua voce è gonfia di eccitazione. È la prima volta che lo sento così dalla nostra prima telefonata.

«Non sai da quanto tempo volevo mostrartelo».

«Ma *cos'è?*», continuo a chiedere.

«Te l'ho detto, è una sorpresa», dice con una risata. «Ci sei quasi. Continua a camminare».

I tronchi degli alberi diventano più massicci, il percorso si stringe e si infittisce. I raggi del sole penetrano dai rami alti. I fiori di campo colorano la terra di porpora e oro. Una brezza soffia tra le basse fronde e le foglie mi solleticano le spalle.

«Dovrebbe esserci un piccolo ruscello più avanti», dice Sam. «Troverai un albero millenario, oltrepassalo e poi gira a destra».

Non posso credere che riesca a ricordare tutti questi dettagli. È come se potesse vederli anche lui.

Mi guardo intorno. «Come troverò la via del ritorno?».

La città è a chilometri di distanza. Anche se è al telefono con me, ci sono solo io qui.

«Non preoccuparti», dice. «Sono lì con te».

La luce del sole brilla alla fine del bosco. Una volta che ho raggiunto l'altro lato, tiro indietro i capelli e ammiro la vista spettacolare. Davanti a me un campo d'oro si stende a perdita d'occhio fino al cielo. Si alza un venticello leggero, piega i fili d'erba e li fa muovere come le onde dell'oceano. In lontananza, un albero solitario si erge nel mezzo. Sembra una barca arenata in un lago d'oro. Faccio qualche altro passo, con la mano accarezzo le spighe, sono morbide come piume. Non mi ci vuole molto per capire perché mi ha portato qui.

«Campi d'orzo...», sussurra Sam al mio orecchio. «Proprio come la canzone».

Mi sfugge un sospiro. «*Sam...*». È tutto ciò che riesco a dire.

Chiudo gli occhi e respiro a fondo. Se ascolto attentamente, posso quasi sentire la sua chitarra che risuona lontana. «Come hai trovato questo posto?»

«Un giorno mi sono allontanato dal sentiero e mi ci sono imbattuto per caso», dice. «Mi ha ricordato la canzone che suono sempre per te. Quella che ascolti quando scrivi. So che hai avuto problemi ultimamente. Ho pensato che se te li avessi mostrati dal vivo i... *fields of gold*... i campi d'oro della canzone... ti avrebbero ispirato a scrivere di nuovo».

Il vento soffia, ciocche di capelli mi finiscono sul viso. «Perché non mi hai portato qui prima?»

«Aspettavo il momento giusto. Avevo pianificato tutto. Doveva essere speciale. Non immaginavo che non ne avrei avuto il tempo».

Sento una fitta di dolore.

«È come lo avresti immaginato in una tua storia?», mi chiede.

La gola si stringe, è difficile parlare. «È molto meglio», dico. «Grazie».

«Vorrei poterlo vedere di nuovo», continua Sam. «Vorrei essere lì con te. Vorrei poter vedere lo sguardo sul tuo viso…».

Mi si riempiono gli occhi di lacrime mentre guardo i campi dorati, l'orzo infinito e il sole che comincia a tramontare. Cerco di assorbire ogni singolo dettaglio e ricordarlo per sempre. Non lo dimenticherò mai. E poi sento l'impensabile. Qualcosa che non mi aspettavo più di ascoltare. La voce di Sam al telefono, che canta *Fields of Gold*, come aveva promesso di fare, *un giorno…*

I never made promises lightly
And there have been some that I've broken
But I swear in the days still left
We'll walk in fields of gold
We'll walk in fields of gold…

Guardiamo il tramonto insieme, proprio come aveva programmato. Mi sdraio sull'erba e poggio il telefono accanto a me in vivavoce. Parliamo per ore, di tutto, ridendo come ai vecchi tempi mentre il cielo cambia colore. Sembra davvero che Sam sia qui con me. E ha ragione, è ancora più magico di notte. Le stelle sembrano così vicine che penso di poterle raggiungere e toccare. Cerco le costellazioni e gli dico quali penso di riconoscere. Lo *sento* sdraiato accanto a me. Se mi voltassi, lo vedrei con le mani intrecciate sotto la testa, la sua camicia a quadri, gli occhi aperti verso il cielo, i bei capelli scuri, il sorriso irresistibile. Ma non oso guardare, perché ho paura di scoprire che è solo un'illusione. Quindi guardo dritto verso le stelle e continuo a fingere.

Chiudo gli occhi per un momento. «Grazie per avermi portato qui. Avevo bisogno di stare lontano da tutto».

«Sembra di stare in un altro mondo, vero?», sussurra. «Ellensburg sembra a un milione di chilometri di distanza».

«Ti manca, Sam? Ellensburg, intendo».

«Sì... mi manca tutto».

Apro gli occhi alle stelle. «Penso che mancherà anche a me».

«Quindi vuoi ancora andartene?»

«È sempre stata questa l'idea», gli ricordo. «Andare via di qui. Spostarsi in una grande città, frequentare il college, diventare una scrittrice».

«Non ne sembri entusiasta», dice.

«Be', non volevo farlo da sola».

C'è un lungo silenzio prima che parli di nuovo. «Starai bene, Julie. Ovunque andrai, con chiunque starai. Alla fine, troverai la tua strada».

«Non voglio stare con nessuno. Sei ancora qui, Sam. È l'unica cosa che conta in questo momento. Nient'altro».

«Julie», dice Sam, un po' teso. «Non fare così».

«Fare cosa?»

«Restare ancorata a noi», risponde. «Come se avessimo l'eternità a disposizione».

«Perché continui a ripeterlo?»

«Perché non sarà sempre così. Non è possibile. Voglio che ti sia chiaro».

«Ma *perché* no?»

«Perché *non si può...*». La sua voce si incrina. «Pensaci. Non puoi passare il resto della vita a parlare al telefono con il tuo fidanzato morto, mentre tutti gli altri vanno avanti e incontrano nuove persone. Non puoi vivere in questo modo per sempre».

«Non vedo cosa ci sia di sbagliato», rispondo. «Lo fai sembrare peggio di quello che è». Non c'è cosa che desideri di più, a parte averlo ancora nella mia vita. «Come se mi interessasse cosa pensano gli altri di me. Mi basta avere *te.* E se possiamo stare ancora insieme, dovremmo trovare il modo di farla funzionare. Anche se non è come avevamo pianificato…».

«*Smettila*, Julie», mi interrompe. «Non possiamo rimanere così per sempre. Semplicemente non è possibile».

«Ma hai detto che potevo prendermi tutto il tempo necessario per dirti addio», gli ricordo. «E se non lo volessi fare? E se mi rifiutassi?».

Emette un sospiro. «Quindi è questo che hai deciso… di non dirmi mai addio?»

«È *sempre* stato così, Sam. Dal giorno in cui ti ho incontrato…». Penso a quando non mi risponderà più e riesco a malapena a respirare. L'ho sentito finalmente cantare; e se dimenticassi la sua voce? Non riesco a immaginare di perderlo di nuovo.

Non diciamo più nulla. Guardo in alto, alcune nuvole si diramano rivelando la luna. Dal nulla, una scia bianca attraversa il cielo, svanendo dietro la montagna.

«Una stella cadente». La indico, come se anche Sam potesse vederla.

«Sono sorpreso che tu ne abbia vista una sola», dice. «Hai espresso un desiderio?»

«Sai che non credo in queste cose».

«Perché no?»

«Pensaci. Se n'è mai avverato uno?»

«Non significa che non dovresti provarci. Potresti desiderare di ritrovare l'altro fermalibri».

«Sei un vero sognatore», dico.

Ride. «Va bene allora. Cosa vorresti, se potessi avere qualsiasi cosa?»

«Qualsiasi cosa?»

«Qualsiasi cosa».

«Senza limiti?»

«Senza limiti».

Esito. «Davvero vuoi saperlo?»

«Non te lo avrei chiesto altrimenti».

Chiudo gli occhi e faccio un respiro profondo. Non devo pensare a lungo perché so già la risposta. «Vorrei che tu fossi qui», dico. «Vorrei vederti sdraiato accanto a me. Vorrei girarmi e vederti sorridere. Vorrei poter passare una mano tra i tuoi capelli e sapere che *esisti*. Vorrei diplomarmi con te, lasciare questo posto e trovare un appartamento da qualche parte. E infine decidere del resto delle nostre vite insieme, così non dovrei farlo da sola. Vorrei che tu fossi *vivo*… e vorrei aver risposto al telefono quella notte. Tutto sarebbe diverso, tutto sarebbe come doveva essere…».

Segue un lungo silenzio, mentre Sam assorbe le mie parole. Non dice niente, ma lo sento lì al telefono, *in ascolto*. Sono sorpresa che mi abbia persino lasciato finire. Non so se era quello che si aspettava di sentire, ma mi ha chiesto la verità.

Il resto della notte prosegue così. Sdraiata lì nei campi, al telefono con lui per un'eternità. Non ci diciamo altro. Ci immergiamo in un mondo immaginario in cui tutto ciò che desidero è avere ancora una possibilità.

Capitolo 10

Al mio risveglio, noto qualcosa di diverso. Percepisco il calore di un corpo accanto a me, ma quando la mia mano si muove tra le lenzuola non trovo nessuno. Sono sola. Mi stropiccio gli occhi per mettere a fuoco. Raggi di luce brillano sul soffitto come il sole che si riflette sull'acqua. È una di quelle mattine in cui non sai quanto tempo è passato da quando ti sei addormentata. Ore o giorni? Devo controllare sul telefono per capire a che punto della giornata mi trovo. È sabato. Sono le 9:14 del mattino. Non so come sia possibile, ma niente ha più senso a questo punto.

Mi siedo sul letto e mi guardo intorno. La sedia della scrivania è girata verso di me, la camicia di Sam è ancora appesa allo schienale. A volte fingo che sia in bagno, o che stia prendendo un bicchiere d'acqua al piano di sotto e stia per tornare. *Da un momento all'altro*. Immaginare queste cose mi fa sentire meno sola quando non siamo al telefono insieme. Stiracchio le braccia verso il soffitto. Quando dormo mi si aggrovigliano i capelli, così cerco di pettinarli con le dita. Sento l'odore dell'orzo e ricordo. *I campi d'oro*. È successo davvero ieri sera? Se chiudo gli occhi, posso rivedere tutto. È strano essere di nuovo nella mia stanza con niente altro che il ricordo. È come svegliarsi da un sogno e non avere nessuno con cui parlarne.

Un altro mondo, un'altra vita, un'altra cosa da tenere per me.

Non sono riuscita a dormire bene. Ho fatto lo stesso sogno in cui tornavo alla stazione degli autobus, a cercare ancora Sam. Non è andata così male questa volta, ma sono un po' scossa. Vorrei parlarne con qualcuno. Qualcuno oltre Sam, intendo. Dopo quello che gli ho detto ieri sera, non voglio dargli altre preoccupazioni. Ci sono cose che dovrei tenere per me.

Rimango raggomitolata nel letto finché non suona la terza sveglia, a ricordarmi che è ora di iniziare la giornata. Mia madre mi ha lasciato il caffè pronto. Ne finisco due tazze e mangio una ciotola di cereali. Ho appuntamento con Oliver che mi aspetta sul portico. Mi ha scritto stamattina per chiedermi di fare un'altra passeggiata. Ma abbiamo una destinazione diversa questa volta. È una sua idea. All'inizio non ero convinta, ma ho accettato lo stesso. Stiamo andando alla tomba di Sam.

Il cielo è nuvoloso. Prendiamo la strada più lunga per evitare il casino in città. Quando gli dico che non sono mai stata alla sua tomba non mi giudica. Forse lo immaginava già. Forse ha capito perché ho paura. Quando si intravede la collina del cimitero mi si aggroviglia lo stomaco. Pochi passi prima di raggiungere i cancelli, qualcosa mi blocca. Proprio come l'altra volta…

Oliver si volta a guardarmi. «Stai bene?»

«Ho solo bisogno di un secondo…». Non so cos'altro dire. Fisso le sbarre di ferro, chiedendomi se sia un errore. *Non aver paura, Julie. Quello lassù non è Sam. Lui è ancora con te. Non l'hai ancora perso.*

«Andrà tutto bene. Vieni qui…», mi tende una mano. «Andremo insieme».

Faccio un respiro profondo, stringendo forte le sue dita. Insieme attraversiamo le cancellate e saliamo per la collina. Mi guida attraverso il prato in cui sono allineate le lapidi corredate di girandole. Ci passo intorno con attenzione, per rispetto. Non sarei mai stata in grado di trovarla da sola. Il prato sembra infinito, si estende in ogni direzione. Quando Oliver si ferma e lascia la mia mano, mi rendo conto che siamo arrivati. Gira attorno alla sua tomba, facendomela vedere meglio.

SAMUEL OBAYASHI

Il mio corpo si irrigidisce. Lo leggo un paio di volte. *Non gli è mai piaciuto il nome Samuel. Avrebbe preferito che ci fosse scritto Sam.*

Dei girasoli sbocciano dal vaso al centro della pietra. Sembrano freschi, come se qualcuno li avesse portati di recente. Un petalo è caduto sul suo nome, mi inginocchio per toglierlo. Poi noto che nel vaso c'è qualcos'altro.

Una sola rosa bianca spunta nel mazzo. La tocco delicatamente. E ricordo. «L'hai portata tu?», chiedo a Oliver.

«Sì…».

La mente torna alla sera in cui abbiamo visto il film insieme. «Quindi è qui che sei venuto dopo…».

«Ho fatto un salto».

Lo guardo. «Quanto spesso vieni? Se non ti dispiace che lo chieda».

Scrolla le spalle. «Forse troppo spesso».

Faccio qualche passo indietro e guardo l'erba. *Il buco sotto la lapide. È lì che dovrebbe essere Sam?* Lo immagino mentre dorme tranquillo laggiù, perché non riesco a immaginarlo come un morto. *Questo è surreale. Solo poco fa ero al telefono con lui.* Deglutisco forte e guardo Oliver. «Dovrei… dire qualcosa? Non so cosa fare…».

«Non sei obbligata. Possiamo semplicemente passare un po' di tempo qui».

Ci sediamo sul prato insieme. L'aria sembra stranamente immobile, come se il vento non riuscisse a raggiungere questo luogo. Non tira neanche un soffio da quando siamo entrati. Gli alberi appaiono inanimati, sembrano fatti di pietra. Continuo a guardarmi alle spalle. A quanto pare ci siamo solo noi due nei paraggi.

Passa del tempo. Oliver fruga l'erba in silenzio. Non dice nulla da un po' ormai. Non so a cosa stia pensando.

«Di solito vieni da solo?», gli chiedo.

«Di solito sì».

«E te ne stai seduto così?»

«A volte cambio l'acqua nel vaso».

Fisso di nuovo la sua rosa. Chissà quanti fiori ha regalato a Sam. «Ti manca davvero, eh?»

«Quanto a te».

Ci fissiamo. Poi distoglie lo sguardo e piomba di nuovo il silenzio.

«Sam sarebbe felice di sapere che vieni spesso», dico dopo un po'. «Penso che significherebbe molto per lui».

«Lo pensi davvero?»

«Sì».

Dopo un momento fa un sospiro teso. «Non voglio che si senta solo, capisci? Cioè, e se avesse bisogno di compagnia? Voglio che sappia che c'è qualcuno qui per lui».

Mi sento dilaniata. Vorrei poter chiamare Sam e lasciargli sentire le sue parole. Vorrei poter dire a Oliver delle nostre telefonate, solo per dargli un po' di pace. Che idea si farebbe? Mi crederebbe?

Con un pizzico di nervosismo mi chiede in un sussurro: «Posso confessarti una cosa?»

«Certo».

«A volte... parlo con lui».

«Con Sam?».

Annuisce.

«Cosa intendi?»

«Intendo, quando sono qui», dice, indicando l'erba dove siamo seduti. «Ad alta voce. Di cose normali. Sai, tipo quello di cui abbiamo sempre parlato». Poi distoglie lo sguardo, scuotendo la testa. «È stupido, lo so».

Se solo sapesse la verità. Se solo potessi raccontargliela.

«No, non lo è», dico per tranquillizzarlo. «Ho capito che intendi. Se può farti sentire meglio ti confesso che io ho provato a chiamarlo».

«Vuoi dire... al telefono?»

«Sì».

Per un secondo penso che voglia approfondire, ma non lo fa. Anche se una parte di me vorrebbe. Non so come gli risponderei. Oliver continua a strappare fili d'erba e mi assale un forte senso di colpa perché io parlo con Sam e non posso dirlo a nessuno. Forse dovrei. Solo per capire cosa succederà dopo. O giusto per sentirmi dire che tutto *questo è reale.* Senza alzare lo sguardo, Oliver torna a chiedere: «Posso dirti un'altra cosa?».

Mi tendo in avanti, in ascolto.

«Ricordi cosa ti ho chiesto quella sera? Cosa diresti a Sam, se avessi un'altra possibilità?»

«Sì».

«Vuoi sapere cosa gli direi io?»

«Solo se vuoi dirmelo».

Fa un respiro profondo. Apre e chiude la bocca, qualcosa sembra fermarlo da dentro. Ma alla fine, lascia uscire le parole, come se le stesse trattenendo da troppo tempo.

«Direi a Sam che lo amo. Che l'ho sempre amato».

«Sono sicura che anche Sam ti amava».

Mi guarda. «Ma non nel modo in cui amava te».

Silenzio.

«Comunque non importa», aggiunge, scuotendo la testa. «È stato meglio così. Non credo saremmo rimasti amici se glielo avessi detto».

«Perché dici così?», chiedo. «Sam non avrebbe mai rinunciato alla vostra amicizia. Qualunque cosa fosse accaduta».

Distoglie lo sguardo di nuovo. «Ho sempre pensato che in qualche modo si sentisse così anche lui. Che forse c'era di più tra noi. Tra me e Sam. Prima che arrivassi tu, voglio dire». Abbassa la testa. «Ma non lo sapremo mai...». Se ne resta in silenzio a lungo. Quando si asciuga gli occhi e vedo scendere le lacrime, mi rendo conto che sta piangendo. A vederlo così, non riesco a trattenermi. Mi metto alle sue spalle e lo abbraccio. Appoggio la testa sulla sua schiena e sento una pulsazione, un battito, non so nemmeno io cosa. Ma è di qualcun altro, non è mio. Un'emozione che non provo da un po'.

«Vorrei che fosse ancora qui», dice tra le lacrime.

«Lo so. Anch'io».

«Pensi davvero che sarebbe rimasto mio amico se glielo avessi detto?»

«In tutta sincerità?».

Annuisce.

«Penso che Sam lo sapesse già».

A giudicare dal suo silenzio, forse se lo è sempre chiesto. E forse me lo sono sempre chiesta anch'io. Di questa cosa con Oliver. Magari era il motivo per cui non riuscivamo a legare. Per via di Sam. Perché entrambi lo amavamo allo stesso modo. E, adesso che non c'è più, è l'unica cosa che ci unisce.

Dal nulla, si alza un vento leggero che ci accarezza e scivola giù per la collina. Le girandole prendono vita e gli alberi si rianimano per la prima volta da quando siamo arrivati. Alziamo lo sguardo con la sensazione di vedere qualcuno lì, a vegliare su di noi. Ma non c'è nessuno. Il rumore di centinaia di girandole che ruotano è tutto ciò che sentiamo. Non so come, ognuna emette una nota diversa, come le dita sul bordo di un bicchiere.

«Pensi che sia Sam?», sussurra.

«Potrebbe essere...». Porgo l'orecchio in direzione del vento, *in ascolto*. «La melodia mi suona familiare».

Inclina la testa e presta attenzione anche lui. Restiamo seduti in silenzio, cercando di riconoscere il motivo.

Ho accompagnato Oliver a casa dopo aver lasciato il cimitero. Volevo assicurarmi che stesse bene prima di andare al lavoro. È la prima volta che ho il turno in libreria da quando Sam è morto. Tristan aveva bisogno di una pausa e mi sono offerta di sostituirlo questo fine settimana. Dal momento che non c'è mai un gran da fare, non è necessaria la presenza di entrambi e raramente abbiamo la possibilità di lavorare insieme. Ci incontriamo quasi esclusivamente per il cambio turno e questa cosa rende difficile avviare il gruppo di lettura che stiamo organizzando per promuovere il negozio. Non abbiamo ancora deciso il primo libro. Tristan spinge per *Guida galattica per autostoppisti*, ma lo hanno già letto tutti. «È un libro che va letto almeno due volte», continua a ripetere.

Dietro al bancone, c'è una bacheca dove ci lasciamo delle note, per informarci a vicenda sulle cose fatte e quelle ancora da fare. Talvolta messaggi personali. Oggi trovo un foglietto blu appuntato sopra la lista delle cose da fare.

Spero che tu ti senta meglio.
Ho lasciato il biglietto per te nel primo cassetto.
Tristan

Controllo il cassetto. Dentro una busta dorata, trovo il biglietto per il festival del cinema del mese prossimo. *Me ne ero quasi dimenticata.* Tristan ha lavorato a questo documentario per mesi e non è la prima volta che invia una sua creazione al festival. Mi fa piacere che finalmente sia stato selezionato. Una parte di me è invidiosa. Lui non frequenta ancora l'ultimo anno, ma il suo lavoro è già stato riconosciuto. Nel frattempo, io non ho scritto nemmeno una parola del mio saggio di presentazione all'università. Cerco di cambiare punto di vista, di non confrontarmi con gli altri, ma a volte sembra quasi inevitabile.

Trovo una penna e gli scrivo un messaggio.

Grazie ancora per il biglietto.
Non vedo l'ora di vedere il tuo film!
Julie

Sta cominciando a piovere, così ci sono meno clienti del solito. Almeno il negozio online sembra andare meglio. Tristan mi ha dato un elenco di libri da trovare e imballare. Il signor Lee li verrà a prendere lunedì e li spedirà ai nuovi clienti. Finisco tutte le mie mansioni in anticipo e ho persino il tempo di pulire un po'. Una volta che si è svuotato, prendo il diario e mi siedo al mio posto vicino alla finestra. Il rumore della pioggia mi mette sempre dell'umore giusto per scrivere. Sovrasta il resto del mondo e mi schiarisce la mente. Ripenso a ieri, a quando Yuki mi ha chiesto cosa avrei scritto. Le ho risposto: di Sam. Ma non ho ancora le idee chiare. Cosa voglio raccontare al mondo di lui? La risposta per molti è scontata. *Scrivi della sua morte. Di cosa è successo.*

Di cosa è significato perderlo. Ma io voglio concentrarmi su altro. Non voglio collegare Sam a una tragedia. Non voglio che sia questa la sua storia. Desidero che sia ricordato per le sue qualità migliori. Come un musicista, in piedi fino a tardi a comporre musica con la sua chitarra anche se c'era scuola il giorno dopo. Come un amorevole fratello maggiore, che costruisce fortini nella sua camera. E desidero che sappiano di noi, degli ultimi tre anni che abbiamo trascorso insieme. Come ci siamo incontrati, il nostro primo bacio, tutte le ragioni per cui mi sono innamorata di lui. Voglio che anche loro si innamorino di Sam. Forse è quello che farò. *Scriverò del ricordo che ho di lui. Del ricordo che ho di noi. Racconterò la nostra storia.* È deciso. Gli anni trascorsi insieme mi passano per la mente come un film. Nell'ora successiva annoto tutti i momenti che hanno significato di più per me. Continuo a scrivere finché non perdo la cognizione del tempo.

Lo scacciapensieri tintinna sulla porta, alzo lo sguardo. Chiudo il diario quando sento che qualcuno è entrato in libreria.

«Yuki! Che ci fai qui?».

Ha in mano un ombrello lilla, chiuso. Ha i capelli raccolti all'indietro con un nastro azzurro. Si guarda intorno. «Mi sono ricordata che eri al lavoro oggi. Spero non sia un problema se sono passata».

«Ma figurati. Fammi prendere il tuo ombrello…», glielo tolgo dalle mani e lo appoggio al muro. «Sono così felice che tu sia qui. Stavo iniziando a sentirmi sola».

Mi sorride. «Allora sono contenta di essere venuta». Ha qualcosa nell'altra mano. Un piccolo sacchetto di plastica che emana un buon odore. Sembra qualcosa di salato.

«Che cosa hai lì?», chiedo.

Guarda la busta con aria sorpresa. «Spero non ti dispiaccia», dice con un sorriso. «Ho portato il pranzo».

Mangiamo i panini con carne di maiale e sottaceti sedute alla finestra. Preparo l'acqua calda nella stanza sul retro e le porto il tè. Sta ancora piovigginando, quindi Yuki rimane un po' con me ad aspettare che smetta. Passa un autobus. Dall'altro lato della strada ragazzini in impermeabile corrono sul marciapiede, schizzando nelle pozzanghere con gli stivali di gomma. Fisso a lungo il mio riflesso nel vetro, finché la voce di Yuki non mi risveglia dai pensieri.

«A cosa pensi? Sembri distratta».

«Sono solo stanca, ecco tutto», dico. «Non riesco a dormire molto».

«Cosa c'è che non va?»

«Ultimamente faccio dei sogni che mi tengono sveglia».

«Posso chiederti di cosa si tratta?».

La guardo. «Sam».

Annuisce consapevolmente. «Capisco. Devono essere dei brutti sogni allora, se non riesci a riaddormentarti».

«È sempre lo stesso. Ancora e ancora. Cioè, ci sono delle leggere differenze, ma iniziano sempre tutti nello stesso punto».

«E dove?»

«Alla stazione degli autobus. La notte in cui Sam è morto».

«E finiscono allo stesso modo?», mi chiede.

Mi fisso le mani. «Non sono mai arrivata alla fine…».

Ci riflette un po'. «Ho capito».

«Lo so», dico. Appoggio la testa contro il vetro. «Vorrei solo sapere se hanno un significato…».

Fissa pensierosa il suo tè. «Sai… quando mia nonna

è morta qualche anno fa, ho fatto anch'io dei sogni su di lei. Ed erano tutti simili. In uno facevo cadere la sua teiera preferita e cercavo di rimettere insieme i pezzi prima che tornasse. In un altro, le avevo mentito sui miei voti. Ma alla fine mi scopriva sempre. Ricordo lo sguardo triste sul suo viso. Non volevo più dormire. Non volevo turbarla di nuovo...».

«Poi hai smesso di fare questi sogni?», le chiedo.

Annuisce. «Alla fine ho raccontato tutto a mia madre. E lei mi ha aiutato a capire».

Mi sporgo in avanti. «Cosa ti ha detto?».

Beve un sorso del suo tè. «Mi ha detto che, a volte, i sogni non significano quello che ci mostrano. Che non dovremmo sempre prenderli alla lettera. Possono semplicemente voler dire che c'è qualcosa nella nostra vita che non va. O che magari non riusciamo a lasciare andare. Soprattutto quando perdiamo qualcuno vengono a galla le nostre insicurezze, e questo non aiuta a ritrovare l'equilibrio interiore».

«E tu come l'hai ritrovato?»

«Mi ci è voluto un po' per capirlo...», ammette. «Credo che per tutta la vita mi sia sempre preoccupata di deludere mia nonna. Avevo solo bisogno di ricordare a me stessa quanto fosse grande il suo amore per me. Non importava cosa accadesse, mi avrebbe sempre voluto bene». Mi guarda. «Forse devi cercare la risposta alle tue preoccupazioni. Scoprire come riportare equilibrio nella tua vita».

Ci penso su. «E come faccio? A trovare equilibrio...».

«Non lo so», dice con rammarico. «La risposta è diversa per tutti».

Guardo di nuovo fuori, insicura di me stessa.

Yuki mi tocca la spalla. «Ma a volte sono solo sogni»,

dice. «E potrebbero non significare niente. Quindi non dargli troppo peso, va bene?»

«Forse hai ragione. Vorrei solo dormire per una notte intera...».

Distoglie lo sguardo, pensierosa. «Sai, forse ho qualcosa che ti potrebbe aiutare», dice, posando il suo tè. «Vieni con me...».

La seguo fino al bancone, dove ha lasciato la borsa. La apre e inizia a frugare nelle tasche. Quando trova quello che cerca, si gira e mi mette qualcosa nel palmo della mano.

«Ecco...».

«Cos'è?», chiedo, girandomi il piccolo oggetto tra le dita. «Un cristallo?».

È d'un bianco candido, perlato e traslucido. Sembra risplendere da dentro, emanando la propria luce.

«È selenite», risponde Yuki. «Me l'ha data mia madre. Dovrebbe portare fortuna e dare protezione. E serve ad allontanare l'energia negativa. Forse può preservarti dai brutti sogni».

Ci passo sopra le dita. «Come funziona?»

«Portala con te», dice dolcemente. «Prende il nome dalla dea della luna. Sai», – capovolge il cristallo nella mia mano, rivelandone le sfaccettature – «si dice che la selenite contenga una goccia di luce che risale all'inizio dell'universo. Alcuni credono che sia connessa con qualcosa al di là del nostro mondo...».

Studio la pietra con attenzione. Sembra calda tra le mie dita, brilla come al chiaro di luna. «Ci credi davvero?»

«Mi piace pensare che mi abbia protetto», annuisce. «Ora è tua. È fragile, quindi fai attenzione».

La tengo stretta.

«Grazie», sussurro.

«Spero che ti porti un po' di pace. Ho la sensazione che tu ne abbia davvero bisogno».

Sta ancora piovendo quando Yuki lascia il negozio. Non vedo un cliente da ore, così decido di chiudere presto. A casa, aiuto mia madre a preparare la cena. Le piace comprare il parmigiano in un negozio di specialità italiane a un'ora di distanza da qui. Stasera prepara la pasta funghi e spinaci. Il formaggio di qualità è uno dei pochi lussi che si concede la nostra famiglia. Mia madre dice sempre: «È un investimento». Non ho mai osato contraddirla.

Apparecchio la tavola mentre lei tira fuori i grissini dalla friggitrice ad aria. In soggiorno la TV senza volume sta trasmettendo il telegiornale. A mia madre piace lasciarla accesa tutto il giorno. Dice che le fa sentire la casa meno vuota. Di solito durante la cena le piace condividere le strane teorie degli studenti che seguono il suo corso. Mi ha raccontato quella secondo cui viviamo in un videogioco controllato da una dodicenne attraverso il computer del fratello. Ma stasera è più tranquilla del solito. Abbiamo entrambe la mente occupata. «È arrivata una lettera per te oggi», dice dopo un po'. «Te l'ho lasciata sul bancone».

«L'ho vista. È la lettera di accettazione della Central Washington. Ho già ricevuto la mail qualche giorno fa».

«Be', cosa diceva?»

«Sono stata ammessa».

Mia madre mi fissa, raggiante. «Julie, perché non me l'hai detto? Dovremmo festeggiare».

«Non è una grande notizia», rispondo, facendo roteare la forchetta con la pasta. «Entrano tutti lì». Non è il college più competitivo. Se hai dei voti abbastanza decenti, è fatta. È la risposta dal Reed College che mi interessa.

Mi guarda mentre spazzolo il piatto. «So che non è la tua prima scelta, Julie… Ma dovresti comunque esserne orgogliosa. La Central Washington è un'ottima università, anche se tu non la pensi così. Voglio dire, io ci insegno, dopotutto. Non bannarla dalla lista così in fretta».

La guardo. «Hai ragione. Non intendevo questo. È solo…». Sospiro. «Non so se voglio passare altri quattro anni a Ellensburg. Non era questo il mio progetto. Tutto qui».

«Non era il progetto di nessuno», ribatte, forse più a sé stessa. Poi torna la tranquillità. «Ma lo capisco… sono successe cose spiacevoli. Soprattutto di recente. Soprattutto a te». Fissa il tavolo per un momento, pensierosa. «Forse è egoista da parte mia volerti avere intorno ancora per un po'. So che non resterai con me per sempre, Julie. Ma… speravo che almeno avremmo passato del tempo insieme prima del diploma. Prima che tu te ne vada via».

«Non sono ancora andata da nessuna parte. Sono ancora qui».

«Lo so…», sospira. «Ma non ci vediamo quasi mai. So che non è colpa tua… ma è stato difficile stare con te ultimamente. Questa è la prima volta che mangiamo insieme in due settimane. Ti sento… distante. Ma forse è un problema mio».

Fisso il telefono sul tavolo, poi di nuovo mia madre. È passato davvero così tanto tempo dall'ultima volta che abbiamo cenato insieme? Dopo che Sam è morto, ho mangiato sempre nella mia stanza. E da quando siamo di nuovo in contatto, ho passato tutto il tempo al telefono con lui. Ieri non sono stata per niente a casa. E così il giorno prima. Mi sento in colpa, e penso a cosa dire. Prima le parlavo di tutto. Ma ora non posso aprirmi. Non posso rivelarle cosa sta succedendo. «Mi dispiace», è tutto ciò che riesco a dire. «Non volevo ignorarti».

«Va tutto bene», mi rassicura con un sorriso. «Stiamo passando del tempo insieme. Grazie... per aver cenato con me».

Fisso di nuovo il piatto e mi riprometto di mangiare più spesso con lei.

Dopo cena aiuto a sparecchiare e poi salgo in camera mia. Vorrei tanto chiamare Sam, ma ho bisogno di recuperare i compiti arretrati. Ho fatto qualche progresso con il tema che devo consegnare la prossima settimana al professor Gill e ho finito un compito di storia dell'arte. La mia mente sembra sgombra, riesco a concentrarmi più facilmente. *Forse è il cristallo*. Yuki ha detto di portarlo sempre con me, quindi l'ho poggiato vicino al fermalibri di Sam che tengo sulla scrivania mentre studio. Mi piace guardarlo di tanto in tanto, mi fa sentire protetta.

Devo parlare di nuovo con Sam stasera. Ma visto che abbiamo passato un'intera giornata al telefono ieri, la chiamata non potrà durare a lungo. Non importa. Voglio solo ascoltare la sua voce, anche se è solo per pochi minuti.

Dato che mia madre sta passando l'aspirapolvere ovunque in casa, decido di fare la telefonata in veranda. La pioggia risuona come piccoli sassolini che colpiscono la tettoia. Durante i temporali io e Sam ci sedevamo qui fuori insieme, a guardare i fulmini. A quanto pare, potrebbero essercene anche stasera. L'aria è fredda, così ho messo la sua camicia a quadri. Compongo il numero.

Ogni volta che la sua voce attraversa la linea è come se il tempo si fermasse. «Il rumore in sottofondo…». Smette di parlare e ascolta. «Da dove mi stai telefonando?»

«Sono fuori. Mi sono seduta sul gradino del portico».

«Ti mancava l'aria aperta?».

Ricordo i campi di ieri e sorrido tra me e me. «Tra le altre cose. E avevo bisogno di una pausa dalla mia scrivania. Ho pensato di chiamarti. *Mi manchi*».

«*Mi manchi anche tu. Mi manchi infinitamente*».

La voce di Sam è calda contro il mio orecchio. Vorrei che le cose potessero restare così. Vorrei che potessimo parlare per sempre.

«Raccontami la tua giornata», dice. «Come vanno le cose in libreria? Come sta il signor Lee?»

«È stato bello tornare al lavoro. In un certo senso è come stare a casa. E il signor Lee sta bene. Mi ha regalato un diario l'altro giorno. Ho dimenticato di dirtelo. Sembra quasi troppo bello per scriverci sopra».

«Quindi hai ripreso a scrivere?»

«Ho ricominciato. Oggi». *Ecco perché mi ha portato nei campi. Per ispirarmi di nuovo.* Volevo fargli una sorpresa, ma non sono brava a nascondere le cose. «In realtà, sto scrivendo di te».

«Di *me*?»

«Sì di *te*».

Ride. «Di cosa in particolare?»

«Be', lo scoprirò strada facendo», ammetto. «Ho appena iniziato! Ma mi sto davvero divertendo. Mi sento un fiume in piena come non mi succedeva da tempo. E voglio parlare di noi. *Della nostra storia*, intendo. Ho iniziato a scrivere alcuni dei nostri ricordi. Piccole vignette. Devo solo capire come cucire tutto insieme. E renderlo significativo».

«Sono felice che tu abbia ripreso a pieno ritmo. E sono entusiasta di far parte di uno dei tuoi racconti. *Era ora*». Ride. «Quindi come pensi di svilupparlo?».

Sospiro. «Non lo so. Mi sto ancora organizzando. Ma se mi riesce bene, potrei usarlo come saggio di scrittura per il Reed College. A quanto pare, serve un test di ammissione ai corsi di scrittura creativa. Non ho ancora ricevuto risposta, ma non voglio parlarne ora. Comunque, chi può dirlo? Se faccio un buon lavoro, forse posso provare a pubblicarlo o qualcosa del genere. Può essere un trampolino per i miei obiettivi futuri. Far leggere al mondo una delle mie storie. Come Tristan».

«Che ha fatto Tristan?»

«Giusto! Ho dimenticato di dirtelo. Il suo documentario è stato accettato al festival».

«Oh».

«Mi ha invitato alla prima».

Silenzio.

«Mi fa piacere... Per entrambi».

Giro la testa di lato, cercando di leggere il suo tono. «Entrambi? Io non ho realizzato ancora nulla. Ho a malapena un'idea per una storia».

«Sei ancora in tempo, però. Puoi ancora scriverla e lasciare qualcosa di tuo. Magari lo avessi fatto anch'io».

«Cosa intendi?»

«Voglio dire che avrei voluto avere il tempo di portare a termine dei progetti, capisci che intendo? Lasciare un segno nel mondo o qualcosa del genere...».

«Cosa volevi finire?».

Fa un respiro profondo. «Non ha più importanza, Julie... Non ha senso parlarne».

«Ma Sam...».

«*Per favore*. Non avrei dovuto dire niente».

Mi sento in colpa. Ho pensato che lo avrebbe reso felice. *Sto scrivendo una storia su di noi, dopotutto*. Non mi aspettavo che sarebbero emersi certi sentimenti. Cambio argomento, proprio come mi ha chiesto.

«Ho visto Oliver oggi. Gli manchi davvero tanto».

«*Oliver*?». La voce di Sam si illumina solo a sentirlo nominare. «Stavo proprio pensando a lui di recente. Come sta?»

«Ti porta dei fiori», gli dico. «Ho scoperto che spesso si siede sulla tua tomba per farti compagnia. È davvero un grande amico».

«Eravamo migliori amici. Da una vita».

«Dice che ti ama…».

«Anch'io. Lui lo sa».

Per un secondo, penso di chiedergli cosa intende. Se ci sia mai stato tra loro un sentimento diverso. Ma decido di non farlo, non avrebbe importanza. Almeno, non più.

Mi chiede: «È la prima volta che lo incontri?»

«No», dico. «Ci siamo visti un paio di volte, in realtà. Abbiamo anche guardato un film insieme l'altro giorno. Un musical. È successo per caso».

«Te l'ho sempre detto. Avete molto in comune».

«Lo so, me ne sono resa conto. Avrei dovuto darti ascolto prima».

«Significa che ora siete amici?»

«Credo di sì. Almeno, lo spero».

«Sono contento che finalmente vi siate dati una possibilità».

Sono contenta anche io. Se solo non avessimo dovuto perderti perché succedesse.

La pioggia continua a battere contro la tettoia della veranda. Presto dovrò rientrare. Ma prima c'è una domanda che mi preme. Una cosa che ho in mente da giorni.

«Che c'è?», chiede.

«Si tratta delle nostre chiamate. Il fatto di mantenerle segrete. Secondo te, cosa accadrebbe se lo raccontassi a qualcuno?»

«Se devo essere onesto, Julie», mi dice, «non lo so. Ma ho la forte sensazione che potrebbe influenzare la nostra connessione».

Ci penso un attimo. «Esiste l'eventualità che non succeda nulla?»

«Forse. Non lo sapremo finché non accadrà. Ma c'è anche la possibilità che possa interrompere la nostra connessione per sempre. Non so se vale la pena rischiare».

Deglutisco forte. Il pensiero mi fa rabbrividire.

«Allora non lo dirò a nessuno. Lo terrò segreto. Non voglio perderti. Non così presto».

«Non voglio perderti neanche io».

Una luce squarcia il cielo, seguita da un boato lontano.

«Che cos'era?», chiede Sam.

«Penso che stia arrivando una tempesta».

«Era un fulmine?»

«Così pare».

Quando vivi lungo la Catena delle Cascate le uniche cose che animano le tranquille cittadine che la popolano, sono le tempeste di fulmini.

«Vorrei poterla vedere», dice Sam.

«Sembra lontana».

Un altro lampo di luce rompe il cielo per una frazione di secondo.

«Ricordami che aspetto hanno», mi chiede.

«Sembrano piccole crepe nell'universo. Come se un altro mondo vi facesse capolino attraverso».

«Forse è esattamente quello che sono».

«E forse ci sei tu dall'altra parte».

Un altro lampo, un altro tuono.
«Posso ascoltare?», chiede.
Metto il telefono in vivavoce e lo tengo sollevato. Ascoltiamo a lungo la tempesta.
Un altro lampo, un altro tuono.
«Hai ragione», dice, «sembra lontana».
Rimango lì con lui, al telefono, fino alla fine della bufera.

Capitolo 11

Passano alcuni giorni senza brutti sogni, ma mi sveglio ancora con una sensazione di vuoto addosso. Come se avessi un buco nel petto. Non so cosa c'è che non va o come spiegarlo. Ho questa percezione ogni volta che chiudo la chiamata con Sam e mi ritrovo di nuovo sola. Sento un vuoto dentro che non riesco a colmare. Vorrei inviargli un SMS o vedere la cronologia delle nostre chiamate sul telefono. Avere la prova tangibile che è reale. Perché non ne sono ancora certa. Forse è da lì che viene il buco.

Ogni volta che mi sento così cerco le sue cose: mi aiutano a dare un senso a tutto questo. La camicia sullo schienale della sedia, il fermalibri sulla scrivania, gli altri oggetti nel cassetto – ho ancora tutto. Ma il suo odore sta cominciando a svanire e trovo più difficile distinguere questo fermalibri da quello che ho buttato.

Vorrei parlarne con qualcuno, mi darebbe la conferma di non essere fuori di testa. Ma Sam ha detto che potrebbe danneggiare la nostra connessione e ho paura di rischiare – ho paura di perderlo di nuovo. Non riesco a smettere di pensare, però. Alla possibilità che non succeda niente se lo rivelassi a qualcuno. Anche se ancora non mi va di tirare fuori l'argomento. Almeno non adesso.

Il telefono vibra. È un messaggio di Oliver, ci incontreremo tra quindici minuti. Subito arriva anche un secondo messaggio.

Mi raccomando. Non posso fare di nuovo tardi a lezione di spagnolo.

Mi preparo in fretta, ma quando esco non è ancora arrivato. Controllo il telefono. C'è un altro suo messaggio.

Oh. Ho visto un cane a passeggio con il padrone. Mi sono dovuto fermare a fargli una foto.

Mi manda anche l'immagine.

Negli ultimi giorni siamo andati a scuola insieme. Abita a un paio di isolati da casa mia, quindi di solito mi avverte quando sta per arrivare, anche se non è mai preciso. Abbiamo trascorso molto più tempo insieme, parlando di film, di musical e di Sam. Non posso credere che ci siano voluti tre anni e la morte della persona che più amavamo per arrivare a questo punto. Abbiamo deciso di fare di nuovo visita alla sua tomba a breve. La prossima volta porterò dei fiori. *Fiori bianchi.* Oliver è diventato un punto di riferimento in un momento in cui tutto sembra essere fuori controllo. Mi sento in colpa perché mi porto dentro questo segreto. Soprattutto perché so quanto amava Sam. Vorrei poter ricambiare in qualche modo. Ci ho pensato, e alla fine mi è venuto in mente qualcosa. Un gesto per celebrare la nostra nuova amicizia.

Stringe le cinghie dello zaino. «Pronta ad andare?»

«Un secondo», grido da dentro casa.

La porta d'ingresso è aperta. Fa capolino all'interno. «Faremo tardi!».

«Questo perché ti sei fermato a fare le foto a un cane».

«Era un beagle. Si chiamava Arthur».

Pochi secondi dopo, esco. Nascondo una cosa dietro la schiena.

Rimaniamo fermi per un attimo.
Inarca un sopracciglio. «Che cosa hai lì?»
«Una cosa che voglio darti».
«Come mai?»
«Nessun motivo in particolare».
«Fammi vedere».
Gliela consegno. Sbatte le palpebre incredulo. «Questa è… la camicia di Sam…».
«Sì. E voglio che la tenga tu».
«Perché?»
«Mi sta grande. A te andrà meglio».
La fissa a lungo. «Non posso prenderla», dice.
«Cosa? Certo che puoi».
Me la restituisce. «No, non posso».
Allontano le sue mani. «Non essere ridicolo. È solo una camicia».
«È la camicia di *Sam*».
«E io la sto dando a te».
«Non la prenderò…», prova a forzare l'indumento nelle mie mani, ma lo spingo via di nuovo. Facciamo questo giochetto finché non inizio a infastidirmi.
Gli schiaffeggio il polso. «*Perché stai facendo così*?».
Sospira. «Perché Sam voleva che la avessi tu», dice. «Non io».
«Questo non puoi saperlo. Quindi prendila e basta, okay?».
Fissa me, poi di nuovo la camicia. «Non capisco. Non vuoi tenerla?»
«Ho un sacco di cose sue. Non preoccuparti».
La accarezza con la mano. Poi la stringe forte. «Grazie».
Gli sorrido. «Non perderla però, okay?»
«No, non la perderò».
Mi infilo lo zaino e scendo i gradini, pronta ad anda-

re. Ma per qualche ragione, Oliver rimane sul portico, immobile.

«Che c'è?», gli chiedo. «Non avrai cambiato di nuovo idea, vero?»

«No», dice, sfilandosi il giubbotto da baseball. «Voglio darti qualcosa in cambio». Esce dal portico e me lo appoggia sulle spalle.

«Mi stai dando la tua giacca?»

«Considerala un *prestito*. Fino al diploma».

«Che onore».

Ci incamminiamo verso scuola. La mattina l'aria è fresca, quindi è piacevole avere la giacca addosso.

«Dimmi un po', Oliver, ma tu fai qualche sport?»

«Non ne ho mai praticato uno», dice. «L'ho comprata da un diplomando l'anno scorso».

«Quindi è solo una questione di look?»

«Esatto».

«Mi piace».

Gli do una spintarella con la spalla e ridiamo entrambi.

Lungo le pareti del corridoio sono comparse colonne di palloncini bianchi e rossi. Dal soffitto pendono delle stelle di alluminio. Le cose stanno tornando alla normalità a scuola. Le persone indossano magliette dai colori accesi, ascoltano musica nei bagni e lanciano palline di carta tra gli armadietti. Il cordoglio per la morte di Sam è acqua passata, lo spirito studentesco è tornato a farsi sentire. C'era una sua foto sul muro vicino alla bacheca. Non so se è caduta o se qualcuno l'ha rimossa, ma ora non c'è più. In ogni classe è stata consegnata una pila di copie del giornale della scuola e, per la prima volta da settimane, Sam non viene menzionato. Sono andati tutti avanti. In fondo, non ne sono sorpresa. A quanto pare sono tornati a concentrarsi sui raduni, le partite di calcio e il diploma.

Il test di francese va meglio di quanto mi aspettassi. Ho passato l'intera notte a studiare, quindi sono felice che abbia dato i suoi frutti. Sono sorpresa anche dalla prova orale. Secondo Madame Lia, ho una buona pronuncia. All'ora di inglese, il professor Gill è assente (una preghiera esaudita). Il sostituto, un uomo tozzo dai capelli grigi che strizza gli occhi quando qualcuno fa una domanda, ci dice di leggere in silenzio *La fattoria degli animali*. Ma decido di lavorare al mio saggio perché ho lasciato a casa la mia copia del libro. Adoro l'argomento che ho scelto. Un'analisi dei romanzi di fantascienza di Octavia E. Butler e del fascino che esercitano sui lettori spingendoli a conoscere la storia. Si tratta del potere della narrazione insito nell'uomo fin dall'età della pietra, quando si intagliavano le immagini nelle caverne. Scrivo tre pagine prima che suoni la campanella. Sono stata più concentrata questa settimana. *Penso sia merito del cristallo.* Mi assicuro di portarlo con me per avere pace e fortuna.

«Com'è andato il test?», mi domanda Jay a pranzo.

«Abbastanza bene, credo. Hai finito il tuo progetto di gruppo?»

«Nel mio gruppo ci sono due giocatori di lacrosse…», dice, dividendo un panino a metà. «Quindi no».

«Poteva andare peggio».

«E come?»

«Con *tre* giocatori di lacrosse».

Ridiamo mentre mi porge la metà del panino. Un secondo dopo, arriva Oliver. Appoggia il vassoio sul tavolo e spinge la sedia proprio accanto a me, costringendo Jay a spostarsi.

«Adoro la tua maglietta ambientalista, Jay», dice, rubandogli una patatina.

È una delle t-shirt che ha disegnato per il suo club: un globo terrestre ammalato con un termometro infilato in bocca. «Grazie. L'ho fatta io».

«E come mai non ne ho ricevuta una?»

«Be', se fossi venuto alle nostre riunioni, ora ce l'avresti».

«Sono venuto alla prima», gli ricorda Oliver, poi sussurra rivolto verso di noi: «ed è stata davvero *lunga*».

Jay gli lancia un'occhiataccia. «Sai che riesco a sentirti anch'io?»

«Cosa? Non abbiamo detto niente», esclama, poi strizza l'occhio a me e agli altri.

«Dai piantatela, ragazzi…». Rachel li interrompe e si alza dalla sedia. «C'è un'emergenza club. Devo consegnare il modulo delle iscrizioni domani e abbiamo bisogno ancora di cinque firme».

«Non puoi semplicemente, non so… *inventare* dei nomi?», suggerisce Oliver.

Gli occhi di Rachel si spalancano speranzosi. «Pensi che funzionerà?», sussurra.

«*No*», rispondo.

Ci guardiamo tutti, cercando di trovare una soluzione che non ci metta nei guai.

«Ma c'è davvero bisogno di un club scolastico per organizzare la visione di un film?», chiede Yuki. «Possiamo sempre incontrarci in modo informale».

«No, ma se otteniamo l'approvazione, la scuola ci darà cento dollari di budget per gli spuntini», spiega Rachel.

Oliver schiaffeggia il tavolo. «Allora abbiamo assolutamente bisogno di queste firme!», dice, e tutti ridono.

«Dato che sei popolare, Oliver, pensi di poterci aiutare?», gli chiede Rachel, porgendogli un modulo.

«A condizione che io abbia l'ultima parola su quello che mangiamo».

«Affare fatto».

Alza la mano. Battono il cinque.

«Ehi, c'è Mika...», Jay indica dietro di me.

Mi giro e la vedo camminare dalla nostra parte. Non viene in mensa da un po'. «Mika!», la chiamo, ma ci passa accanto senza guardarmi e scompare attraverso le porte del corridoio.

Yuki si acciglia. «Sta bene?»

«Non ha un bell'aspetto», osserva Oliver. Si gira verso di me. «Le hai parlato ultimamente?»

«Ci ho provato... Ma continua a evitarmi».

«È arrabbiata con te?»

«Credo di sì». Guardo il vassoio, sentendomi in colpa per aver lasciato che le cose arrivassero a questo punto. «Mi sono persa la fiaccolata dopo che le avevo promesso che ci sarei andata. Mi sono persa molte cose e di conseguenza non ha una grande opinione di me in questo momento».

«L'ho incontrata ieri in bagno», dice Rachel. «Stava piangendo».

Oliver si appoggia allo schienale della sedia. «Deve essere dura. Vorrei poter fare qualcosa».

«Anch'io», dico.

Il tavolo tace. Nessuno tocca più cibo. Soprattutto io. Non riesco a mangiare nulla. *Come potrei dopo che ho promesso a Sam che mi sarei presa cura di Mika?* Dovevo essere più presente. Sento di averlo deluso. Di aver deluso il nostro trio. Dopotutto, è colpa mia se non mi parla. Vorrei solo poterle dire di Sam. Forse sistemerebbe tutto e torneremmo a intenderci di nuovo.

Dopo un lungo silenzio, Rachel ci guarda. «Ho un'idea. Dovremmo invitarla alla serata delle lanterne. Potrebbe aiutare anche lei».

La guardo. «Lanterne?»

«Sì! Per la serata in memoria di Sam», dice Yuki, annuendo. «Rilasceremo delle lanterne per lui. Sono chiamate lanterne della memoria. Sussurri qualcosa per la persona che hai perso e la lanterna porterà il messaggio in cielo».

«Come una piccola mongolfiera», spiega Rachel. Usa le mani per mimare la scena. «Ci si mette dentro una candela e la si guarda volare via». Alza le mani, come per liberarne una immaginaria.

«È una vecchia tradizione diffusa in parecchie culture», continua Yuki, «e praticata da migliaia di anni in tutto il mondo, per diversi tipi di cerimonie. Porta pace e fortuna».

L'immagine di lanterne che fluttuano nell'aria mi attraversa la mente. «Sembra bellissimo…», dico.

Rachel si sporge in avanti. «Significa che ti piace la nostra idea?».

Non posso fare a meno di sorridere. «È perfetta».

Batte le mani. «Sono così emozionata. L'ho visto in un film. E ho sempre voluto farlo».

«C'è un problema però», dice Yuki, scambiando uno sguardo con Jay. «Ci serve un posto adatto. Deve essere lontano dalla città, qualcosa come un campo aperto».

Ci penso. «Conosco un posto. Un campo, intendo. Possiamo andare lì».

«Perfetto!», esclama Rachel.

Continuano i sorrisi mentre la conversazione prosegue. Non immaginavo che saremmo giunti a qualcosa. Ma ascoltare gli altri che propongono idee e si impegnano per renderle concrete, mi ha riempito di gioia. Non riguarda più solo me. Soprattutto se ci sono anche Mika e Oliver. Sarà un bel momento di condivisione. E sarà tutto per Sam.

Alla fine del pranzo, prima di andare, dico un'ultima cosa. «Grazie ancora. Sam apprezzerebbe davvero tanto la vostra idea se fosse qui».

Yuki mi tocca la spalla. «Ti faremo sapere quando sarà tutto pronto. Sarà speciale. Promesso».

La giornata passa in fretta. Dovevo tornare a casa con Oliver, ma mi ha scritto all'ultima ora che deve rimanere a scuola dopo le lezioni. Ho lasciato la sua giacca nel mio armadietto, quindi vado a prenderla insieme ad altri libri che mi servono. Il corridoio è affollato quando esco. Inciampo nella custodia del trombone di qualcuno e faccio cadere le mie cose. Mi chino a raccoglierle e sento qualcuno mormorare.

«*Bel giubbotto*».

Alzo lo sguardo per capire di chi è la voce.

È Taylor. Se ne sta ferma a fissarmi mentre raccolgo il resto delle cose e mi tiro su. È insieme a un gruppetto di amiche. «È di Oliver?», mi chiede.

Ovvio. E lei lo sa. Cosa si aspetta che le dica? «Me l'ha prestata».

«E da quando vi siete avvicinati così tanto?»

«Che intendi? Siamo sempre stati amici».

Mi lancia un'occhiataccia. «Sai bene che non è vero. A Oliver non piaci nemmeno. Parlavamo di te alle tue spalle. Non te l'ha raccontato?».

Stringo forte la giacca, incerta su come rispondere. Dovrei solo andarmene. *Chi se ne frega di quello che diceva Oliver prima? Le cose sono diverse ora. Perché vuole rovinare questa cosa?* «Perché me lo dici?».

Dal nulla, mi strappa la giacca dalle mani. «Pensi che abbiamo dimenticato quello che hai fatto? Solo perché Oliver è *amichevole* con te?»

«Ma che problemi avete?», urlo. Mi bruciano le guance. Mi allungo a prendere il giubbotto. «Ridammelo...».

Taylor lo spinge con le braccia, quasi colpendomi. «Che problemi abbiamo *noi*?», risponde. «Non siamo noi quelli che si sono trasferiti qui per rovinare la vita di tutti».

«Di cosa stai parlando?».

I suoi occhi si restringono. La voce si fa più acuta. «Non fare la finta tonta, Julie. È tutta colpa tua se è morto».

Mi sento rabbrividire, le persone si accalcano attorno a noi ad ascoltare. Sapevo che un giorno mi avrebbe affrontato. Ma non mi aspettavo che l'avrebbe fatto davanti a tutta la scuola. Deglutisco, cercando di mantenere la voce ferma. «Non incolparmi della sua morte. Tu non...».

«Non provare a scaricare la colpa addosso agli altri», mi interrompe. Mi preme il dito sulla clavicola, costringendomi a fare un passo indietro. «Gli hai fatto fare un'ora di macchina solo per venirti a prendere. Sam voleva solo passare un po' di tempo con i suoi amici. Era la prima serata che trascorrevamo insieme da quando *tu* sei arrivata qui. Ma non potevi lasciargli nemmeno quel momento. C'eravamo tutti, Julie. L'hai fatto partire da lì e hai rovinato ogni cosa».

«Non è vero. È stato lui a scrivermi. Gli ho detto di non venire, che sarei tornata a casa a piedi».

Mi punta un altro dito sul petto. «Sei una bugiarda. Gli ho parlato prima che se ne andasse. Mi ha raccontato quello che gli scrivevi. Lo hai fatto sentire in *colpa* e se ne è andato. E questo l'ha *ucciso*. È successo tutto a causa *tua*».

Mi si gira lo stomaco. «Ti sbagli. Non sai cosa ci siamo scritti. Sam non farebbe...».

«Tu non lo sai che cosa pensa Sam», mi interrompe di nuovo.

«E tu non sai cosa è successo. Non hai letto i nostri messaggi».

«Allora mostrameli».

«Non posso...».

«Perché no?»

«Perché li ho cancellati».

«È esattamente quello che pensavo».

Non vorrei sostenere questa conversazione. Vorrei correre via, ma troppe persone si sono fermate ad ascoltare, quindi devo calmare le acque prima che la situazione peggiori. Faccio un respiro profondo e mi costringo a dire qualcosa. «Anche se è andato via a causa mia, non ero io a guidare il camion. Non sono stata io che ho invaso la sua corsia. Come puoi accusarmi di questo? Sono responsabile della sua morte quanto chi ha organizzato il falò, e quella sei stata *tu*».

Mi preme un altro dito sul petto, ancora più forte. «Quindi stai cercando di incolpare me, adesso?».

Stringo i pugni. «Non sto incolpando nessuno. Sei tu che mi stai dando colpe che non ho».

«Se non è stato a causa tua, perché non ti sei presentata al suo *funerale*?», mi chiede. «Ti sentivi in colpa o semplicemente non te ne fregava un cazzo?».

È come se il vento mi spazzasse via. Apro la bocca per dire qualcosa, ma non viene fuori nemmeno una parola. All'improvviso Mika appare dal nulla, parandosi davanti a me.

«Non sono affari tuoi», dice a Taylor. «Non ti deve nessuna spiegazione».

«Perché non...», prova a ribattere.

Mika non le lascia finire la frase.

Sento lo schiaffo ancor prima che colpisca Taylor. Un sussulto collettivo rimbomba nel corridoio e poi cala il silenzio. Mi copro la bocca, non so come andrà a finire. Sono poche le persone che conoscono le abilità di Mika nell'autodifesa, o la storia della rissa al bar di Spokane. Quando Taylor prova a colpirla, capisco che di sicuro lei non ne sa nulla. Mika schiva il suo braccio e la spinge contro l'armadietto. Tutti si accalcano intorno a loro, qualcuno tira fuori il telefonino. All'improvviso Liam si fa largo tra gli studenti. Afferra Mika per la maglia come se stesse per lanciarla dall'altra parte della stanza.

«*Ehi...*», le grida.

Ma lei gli dà una gomitata nello stomaco e lui cade a terra, ansimando.

La folla esplode. Il rumore attira parecchie persone, compresi alcuni insegnanti che arrivano a placare la rissa. Uno di loro, Lang il professore di biologia, si porta due dita alle labbra e fischia.

Mi sento toccare il braccio.

«*Julie... dobbiamo andare*».

È Yuki, mi fa cenno di seguirla fuori.

«E Mika?», chiedo, cercandola nella calca. È con il professor Lang – le tiene una mano sulla spalla e con l'altra stringe il braccio di Liam.

«Non credo che possiamo fare niente per lei», risponde. E per quanto voglia aiutarla, so che ha ragione.

Ho aspettato fuori dalla scuola per più di un'ora. Yuki è rimasta con me per un po', ma ci stavano impiegando troppo e le ho detto di andare a casa. Credo che il professore abbia portato tutti nel suo ufficio. Cosa sarà successo? Spero che Mika non sia nei guai.

Mezz'ora dopo, la vedo finalmente uscire dalla porta principale. Si preme un impacco di ghiaccio sull'occhio sinistro.

«Mika... stai bene?», allungo una mano per vedere cos'ha, ma si gira dall'altra parte.

«Non è niente».

«Cosa è successo?»

«Sono stata sospesa».

«Ma è terribile. È tutta colpa mia. Fammi entrare a dire al professor Lang...».

«Lascia perdere. Devo andare...», dice bruscamente, poi si allontana in fretta, lasciandomi lì impalata.

«Mika! Aspetta!». La chiamo un paio di volte, ma non si volta.

Quasi le corro dietro. Qualcosa però mi suggerisce che è meglio lasciarla sola, almeno per ora. Resto così, a guardarla mentre scompare in fondo all'isolato. Vorrei che si lasciasse aiutare, dopo tutto quello che ha fatto per me. Ma non so cosa fare. Non so come avvicinarmi a lei. Fisso il marciapiede, non ho idea di come risolvere questo problema...

Quando torno a casa, chiamo subito Sam e gli racconto tutto. Gli parlo di Oliver, della sua giacca e delle cose che ha detto Taylor. Poi di Mika e della rissa.

«Non mi vuole parlare. Non so cosa fare».

«Hai provato a scriverle?», mi chiede.

Controllo di nuovo il telefono. «Le ho chiesto se era arrivata a casa ma non ha risposto. Mi sento malissimo».

«Taylor dovrebbe vergognarsi», dice, c'è tensione nella sua voce. «Non posso credere che ti abbia detto quelle cose. Mi dispiace, Julie. Vorrei essere lì. Vorrei poter fare qualcosa».

«Anch'io vorrei che tu fossi qui».

Fa un lungo sospiro. «Sembra che sia tutta colpa mia».

«Sam... non puoi incolpare te stesso».

«Ma è difficile non farlo», dice con evidente frustrazione. «Mika non si sarebbe ridotta in questo stato, non farebbe a botte. E nessuno direbbe quelle cose su di te se non avessi... Se solo...». La sua voce si spegne.

«Smettila! Non è colpa tua, Sam. Niente di tutto questo lo è. E non mi interessa cosa dice la gente di me, okay?».

Un lungo silenzio.

«Mi sento così inutile. Non sono in grado di fare nulla, nemmeno per Mika. Non riesco a immaginare come mi sentirei se fossi io ad aver perso lei. Cerca di parlarle. Forse puoi andare da lei, vederla di persona».

«Non so nemmeno se mi starebbe a sentire», dico.

«Ci puoi riprovare?»

«Lo sai che vorrei. Ma ogni volta che parliamo, devo nasconderle qualcosa e penso che l'abbia percepito... c'è una sorta di muro tra noi adesso».

«Allora cosa pensi di fare?».

Esito a rispondere. Ho paura di quello che dirà. «Voglio raccontarle di te. Penso che sistemerebbe le cose. Penso che capirebbe».

Tace.

«Credi che non dovrei?»

«Non lo so, Jules. Non voglio che succeda qualcosa alla nostra connessione».

«Ma hai detto che c'è anche la possibilità che non accada nulla», gli ricordo.

«Non lo so, magari è così. Ma correremmo comunque un grosso rischio».

«Quindi stai dicendo che è una cattiva idea?».

Tace di nuovo. «Lascerò a te la decisione».

Guardo fuori dalla finestra, non so proprio cosa fare. «A volte vorrei delle risposte più chiare da te».

«Mi dispiace. Vorrei tanto averle anch'io».

Capitolo 12

Non posso aspettare un giorno di più per vedere Mika. Non posso lasciare le cose come sono. Il senso di colpa mi sta divorando, non riesco più a concentrarmi. Il sole proietta un gioco di ombre lungo il vialetto mentre raggiungo la porta di casa sua. Il furgone è parcheggiato fuori dal garage, quindi dovrebbero esserci anche i suoi genitori. Spero che venga sua madre ad aprirmi quando suono il campanello. Ogni volta che abbiamo litigato, ha sempre cercato di mediare.

Sento rumore di passi, qualcuno sta venendo alla porta. Ci sono diversi chiavistelli e serrature. Uno dopo l'altro vengono tolti tutti fino a quando la soglia non si apre.

C'è un'ultima catenella a tenere la porta, Mika sbircia attraverso la piccola apertura. «Cosa ci fai qui?»

«Speravo che potessimo parlare».

«Di cosa?»

«Qualsiasi cosa».

Non dice niente. Mi fissa e basta.

«Posso entrare?», chiedo.

Ci pensa un attimo. Poi mi chiude la porta in faccia e penso che la risposta sia no. Invece sblocca la catenella dall'interno e spalanca l'entrata. Mi guarda senza dire una parola prima di tornare dentro. Mi tolgo le scarpe e la seguo in sala.

Va a spegnere il fornello, l'acqua del bollitore è pronta. Rimango sotto l'arco della cucina mentre lei prende alcune cose dagli armadietti. C'è qualcosa di diverso in casa. Annuso l'aria. *Incenso?* Viene dall'altra stanza. Visto che Mika mi sembra impegnata, decido di seguire l'odore.

Nel soggiorno c'è un mobile in legno. Sulla mensola centrale, in una scodella d'argento sta bruciando dell'incenso in piccoli sbuffi di fumo. Accanto c'è una bella ciotola di frutta. Ho notato questo mobile la prima volta che sono venuta a casa sua alcuni anni fa. È sempre stato pieno di fotografie. Ritratti di persone della famiglia che non ho mai incontrato. Una volta mi ha detto che erano le immagini dei suoi antenati. È un segno di rispetto per i morti nella sua cultura.

E poi la vedo. Una foto di Sam che prima non c'era. È sorridente, con la sua camicia a quadri e il cielo azzurro alle spalle. Sento un gran freddo che mi scorre lungo la schiena, mi vengono i brividi. Continuo a dimenticare che per il resto del mondo lui è morto.

«È la migliore che ho trovato».

Mi giro. Mika tiene in mano un vassoio da tè.

«La foto. L'abbiamo scelta io e mia madre. Ha detto che stava molto bene».

Non riesco a trovare le parole. Rimango lì a fissare la sua immagine.

Appoggia il vassoio sul tavolino. «Stavo facendo il tè prima che venissi».

Ci sediamo insieme sul divano. Solleva la teiera e mi versa una tazza senza chiedere. Noto il suo occhio sinistro. È un po' ammaccato, ma non è messo male come mi aspettavo.

«È un tè al crisantemo», dice.

«Grazie».

Soffio sulla tazza. Da dove siamo sedute riesco a vedere la foto di Sam. È come se stesse vegliando su di noi. Anche Mika la guarda.

«Avrei preferito dargliela io una sua foto».

«A chi?»

«Alla scuola. Non mi piace quella che hanno usato sul giornale. Dovevano chiederla a me».

Ricordo l'articolo. Era una foto di scuola. Anche lui l'avrebbe odiata.

«Quella che hai scelto è perfetta», le dico.

Annuisce. Beve un sorso di tè.

«Mi dispiace per il tuo occhio. Come è successo?»

«Una delle amiche di Taylor mi ha lanciato addosso una borsa mentre ero distratta».

«Mi dispiace tanto».

«È stato un colpo basso. Ma sto bene».

«Ho dimenticato di ringraziarti», dico. «Per avermi difeso».

«Non l'ho fatto per te ma per Sam».

Abbasso lo sguardo, incerta su cosa dire.

Soffia sul suo tè e ne beve un altro sorso. Dopo un lungo silenzio, riprende a parlare: «Quando ho visto Taylor che si rivolgeva a te in quel modo… ho pensato a lui. Ho pensato a cosa avrebbe fatto Sam se fosse stato lì. È sempre stato più bravo di me con le parole, sai? Ecco perché piaceva a tutti».

«Anche se non c'è più…», prosegue, «continuo ad aspettarmi di rivederlo. Ogni volta che qualcuno entra dalla porta, mi chiedo se sia lui. *Se sia Sam.* In quei momenti dimentico che è morto. Poi realizzo, ed è ancora più triste». Fissa la tazza. «So che non ti piace parlare di lui, ma mi manca davvero. Non so come facciano le persone ad andare avanti così in fretta».

«Io non sono andata avanti».

«Ma ci stai provando».

Scuoto la testa. «Non è più così». *Quella ero io due settimane fa. Tutto è diverso ora che sono in contatto con lui. Se solo lo sapesse.*

«Comunque, non ha più importanza ormai», dice, guardando di nuovo la foto. «A volte vorrei smettere anch'io di pensare a lui. Non mi interessa della fiaccolata. Non mi interessa nemmeno che non sei venuta. Ma eri così determinata a dimenticarlo che eri disposta ad abbandonare anche me. Non c'eravate solo tu e Sam. Eravamo un trio. Ne facevo parte anch'io...». Si ferma e guarda il telefono sul bordo del tavolino. «Lo so, sembrerà stupido, ma continuo a rileggere i nostri messaggi di gruppo. Quelli che ci scambiavamo *noi tre*. Ho anche pensato di inviare qualcosa l'altro giorno, solo per tenere viva la chat. In modo di non farla finire nel dimenticatoio... Ma non ci sono riuscita. Perché avevo paura che nessuno mi avrebbe risposto. E non voglio ritrovarmi lì da sola...». La sua voce si rompe, sento un dolore nel petto. *Ho eliminato la nostra chat di gruppo.* Non ho pensato che così stavo eliminando anche lei dalla mia vita. Vorrei dire qualcosa, ma so che non ci sono parole che possano sistemare la situazione.

Fissa di nuovo la tazza e continua quasi in un sussurro. «L'altro giorno... mia madre cercava delle foto di me e Sam per fare un album fotografico. Ma mi ha detto che era difficile trovarne una senza di te. Allora l'ha fatto di noi tre». Si asciuga gli occhi con il dorso della manica, provando a mantenere del contegno. «Sai, quando è successo... Quando Sam è morto... Ricordo di aver pensato a come saremmo riuscite a superare la cosa io e te. *A come l'avremmo potuta affrontare insie-*

me, capisci che intendo? Ho continuato ad aspettare che mi rispondessi ai messaggi, alle chiamate o che ti presentassi alla porta. Ma non l'hai fatto. *Non volevi nemmeno vedermi...*». La sua voce si rompe, come se stesse trattenendo le lacrime. «Quando ho perso Sam, ho perso anche te».

Si asciuga gli occhi con la manica e va avanti. «È venuta la sua famiglia qualche giorno fa. Sua madre è ancora sotto shock. I primi giorni ha controllato di continuo la sua stanza per vedere se era tornato. Come se fosse tutto un sogno. Ha chiamato mio padre per farsi aiutare a spostare le cose di Sam, ma poi ha cambiato idea. Ora sono tutte riposte in degli scatoloni nella sua camera. Sembra che le stia conservando per lui... nel caso tornasse».

A questo punto, sento le lacrime agli occhi. *Avrei dovuto essere lì con lei dall'inizio. Avrei dovuto condividere questo dolore.* Le prendo la mano. «Mika, mi dispiace. Non avrei dovuto abbandonarti così. Non mi sono dimenticata di te e di Sam. Lo amo ancora e penso a lui tutti i giorni».

Mi allontana la mano. «Non sembra», dice tra le lacrime. «Sembra che tu sia andata avanti con la tua vita. Ti ho vista con il tuo nuovo gruppo di amici. Tutti insieme a pranzo, a ridere come se niente fosse. Come se Sam non fosse mai esistito». Si asciuga di nuovo gli occhi. «Hai pianto almeno una volta da quando è morto?».

La domanda è una pugnalata. Odio che pensi questo di me. «*Certo che ho pianto*», rispondo. Se me l'avesse chiesto quando ci siamo viste alla tavola calda, avrei risposto diversamente. Ma non sono più la stessa persona di prima. *Perché ho ritrovato Sam.* Se solo potessi dirglielo. «So che sembra che non mi importi di lui ma non è così. Ci tengo tantissimo, Mika. Ma è complicato...».

«Lo capisco quando non mi dici la verità, Julie. So quando mi nascondi qualcosa. E so anche che pensavi davvero quello che hai detto alla tavola calda. Come faccio a credere che hai cambiato idea? Così, all'improvviso...».

«Perché è successa una cosa strana. Vorrei dirti la verità, ma non posso. Mi dispiace. Devi credermi, però».

Scuote la testa. «Non posso farlo, Julie. Sono stanca di tutte queste domande senza risposta», dice. «E l'ultima cosa che merito è di essere ignorata».

«Cosa intendi?»

«Ti ho chiamato decine di volte da quando è morto. E non mi hai mai risposto. Non hai mai voluto parlare con me. Proprio nel momento in avevo più bisogno di te. E ti aspetti pure che stia qui a darti retta?».

Mika mi ha chiamato? Fisso di nuovo il telefono. Cerco di ricordare quando possa avermi contattato. *Sono le telefonate con Sam, vero?* Quando parlo con lui, non mi arriva più nulla. Ecco perché mi perdo i messaggi, le chiamate e chissà cos'altro. La nostra connessione blocca tutto il resto. Mi sta allontanando da Mika, la persona su cui proprio lui mi ha chiesto di vegliare. E non posso nemmeno darle una spiegazione. «È il mio telefono...», farfuglio. «C'è qualcosa che non funziona».

Cos'altro potrei dire? Come posso sistemare tutto senza dire la verità?

«Forse è ora che tu te ne vada», sentenzia bruscamente. Distoglie lo sguardo, non vuole più saperne. Si sta per alzare, mettendo fine alla conversazione. Vorrei poterle raccontare tutto. Così capirebbe perché mi sono comportata in quel modo, capirebbe che non ho lasciato andare Sam perché non ne ho mai avuto bisogno. *Perché lui non mi ha mai lasciato.* Ma non voglio rischiare la connessione con lui. Apro e chiudo le mani mentre esito sul divano, cercando di capire cosa fare… Dopotutto, Sam ha lasciato a me la decisione, no? E c'è ancora la possibilità che non succeda niente di male. Non posso lasciare che Mika la pensi in questo modo. Lo vedo quanto sta soffrendo. Devo essere presente per lei, come avevo promesso a Sam. Non posso lasciarla più da sola. *E non posso perdere anche lei.* Voglio abbattere il muro tra noi. Non so nemmeno se mi crederà, ma ingoio il respiro e glielo dico comunque.

«*Mika, ascolta…*». Le prendo le mani prima che si alzi. «Il motivo per cui non ricevo le tue chiamate… o perché non sono in lutto per lui è perché siamo ancora connessi. *Io e Sam*, intendo. Lui non se n'è ancora andato».

«Di cosa stai parlando?»

«Ti sembrerà strano…». Comincio a spiegare con attenzione e scegliendo le parole con cura. «Ma posso parlare con Sam. Al telefono. Lo chiamo e lui mi risponde».

«Il nostro Sam?»

«*Sì*».

Mi guarda. «Cosa significa che puoi *parlare* con lui?»

«Significa che mi risponde… al telefono», dico. «Gli racconto le cose, dialoga con me. Finora abbiamo parlato per ore, quasi tutti i giorni, come ai vecchi tempi. Ed è proprio lui, Mika. Non è nessun altro, non è uno scherzo. È *Sam*». Il cuore mi batte forte nel petto. *Non so cos'altro aggiungere.*

Incamera la notizia. «Sei sicura?».

Mi sporgo in avanti, stringendole le mani. «*Lo giuro.* È la sua voce, Mika. È lui, è *Sam*. Devi fidarti di me».

Mi stringe le mani, annuendo lentamente. «Ti credo. O almeno, ci sto provando».

Ho sperato così tanto di sentirglielo dire. Ma c'è qualcosa nella sua voce che non mi dà il sollievo che mi aspettavo. C'è qualcosa nei suoi occhi che mi fa ricredere.

«E quando hai iniziato a parlargli?», chiede con cautela.

«La settimana dopo la sua morte».

«Solo attraverso il telefono?»

«È l'unico modo per raggiungerlo».

«Puoi mostrarmi le chiamate?», chiede.

Esito. «Non posso farlo...».

«Perché no?»

«Perché nessuna delle nostre telefonate viene registrata sul mio cellulare», le spiego. «Non ho ancora capito bene il perché. E non possiamo nemmeno inviarci messaggi di testo, solo chiamate».

Si appoggia allo schienale, il viso immerso nei pensieri. Cala un lungo silenzio. Il mio petto si stringe. Forse non avrei dovuto dirglielo.

«Pensi che io sia pazza, vero?», le chiedo.

«*Certo che no*», dice. «Perdere qualcuno è una cosa difficile per tutti, Julie. Ma non credi che ci sia la possibilità che questa cosa succeda solo nella tua testa?»

«Ci ho pensato all'inizio. Ma non è frutto della mia immaginazione, Mika. È davvero Sam. È davvero con lui che parlo, *lo so per certo*».

Fa un respiro profondo. La sua voce si addolcisce. «Sam è morto, Julie. Te lo ricordi, vero? Sai che lo abbiamo seppellito, giusto?»

«*Lo so*, non sto dicendo che non sia morto, ma è difficile da spiegare. È...». La mia voce si interrompe, perché non ho le risposte. «Lo so, non ha senso, okay? Ma ho bisogno che tu mi creda».

Non dice nulla, non si fida della mia parola. Mi fa male la testa e la stanza inizia a girare. *Comincio a dubitare anch'io di me stessa*. C'è solo un modo per dimostrarglielo. Una cosa che spiegherà tutto. «Ecco, lascia che lo chiami...».

«Julie...», inizia a dire.

Ma ho già inviato la chiamata. E sta squillando.

Non serve parlare a lungo. Quanto basta perché Mika senta il suono della sua voce, qualche parola, magari una conversazione veloce per dimostrare che è lui – *questo la convincerà.* Sento il mio petto che si comprime a ogni squillo mentre aspetto che Sam risponda. Non posso credere che lo sto facendo davvero. *Finalmente posso condividere questo segreto e provare che è tutto reale.*

Ma il telefono continua a squillare. Suona così a lungo che perdo il conto dei secondi che passano. Mika siede in silenzio a guardarmi. Va avanti all'infinito, aumentando la pressione nel mio petto. Qualcosa non va. *Dove sei, Sam*? Non è da lui. Di solito risponde subito. Mi tremano le mani, stringo più forte il cellulare. E squillo dopo squillo resto in attesa. Potrebbe davvero non rispondere questa volta.

E poi realizzo. Un pensiero terribile. Un proiettile al centro del petto. La cronologia delle chiamate mancanti, i messaggi che non arrivano, il segreto da mantenere e le chiamate stesse. O mio Dio. *È sempre stato tutto nella mia testa? Ho immaginato ogni cosa?* Abbasso il telefono, la stanza diventa sfocata e tutto si ferma. Un brivido mi attraversa, la pressione accumulata nel mio petto esplode, lasciando un enorme buco che mi fa venir voglia di scomparire.

No. Non risponderà nessuno questa volta. Chiudo la chiamata.

Non la guardo nemmeno, mi alzo bruscamente dal divano.

«Io… devo andare». Faccio quasi cadere la teiera mentre mi affretto a uscire. Provo a rimettermi il telefono in tasca, ma proprio non ci riesco.

«*Julie, aspetta…*», mi prende per un braccio per fermarmi, ma lo tiro via.

Forzo un sorriso. «Stavo scherzando! Era tutto uno scherzo. L'ho inventato, va bene?». Ma il tremore nelle mani e il tono pietrificato della voce mi tradiscono. Mika non ride. Mi segue in corridoio mentre esco. Quando incrocio lo sguardo preoccupato sul suo viso sono davvero imbarazzata e tutto quello che riesco a dire è: «Non sono pazza, lo giuro. Era tutto uno scherzo».

«Julie, non credo che tu sia pazza. Aspetta…».

Qualcosa mi vibra nella mano, poi uno strano suono che spaventa entrambe. Presa alla sprovvista, il telefono mi cade, rimbalza sulla punta della mia scarpa e scivola lungo il tappeto.

Lo fisso e vedo che *squilla*. Sono sorpresa, non ho mai la suoneria. È sempre impostato su silenzioso. Guardo lo schermo, il numero è sconosciuto.

Mika e io ci scambiamo un'occhiata. Sposta gli occhi sul telefono, chiedendosi se risponderò. Esito prima di raccoglierlo. Mi muovo lentamente. *Sta ancora squillando.* Accetto la chiamata e porto l'apparecchio all'orecchio. Il battito del mio cuore è la prima cosa che sento. «Pronto?».

Forse è per via di tutte le emozioni o per l'adrenalina dovuta alla situazione, ma non ricordo cosa ho detto o perché. Porgo il cellulare a Mika: «È… per te».

Sbatte le palpebre e sposta lo sguardo da me al telefono. Poi lo prende e lo porta all'orecchio. Fa una pausa prima di parlare.

«Pronto? Chi è?».

Il cuore mi batte all'impazzata. Non riesco a sentire nulla dall'altra estremità.

«Sam? Quale Sam?», mi fissa, le sopracciglia arcuate. «Ma non ha alcun senso».

Sta in silenzio e ascolta.

«Come faccio a crederci?», dice al ricevitore. «Non lo so. Non può essere vero...».

Continua così per un minuto o giù di lì. Preme una mano sull'altro orecchio, come per sentire meglio e si allontana. È un suo tic nervoso – gironzolare intorno – soprattutto quando è al telefono. La seguo in cucina, lasciando un po' di spazio tra noi. Non voglio sopraffarla. *Una telefonata con Sam.*

«Non so se ci credo... È una specie di scherzo?», chiede. Di nuovo silenzio. Le sue sopracciglia si inarcano quasi ad unirsi. «Chiederti cosa?».

È strano ascoltare solo una parte di una conversazione. È come saltare le pagine di un libro, cercando di ricostruire la scena. Chissà cosa le sta rispondendo Sam.

«Che tipo di domanda?», dice Mika, confusa. «Una a cui solo tu puoi rispondere? Fammi pensare allora...». Mi guarda per un momento, poi distoglie lo sguardo. Sussurra al telefono: «Va bene. Se sei davvero tu Sam, dimmi... quando Julie si è trasferita qui, dopo che l'ho incontrata la prima volta... ti ho detto una cosa su di lei e ti ho proibito di riferirglielo. Cos'era?».

Si ferma ad ascoltare. La risposta deve essere giusta perché spalanca gli occhi. Mi lancia uno sguardo di sorpresa e mi chiede: «Te l'ha mai detto?».

Scuoto la testa, un po' confusa. *Cosa ha detto Mika su di me?*

Si volta dall'altra parte, continuando la chiamata. «Va bene, qualcos'altro? Una più difficile? Fammi pensare…». Si ferma a riflettere. «Bene. Che ne dici di questa. Quando avevamo sette anni e il nonno stava morendo, siamo andati a trovarlo nella sua stanza anche se non avremmo dovuto. Ti ricordi? Ci ha lasciato giocare al suo capezzale. Sul comodino c'erano quattro cose. Non le abbiamo mai toccate e non ne abbiamo nemmeno mai parlato in seguito. Ma se sei davvero tu Sam, dovresti essere in grado di ricordarle, come me. Allora quali erano?».

Chiudo gli occhi e immagino il comodino mentre lei ascolta la risposta. Ripete ad alta voce ogni oggetto che le dice, uno per uno, come a ricordarli a sé stessa. *Una piuma bianca. Un origami a forma di cigno legato a un filo. Una ciotola di ceramica piena d'incenso con raffigurato un drago.*

«E l'ultima cosa?», gli chiede.

Non riesco a sentire quale sia l'ultimo oggetto, perché Mika non lo ripete. Rimane in silenzio per molto tempo. Quando si gira a guardarmi, i suoi occhi sono pieni di lacrime e so che deve avergli nominato l'oggetto giusto.

«*È Sam*», sussulta. «*È davvero lui*».

Vengo attraversata da una sensazione che non so spiegare, non solo di gioia, ma anche di *sollievo*. Vorrei darmi un pizzico per essere sicura che non sia un sogno, che tutto questo stia accadendo davvero. E che Mika sia qui con me, per confermarmi che in linea c'è davvero Sam. Non l'ho immaginato. È tutto vero e lo è sempre stato.

Resta al telefono con lui per un po', facendogli domande a raffica, piangendo e ridendo allo stesso tempo. Continua a guardare verso di me, sorride. Mi stringe la mano e appoggia la testa sulla mia spalla, forse per farmi sapere che mi crede, o per ringraziarmi di questa possibilità. Anche se ormai parlo con Sam da giorni, non riesco ancora a credere che stia succedendo. Che noi tre siamo di nuovo connessi.

Quando la chiamata finisce e riattacchiamo, ci abbracciamo piangendo. Nessuna delle due è in grado di parlare. Sento che cerca di capire come ci sia finita dentro. In questa dimensione alternativa dove il tempo si muove in un'altra direzione, dove i campi sono infiniti e la terra sotto di noi è instabile. Anche se non so più quale sia il sopra e quale il sotto, è un grosso sollievo avere qualcun altro a farmi compagnia in questo mondo impossibile. Qualcuno che può *guardare*, verificare cosa vedo e dirmi che non sto sognando. O forse stiamo sognando insieme, non lo so più. Ma non importa in questo momento. Nessuno di noi vuole svegliarsi.

Più tardi quella sera, quando torno a casa, chiamo di nuovo Sam per parlare di quello che è successo. Risponde subito questa volta, come se mi stesse aspettando. Lo ringrazio per aver parlato con Mika e per avermi permesso di condividere questo segreto.

«Non ero sicura che avrebbe funzionato», dico, tenendo il telefono stretto. «Perché non mi hai mai detto che potevi chiamarmi anche tu?»

«Perché non dovrei farlo».

«Cosa intendi?»

«Non volevo che tu lo sapessi. Perché se chiamo e tu non rispondi, la nostra connessione si interrompe».

«Vuoi dire, per sempre?»

«Sì».

Un brivido mi attraversa. «Come fai a saperlo?»

«È una delle poche cose che so per certo», dice. Ma non mi spiega il perché.

Deglutisco a fatica, pensandoci su. «Mi spaventi così, Sam. Non dovresti più chiamarmi. D'ora in poi, ti telefonerò solo io, va bene?»

«È la cosa migliore».

Dalla finestra aperta entra una brezza che fa muovere le tende. La chiudo. Fuori, i rami degli alberi sono come dita spettrali, si muovono, si alzano, battono contro il vetro.

«Mi dispiace», dice Sam, di punto in bianco.

«Per cosa?»

«Per non aver risposto prima. Ero nervoso. Avevo paura delle conseguenze».

«Ma non è successo niente», gli ricordo. «Ha funzionato. Adesso è anche meglio! Perché Mika lo sa e ora mi capisce. Siete anche riusciti a parlare di nuovo! Non sei contento che l'abbiamo fatto?».

Silenzio.

«Sam?»

«È un po' complicato...».

Prima che possa chiedergli cosa intende, un rumore d'interferenza disturba la linea.

«Che cosa è questo rumore?», chiedo.

«Rumore? Non sento niente», dice Sam, e improvvisamente mi accorgo c'è qualcosa di strano.

«Sam, sembra che ti stai allontanando». Come se il ricevitore fosse distante da lui. «Va tutto bene?».

Di nuovo un suono elettrostatico. Mi alzo e inclino la testa, regolando l'angolazione del telefono per cercare di ottenere un segnale migliore.

«Andrà tutto bene. Promesso. Ora devo andare, okay?»

«Aspetta... dove?», gli chiedo. Ma non risponde. Dice solo: «Parleremo presto. Ti amo».

La chiamata termina bruscamente. Rimango alla finestra in silenzio, chiedendomi se sia il caso di richiamarlo. Ma una sorta di gelo si insinua lungo la spina dorsale, impedendomi di farlo. Non dovrei. Quindi torno a letto e tengo il telefono vicino a me. Fisso lo schermo per tutta la notte, cercando di mantenere la calma.

Ho di nuovo rovinato tutto?

Capitolo 13

Qualcosa non va con la nostra connessione. Credo si sia danneggiata. E non sappiamo come sistemarla. Mi ricorda l'arrivo di un temporale, quando il tuono fa tremolare le luci, salta l'elettricità in casa e non funziona più niente. Continuo ad aspettare che le nuvole si aprano, che il tempo cambi, ma ogni volta che guardo fuori dalla finestra il cielo è ancora nero e livido. Mi sento responsabile: in fondo l'ho voluto io, no? È colpa mia. Ho fatto parlare Sam con Mika e, da allora le nostre chiamate non sono più le stesse. Dobbiamo farle a una certa distanza di tempo l'una dall'altra e sono molto più brevi. Eravamo in grado di parlare per ore, ogni volta che avevo bisogno di lui. Ora devo aspettare giorni prima di richiamarlo. E se la conversazione dura più di dieci minuti, la linea viene disturbata. Questa cosa mi spaventa. Non posso nemmeno più telefonargli all'improvviso, neanche quando ho un bisogno disperato di ascoltare la sua voce. Quando sento di crollare, mi ricordo che non l'ho ancora perso – non ho perso Sam. So di aver alterato la nostra connessione, ma è ancora con me. E fino a quando pianificheremo le telefonate, mantenendole brevi e nei posti dove il segnale è più forte, possiamo farcela. Troveremo una soluzione. Forse c'è un modo per sistemare le cose.

Sono passate due settimane da quando ho detto tutto a Mika. Da quando ho lasciato che lei e Sam si parlassero di nuovo. Ma le cose belle a volte hanno un prezzo molto alto da pagare. Durante la nostra ultima telefonata, mi ha detto qualcosa di inaccettabile per me. Potremmo avere a disposizione solo poche altre chiamate prima che la connessione si interrompa per sempre. La parte peggiore è che mi aveva avvertito, ma non l'ho ascoltato. Almeno ha avuto modo di parlare con la cugina ancora una volta. È valsa la pena di correre il rischio per lo sguardo nei suoi occhi. In un primo momento, volevo solo la conferma che fosse tutto vero, che la voce di Sam non fosse nella mia testa. Ma da quando hanno parlato, sono migliorate molte cose. Mika sembra di nuovo sé stessa e stiamo trascorrendo più tempo insieme. Penso che la chiamata le abbia dato la tranquillità di cui aveva bisogno e un punto da cui ripartire. E ora che non ci sono segreti tra di noi, riusciamo a sostenerci l'un l'altra.

Non ho ancora detto addio a Sam e, fin quando non lo farò, rimarremo in contatto. Giusto? Non è quello che mi ha promesso? Non sono pronta a lasciarlo andare. Non posso immaginare la mia vita senza la sua presenza. Vorrei aggrapparmi a lui, tenerlo con me finché posso. Non so come farò quando non ci sarà più.

Non penso ad altro mentre fisso il telefono. È quello che faccio tutto il giorno quando non parlo con lui – nel caso dovesse chiamarmi, io devo rispondere subito. Così la nostra connessione non può essere interrotta…

«Aspetti una chiamata?».

Alzo lo sguardo dal tavolo e torno alla realtà. Oliver è seduto di fronte a me, in attesa di una risposta. Siamo al Sun and Moon, a un tavolino in fondo alla sala. Le lampade etniche sono accese, tremolano come fiamme anche se fuori c'è ancora luce. Almeno non è affollato questo sabato mattina. Veniamo spesso ultimamente.

Lui ordina sempre il latte chai con schiuma extra. Oggi per la prima volta io ho provato un caffè americano, invece del solito caffè. Non ho notato una grande differenza.

«Sembra che tu stia aspettando una chiamata o qualcosa del genere», dice Oliver. «*Terra chiama Julie.* Ehi, ci sei?».

Sbatto le palpebre un paio di volte e torno in me. «Scusa. Mi ero persa nei pensieri per un secondo. Di cosa stavamo parlando?».

Sospira. «Il diploma».

«Giusto. Che succederà?»

«Non hai ascoltato una parola…», si lamenta. «È fra poche settimane, ricordi? Tocco e toga? La canzone dei Vitamin C? Non posso credere che stia succedendo così in fretta».

«Eh sì. Sto cercando di non pensarci troppo».

«Cavolo», geme. «Vorrei avere un altro mese a disposizione per chiarirmi le idee. Sai già cosa farai dopo?».

Pensavo di saperlo. Pensavo di aver pianificato tutto. Dall'appartamento in cui volevo vivere, ai corsi di scrittura che avrei frequentato. Ma è stato difficile tornare a concentrarsi sulla scuola dopo che ho danneggiato la connessione con Sam, così gli scrutini finali rimangono un punto interrogativo. Il Reed College non mi ha ancora inviato una risposta. Inoltre, non ho ancora finito il mio saggio di presentazione quindi forse la carriera di scrittrice non fa per me. Non importa quanto mi impegni e pianifichi le cose, niente va mai come vorrei.

Fisso la tazza fumante. «Non ancora».

«Pensavo che saresti andata in quell'università», dice Oliver. «Il Reed College, giusto? A questo punto dovresti aver ricevuto notizie da loro».

Ha ragione, dovrebbe essere così. Non so perché mi abbiano lasciato a brancolare nel buio. Forse ho sbagliato qualcosa nella domanda? O forse si è verificato un errore tecnico e non gli è mai arrivata. Ma mi sarebbe arrivata comunque una qualche notifica, no? Dovrei chiamare qualcuno? Controllo la casella di posta tutte le mattine. Nessuna notizia. Sono troppo imbarazzata per dirlo a Oliver. Avrei dovuto tenere per me i miei progetti così non dovrei dare spiegazioni a nessuno in caso fossi costretta a modificarli.

Perché sono tutti tanto presi dal college? Una laurea in lettere non è poi così funzionale al mondo di oggi. Perché indebitarmi fino al collo per scrivere, quando posso farlo da sola? Voglio dire, alcuni dei più grandi scrittori non sono mai andati all'università. Hemingway, Twain, Angelou – solo per citarne alcuni. Certo, le loro condizioni erano diverse dalle mie e stiamo parlando comunque di molto tempo fa. Ma è un appunto valido il mio. Anche se ammetto che probabilmente cambierei opinione se venissi ammessa. Tuttavia ho imparato a prepararmi sempre al peggio, soprattutto di recente. «In realtà, sto pensando di restare qui», dico con disinvoltura, prendendo un sorso di caffè.

«Intendi alla *Central Washington*?», mi chiede, inarcando le sopracciglia. «Ma tu odi questo posto. Più di chiunque altro. Hai sempre detto che saresti stata la prima ad andare via. Voglio dire, non è la peggiore università, ma non è nemmeno la prima scelta di nessuno, te lo posso garantire. La scegli solo perché è vicino a casa». Si guarda intorno, si sporge un po' sul tavolo, e sussurra: «È perché sei stata messa...», deglutisce, «*in lista d'attesa*?»

«Cosa... assolutamente no».

I suoi occhi si spalancano. «La tua domanda è stata *respinta*?»

«No. Ed è scortese da parte tua chiederlo», dico sulla difensiva. «Magari ho solamente cambiato idea. Mi è concesso. Voglio dire, andrai alla Central anche tu, vero?»

«Sì, ma io sono nato qui. È diverso. È quello che facciamo tutti».

«Quindi rimani perché è così che funziona da queste parti?».

Scrolla le spalle. «Più o meno. È una cosa di Ellensburg. Non puoi capire. Tu vieni da», fa un lungo arco in aria con entrambe le mani, «*Seattle*». Beve un sorso di latte macchiato e lo poggia sul tavolo. «Sei praticamente un'aliena per noi».

«È così che mi sento in effetti».

«Allora cosa ti trattiene? È ovvio che non ti piace stare qui, ma non ti biasimo per questo. Mi sei sempre sembrata pronta a partire. Anche se significava trovare un lavoro da cameriera o qualcosa del genere. Cioè, hai persino convinto Sam a…». Si ferma.

Abbasso lo sguardo. Non voglio che veda nei miei occhi che potrebbe avere ragione. Che forse Sam è uno dei motivi per cui non voglio andarmene. Dopotutto, erano i *nostri* piani. Trasferirci insieme a Portland, trovare un appartamento e un lavoro part-time per guadagnare qualcosa. Lui avrebbe suonato da qualche parte mentre io avrei trovato posti per scrivere. Ma Sam non c'è più. E io devo accettare il fatto che ora devo fare tutto da sola.

Fisso il tavolo. «Ho soltanto bisogno di un po' più di tempo…».

«Sì, ho capito», dice Oliver. Si allunga ad afferrarmi il

braccio. «Ascolta, almeno ci sarò io qui. Potremo frequentare dei corsi insieme. Avrò bisogno di qualcuno da cui copiare».

«Sai sempre qual è la cosa giusta da dire».

Si appoggia indietro, sorridendo. «Ci so fare con le persone».

Prendo un sorso di caffè, ignorandolo.

Finiamo le nostre tazze. A mezzogiorno devo andare al lavoro.

Mi alzo dalla sedia. «Vuoi fare due passi con me?».

Controlla il suo telefono. «Vorrei. Ma ho un appuntamento».

Gli lancio un'occhiata. «Oh? E con chi?».

Esita. «Jay».

Gli lancio un'occhiata curiosa.

«Cosa significa quello sguardo?»

«Niente».

«Bene».

Annuso l'aria. «È per questo che hai messo l'acqua di colonia?»

«Per tua informazione, la metto sempre», dice, incrociando le braccia.

«Sì, ma di recente si nota di più».

«Non sei in ritardo per il lavoro?».

Non posso fare a meno di sorridere mentre me ne vado, ma non senza sussurrare: «Quella è una maglietta nuova?»

«*Per favore, vai via*».

Gli faccio l'occhiolino. «Raccontami tutto stasera».

Appena entro in libreria, noto Tristan. È in equilibrio su una scala mentre cerca di appendere un poster. Era un po' che non lavoravamo insieme. Il signor Lee è fuori città per il fine settimana così ci ha chiesto di gestire il negozio.

Fisso il poster. «Chi è quello?»

«È il generale Griz di *Space Ninjas*, volume tre», dice. «Un classico».

«Sembra una specie di coniglietto».

«Un coniglio mutato», mi corregge. «Da un esperimento di laboratorio».

«Finito male?»

«Sì, l'hai letto?»

«Ho tirato a indovinare».

Scende dalla scala, quasi inciampa e cerca di darsi un tono con una risatina nervosa. Si passa una mano tra i capelli e si spolvera la camicia.

Ho poggiato le mie cose sul bancone. Accanto alla cassa vedo un contenitore con decorazioni, figurine, adesivi e alcune targhette. Mi rivolgo a Tristan. «Sono cose per il club del libro?»

«No in realtà, è per l'evento *Space Ninjas*», dice, indicando gli altri manifesti in giro per la libreria. «Sto lavorando alla promozione. Ho appena trasformato il negozio nel punto di ritrovo regionale».

«È incredibile! Verrà un sacco di gente».

«Be', finora si sono iscritte solo otto persone», ammette. «E la maggior parte sono miei amici di scuola».

«Non è così male. Sono sicura che ne arriveranno altre».

«So che non sei una grande fan della fantascienza, ma ci sarà una festa per l'uscita di *Space Ninjas 4*», dice. «Puoi venire, se vuoi. Posso aggiungerti alla mailing list».

«Perché non ci sono già?».

Arrossisce. «Ti mando il link».

Mi lego i capelli, faccio il giro del bancone e apro la cassa. C'è una scatola di segnalibri che non ho mai visto prima. Li guardo con curiosità. «Tristan, da dove vengono questi?».

Si avvicina e si sporge sul bancone. «Oh… li ho fatti nell'aula di fotografia della scuola. Ci sono scritti gli orari e l'indirizzo del negozio. Li diamo ai clienti che acquistano qualcosa». Indica l'illustrazione. «Quello è il signor Lee… li vedi gli occhiali?»

«Ma non porta gli occhiali».

«Lo so. Ma gli starebbero bene».

Ridiamo mentre metto da parte la scatola. «Sai, stai davvero trasformando questo posto, Tristan».

«Grazie. È quello che dicono anche i libri. Come direbbe il signor Lee».

Mi guardo intorno, noto il suo tocco personale, si vede un po' ovunque. I poster, i segnalibri, i libri da collezione della sezione fantascienza che il signor Lee ha messo in bella vista. Tristan ha persino rinnovato il sito web del negozio, collegando tutti i nuovi account dei social media che gestisce. Odio ammetterlo, ma sono un po' gelosa della sua creatività. Ha una sua visione delle cose. Forse dovrei partecipare anche io con delle idee creative. Mettere nel negozio la mia personalità, e aiutare un po' di più il signor Lee. Ci rifletto mentre mi rimetto a lavoro.

Tristan si aggira vicino al bancone e sistema di tanto in tanto alcune cose nel contenitore. Quando lo becco a guardarmi, intuisco che forse vorrebbe dirmi qualcosa.

Dopo un momento, tossisce per attirare la mia attenzione. «Quindi, ehm, pensi ancora di venire domani?».

Lo guardo. «Cosa succede domani?»

«Il festival del cinema».

Trattengo un sussulto di sorpresa. «*Oh,* giusto, certo».

«Ti ho preso anche un braccialetto per l'after party»,

dice, grattandosi la nuca. «È una specie di festa esclusiva. O almeno così dicono. Volevano venire tutti, ma sono riuscito a ottenerne solo uno in più. E ci tenevo a darlo a te».

Sorrido. «È così dolce da parte tua. Ma non devi darlo per forza a me. Soprattutto se così tante persone vogliono andarci».

«No… cioè, quello che intendevo dire è che voglio andarci con te».

«Oh…».

«Significherebbe molto per me se venissi», dice, passandosi una mano tra i capelli, le guance che diventano rosse. «Ci sarà da mangiare, e la musica, e un po' di gente. È un evento speciale, ma non devi metterti in ghingheri se non vuoi. Voglio dire, io indosserò un completo – perché mia madre me ne ha già preso uno – e forse anche altri registi vestiranno elegante. Ma tu puoi indossare quello che vuoi».

Un after party? Non me ne aveva parlato prima. Pensavo che avrei visto il film, mi sarei congratulata con lui e me ne sarei andata. Ora improvvisamente c'è una festa, con tanto di musica e vestiti eleganti. Sembra una cosa più impegnativa di quanto credessi. Quasi un appuntamento. Forse sto esagerando, ma di sicuro non sono pronta a uscire con qualcuno. *Cosa penserebbe Sam?* Sento il peso del telefono in tasca e immagino come potrebbe sentirsi.

«Quindi verrai, giusto?», chiede di nuovo.

Mi mordo il labbro, incapace di incrociare il suo sguardo. Non vorrei deluderlo, ma non è il momento. «Mi dispiace, Tristan. Ma non penso di riuscire a venire».

Sbatte le palpebre sorpreso. «Oh, va bene. Capisco», dice, forzando un sorriso. «Magari la prossima volta».

Rimango lì mentre prende il contenitore e lo porta nella stanza sul retro senza aggiungere una parola. Forse mi sto sbagliando su questa cosa del festival. Mi sento malissimo per avergli dato buca all'ultimo minuto. Ma la mia connessione con Sam ha già iniziato a incrinarsi. Non posso correre altri rischi.

Sembra passata un'eternità dall'ultima volta che ho parlato con Sam. È difficile concentrarsi o pensare a qualcos'altro che non sia la sua voce. Quando torno a casa, ascolto il CD che tengo sempre a portata di mano e fingo che sia lì nella stanza a esercitarsi con la chitarra. Ormai lo faccio ogni giorno. Lascio che la sua musica riempia la camera come se fosse ancora vivo. Mi fa sentire meno sola. Sono in tutto quattordici canzoni, ho perso il conto di quante volte le ho ascoltate. La terza traccia è la mia preferita. È uno dei suoi pezzi originali, una ballata rock, e mi ricorda l'era di Nicks nei Fleetwood Mac. Si può sentire la voce di Sam che canticchia la melodia. Non ci sono parole perché la canzone è incompiuta. Mi aveva chiesto di aiutarlo a scrivere i testi. Fingevamo di poter diventare una coppia di autori di canzoni un giorno. Come Carole King e Gerry Goffin. Una volta gli ho chiesto cosa venisse prima, il testo o la melodia, mi ha risposto: «*Sempre la melodia*». Non ero d'accordo, ma è per questo che la nostra relazione funzionava. Eravamo due parti di una canzone. *Lui era la musica e io le parole.*

Sono sdraiata sul pavimento della sua stanza, a guardare il soffitto, ci sono fogli di carta sparsi ovunque. Sam siede a gambe incrociate accanto a me, chitarra in grembo.

«Suonala di nuovo...».

Strimpella, riempiendo la stanza con la melodia.

Chiudo gli occhi e ascolto.

La chitarra si ferma. «Cosa stai facendo?»

«Shh... Sto cercando l'ispirazione», dico, tenendo gli occhi chiusi.

«Dormire ti ispira?»

«Non sto dormendo... sto pensando!».

«Capisco...». Continua a suonare mentre le immagini danzano nella mia mente. Cieli infiniti, una coppia che si tiene per mano, fiori di ciliegio che cadono fuori dalla finestra. Mi siedo e annoto alcune di queste cose.

Lo guardo. «Di cosa dovrebbe parlare la storia?»

«Cosa intendi? Stiamo scrivendo una canzone».

«Ogni canzone racconta una storia, Sam».

Si gratta la testa. «Pensavo che dovesse solo fare rima».

«Le canzoni fanno molto di più», dico. «Dovrebbero farti provare qualcosa. Allora, qual è l'emozione che stiamo cercando? Di cosa parliamo?».

Ci pensa. «D'amore, immagino».

«È troppo vago, Sam».

«Non lo sono la maggior parte delle canzoni, però?»

«Non quelle belle!».

Cade sul tappeto, gemendo. «Non puoi semplicemente farti venire in mente qualcosa? Sei tu la scrittrice. Sei tu quella brava con le parole! Ecco perché ti ho chiesto aiuto».

L'altro giorno ho frugato nei cassetti e ho trovato il mio taccuino. Dentro c'erano un paio di versi che avevo scritto mesi fa. Dopo la nostra chiamata in veranda, ho passato il resto della notte a lavorare di nuovo sulla canzone.

A breve sentirò Sam. Voglio fargli una sorpresa, scrivere quanti più versi riesco. Soprattutto dopo la nostra conversazione sulle cose incompiute e sul desiderio di lasciare un segno nel mondo – forse è di questo che si tratta. Dopotutto, ha fatto così tanto per me. Questo è il mio regalo per lui. Sono un po' in ansia quando risponde. Quando gli dico della canzone, mi chiede di condividere il testo. A un certo punto, metto su la traccia in modo che possa avere un'idea di come suonerebbe con la musica…

«Non giudicare la mia voce, okay?».

Ride. «No, certo».

Mentre il CD riempie la stanza con il suono della sua chitarra, ne canto un pezzetto per lui, facendo del mio meglio.

Vedo il tuo volto, lì tra le stelle…
Se chiudo gli occhi, ti sento sulla pelle.
Sento ancora il tuo calore. Tienimi per mano.
Ti porterò con me, anche se sei lontano…
I miei ricordi sono preziosi, hanno un sigillo d'oro.
I campi che attraverseremo, sono il mio tesoro.
Non dimenticarti di me, la memoria non arretra.
Come l'acqua e il tempo
è scritta nella pietra…

Spengo la musica e mi siedo sul pavimento. «Questo è tutto quello che ho scritto finora. *Lo so…* non ho una grande voce. Suonerebbe meglio se la cantassi tu».

«*No, è stato fantastico*!», dice. «Non posso credere che tu l'abbia scritta. È bellissima, Julie».

«Lo dici tanto per?», domando. «Puoi dirmi la verità. Non mi arrabbierò».

«Non avrei saputo scrivere di meglio».

«Certo. Ma non è quello che ti ho chiesto».

Sam ride. «Sono serio. È perfetta. Il testo… è così…

come posso dire? *Denso di significato.* Come se ci fosse qualcosa di più dietro le parole, capisci?»

«C'è qualcosa da migliorare? Per favore, dammi un'opinione costruttiva».

Ci pensa. «Potrebbe mancare qualcosa. Forse un pre-ritornello».

Mi scrivo una nota su un foglio.

Cercare cos'è il pre-ritornello.

«È solo una prima bozza», gli dico, rileggendo il testo. «Farò dei cambiamenti. Ma penso che abbiamo una hit tra le mani, Sam».

«Se solo fosse possibile», dice malinconicamente.

«*Perché no*?», sussurro.

Di nuovo quel familiare silenzio prima di parlare. «Julie… Lo sai il perché …».

Sposto il telefono sull'altro orecchio, fingendo di non sentire. Immagino invece che la nostra canzone venga pubblicata. «Pensaci però», proseguo. «Potremmo inviarla a una stazione radio, oppure metterla online. La gente la ascolterebbe, Sam. Dobbiamo solo renderla pubblica in qualche modo. Qualcuno magari la manderà in onda. E possiamo far girare anche le altre tue canzoni. Tutto ciò di cui abbiamo bisogno…».

«Julie», mi ferma. «Ma ti stai ascoltando?»

«Cosa intendi?»

«Perché stai lavorando di nuovo alla mia canzone?», chiede. Il suo tono è diverso. La voce quasi tagliente. «Perché stai facendo tutto questo?».

Fisso il taccuino, incerta su cosa dire. «Non lo so… Ho pensato che avresti voluto che lo facessi. Tempo fa mi hai detto che volevi portare a termine qualcosa. Che volevi lasciare un segno dietro di te. Ho pensato che… forse questa canzone poteva essere la soluzione. E io posso aiutarti a scriverla. Esattamente come ti avevo promesso».

Sospira. «Te l'ho detto, Jules… Non volevo che parlassimo di questo. Di quello che non ho mai finito», dice. «Non ha più senso…».

«Ma qual è il problema? È solo una canzone. E non mi dispiace aiutarti. Hai tutte queste belle melodie. Posso aiutarti a finirle. Posso farle sentire al mondo, e forse possiamo…».

«Julie, smettila!», mi interrompe di nuovo. «*Per favore.* Non fare così…».

«Fare cosa?».

Sam sospira e addolcisce la voce. «Ascolta… apprezzo quello che stai cercando di fare per me. Dico sul serio. Ma devi lasciar perdere, okay? L'idea di lavorare sulla mia musica e pubblicarla non ha senso. È troppo tardi per me. L'ho già accettato. Quindi smettila di perdere tempo con questa cosa, va bene? Ti prego».

«Ma io *voglio* farlo. Voglio aiutarti…».

«Non c'è bisogno. Devi concentrarti sulla tua vita, okay? Devi smetterla di pensare a me tutto il tempo…».

«Non penso a te *tutto* il tempo», rispondo. *Perché mi sta parlando così?* «Ho i miei obiettivi e delle cose da portare a termine. Tipo i miei scritti. Penso anche a me stessa».

«Bene», dice Sam. «Sono felice che tu lo faccia. Sono contento che ci siano altre cose nella tua vita. Sono felice che tu abbia un futuro a cui pensare».

Stringo forte il telefono, senza parole. Non mi sarei mai aspettata che la conversazione andasse a finire in questo modo. Pensavo di fare qualcosa di buono. Pensavo che la canzone lo avrebbe reso felice. E se anche continuo a pensare a noi due, cosa c'è di così sbagliato?

Perché non possiamo parlare come una volta? *Come prima*? Prima che ci venisse tolto tutto. Non dico niente ad alta voce. So che è l'ultima cosa che vuole sentirsi dire da me.

C'è un lungo silenzio tra noi. La chiamata sta durando troppo e non so quanto tempo ci resti. Nel caso si verifichi un'interferenza voglio che ci salutiamo serenamente, quindi cambio argomento. «Il festival del cinema è domani sera. Tristan mi ha invitato di nuovo. Ma gli ho detto che non potevo andare».

«Perché?»

«Non lo so. Il modo in cui ne parlava… sembrava una specie di appuntamento», dico. Quando non risponde, gli chiedo: «Cosa ne pensi?».

Silenzio.

«Penso che dovresti andare».

«Perché?»

«Sembra divertente. E Tristan è un bravo ragazzo».

«Ma non potrei mai farlo, Sam. Voglio dire, sei ancora qui, siamo ancora in contatto».

Di solito quando dico qualcosa di sentimentale, lo sento sorridere dall'altra parte e percepisco un certo calore attraverso il telefono. Ma la sua voce è fredda nel mio orecchio.

«Io e te non possiamo stare insieme. Lo sai».

«Lo so…».

«Non sembra».

Non dico niente.

«Comincio a essere preoccupato per te», continua. «Sono preoccupato per le nostre chiamate e l'effetto che hanno su di te. Dovresti andare avanti. E non lo stai facendo».

«Sam… *sto bene*. Lo giuro».

«Ma se non vuoi nemmeno andare alla prima del film di un amico. Come pensi di riuscire a dirmi addio?»

«Forse non ho nessuna voglia di uscire con gli altri. E posso dirti addio quando voglio».

«Allora dillo adesso».

Le sue parole restano sospese nell'aria. *Come può chiedermi questo*? Non so nemmeno come rispondere. Non mi piace dargli prova di qualcosa. Sento un forte dolore. «Non posso adesso...».

Emette un sospiro consapevole. «Allora quando?».

Cala un lungo silenzio.

«Penso che dovresti andare al festival domani. Penso che sarà un bene per entrambi».

«Cosa vorresti dire?», chiedo, cercando di non esagerare. «La scelta non spetta a me? E se non voglio?»

«Non vedo quale sia il problema. Sono solo poche ore. Perché sei così contraria?»

«Non ho detto questo».

«Allora dimostralo e vai».

La mia voce si fa più acuta. «*Bene*. Ci andrò allora! E mi divertirò molto».

«Buon per te. Lo spero davvero».

«*Puoi contarci!*».

Riagganciamo il telefono. Scrivo subito a Tristan, dicendogli che ho cambiato idea. Risponde un secondo dopo, pieno di eccitazione, il che mi fa sentire meno in colpa. Ma Sam come può chiedermi di fargli questo? Di fare questo a noi due? Non capisco cosa vuole provare. Cerco di non farmi influenzare perché non voglio dimostrargli che ha ragione. Non deve preoccuparsi per me.

Vorrei che la nostra telefonata non fosse finita male, soprattutto stasera. Ricevo un messaggio da Yuki. Mi avverte che sta arrivando con gli altri. È la serata in onore di Sam. Dovrei portarli in un campo per rilasciare le lanterne nel cielo. Vorrei rimandare, ma loro si sono impegnati tanto, non voglio deluderli. Devo farmi forza e non lasciare che la chiamata mi guasti l'umore. Penso a quello che ha detto Sam prima. Forse sto investendo troppo tempo su di noi. Dovrei concentrarmi di più sulla mia vita invece.

Jay si siede sul sedile anteriore con Oliver, poi passiamo a prendere Mika lungo la strada. È la prima volta che stiamo tutti insieme. Sono stretta nel sedile posteriore tra Yuki e Rachel. Jay ha portato degli spuntini e li distribuisce. Lo ammetto, mi fa sorridere vederci strizzati in macchina a mangiare i Mikado. Ma non posso non notare che manca qualcuno. Jay usa il navigatore del telefono e trova una scorciatoia che dimezza la distanza a piedi.

Il sole è tramontato quando raggiungiamo il punto, davanti a noi si distende un vasto cielo notturno, stracolmo di stelle. Uso la memoria di quel giorno con Sam per guidarli nei boschi. Sono sorpresa di ricordare ogni cosa, soprattutto perché è buio. Mika mi tiene a braccetto tutto il tempo. Quando vedo spuntare le spighe d'orzo, mi fermo.

«Siamo arrivati».

Sono tutti in preda allo stupore mentre ammirano la vista.

«Come facevi a sapere di questo posto?», mi chiede Rachel.

«Mi ci ha portato Sam una volta». Non le dico quando. Ci spostiamo nei campi finché non troviamo il posto perfetto. Jay apre lo zaino e tutti preparano le lanterne per la cerimonia.

«Spiegatemi ancora una volta come funzionano questi

cosi», chiede Oliver mentre Rachel si avvicina e distribuisce le lanterne di carta.

«L'aria calda delle fiammelle le farà volare», dice Yuki mentre inizia ad accendere delle candele. «Dobbiamo solo lasciarle andare in aria».

Osservo la mia lanterna animarsi di calore e luce. È come tenere un pezzo di sole tra le mani.

«Questi cosi sono *enormi*». Oliver ride, spostando la lanterna su e giù.

Mi guardo intorno e vedo i loro volti illuminati dalle luci, i loro sorrisi, l'erba che ondeggia sulle nostre scarpe, il cielo stellato e infinito, e respiro il bel momento che stiamo condividendo. Non avrei mai pensato di tornare qui così presto. Soprattutto con i nostri amici.

Mi rivolgo a Yuki. «Hanno un significato? Quando le fai volare per qualcuno, intendo».

«Serve ad aiutare i nostri cari scomparsi ad andare avanti», mi spiega. «Rilasciando le lanterne nel cielo, li liberiamo. Li guideranno dove devono andare».

«Ma perché Sam ha bisogno di andare?», le chiedo. Gli altri si guardano a vicenda. Mi rendo conto di quanto suoni strana la domanda. «Voglio dire... perché hanno bisogno di essere guidati?»

«Penso che abbiano solo bisogno di sentire che va tutto bene. Qualche volta è difficile, anche per loro», dice Yuki. «Hanno bisogno della nostra benedizione». Si gira, tenendo la lanterna verso il cielo. «Ricorda, queste sono anche lanterne della memoria. Se hai un'ultima cosa che desideri dire a Sam, sussurrala ora. La lanterna porterà il messaggio dritto a lui».

Yuki chiude gli occhi come se stesse meditando e poi sussurra alla sua lanterna. Gli altri la guardano e fanno lo stesso. Mika e io ci scambiamo uno sguardo complice. Poi chiude gli occhi e sussurra qualcosa nella sua. Quindi lo faccio anch'io, anche se posso ancora parlare con lui. Per ora, comunque. Penso a cosa gli direi adesso se ne avessi la possibilità.

Avvicino la lanterna e sussurro: «Non andartene, Sam. Resta con me ancora un po'».

Yuki è la prima a lasciarla andare. «A Sam», dice, e la lanterna si solleva dalle sue mani e si alza in aria. Gli altri la seguono. Le rilasciano una a una pronunciando il suo nome: «*A Sam*». Sono rimasta solo io.

La tengo tra le mani. «*A Sam*», trovo il coraggio di dire. E poi la lascio andare.

Ma la mia lanterna non si muove. È sospesa in aria, in bilico davanti a me. La luce lampeggia leggermente. Do una spinta dal basso con il palmo della mano, si alza per pochi secondi, poi si abbassa rimanendo in aria. «La mia non va», dico mentre gli altri stanno a guardare, incuriositi. «Ecco, vedete». Non posso fare a meno di sorridere, perché penso che Sam mi abbia sentito. Ha ascoltato quello che gli ho sussurrato e vuole stare con me ancora un po'. E poi arriva una brezza che comincia a spingere la lanterna per i campi, tenendola bassa, quasi a sfiorare l'erba. Faccio un passo avanti e la seguo, cercando di tenere le mani sotto per… non so davvero perché. Quando la lanterna prende velocità, lo faccio anch'io. E poco dopo mi ritrovo a correre per i campi con le mani tese, cercando di inseguirla. Qualcosa dentro di me prende il sopravvento. *Ho bisogno di più tempo. Non posso ancora lasciarti andare.* Ma la lanterna guadagna altezza, come la vela di una nave gonfiata dal vento. E io rincorro a grandi passi la sua luce.

«Julie!».

Gli altri gridano il mio nome e solo allora mi accorgo di quanto sono lontana. Ma non riesco a fermarmi. Mika deve avermi seguito, perché la sua voce è la più vicina. Ma il mio passo diventa troppo anche per lei e la mia determinazione a raggiungere la lanterna è troppo forte. Continuo a correre giù per i campi finché le voci non suonano distanti. Sento solo il respiro pesante e il cuore che mi martella nelle orecchie.

Una folata di vento solleva la lanterna ancora più in alto, muovendola oltre la linea delle montagne. Diventa sempre più distante non importa quanto io stia correndo. Alla fine sono troppo stanca e senza fiato, non riesco più a correre. Mi fermo e resto lì, a guardare in alto. La osservo svanire nel cielo con tutte le altre finché non riesco più a riconoscerla tra milioni di stelle.

La lanterna è sparita. *L'ho persa. Non posso perdere anche te. Non di nuovo.*

Capitolo 14

Prima

Quando chiudo gli occhi e tutto diventa buio, lo vedo. Sam. Fermo lì, in piedi. Con i capelli scuri che scendono morbidi su un lato. Indossa una camicia bianca con il papillon. Se ne sta appoggiato alla porta della cucina dell'hotel mentre i camerieri entrano ed escono, con i loro vassoi d'argento. Fa respiri profondi e si aggiusta il colletto, cercando di mantenere la calma. E all'improvviso ci sono anch'io con lui, a tenergli la mano, a dirgli: «Andrà tutto bene, Sam. Devi solo respirare».

«Forse dovremmo andarcene».

«Non essere ridicolo. Devi andare in scena tra poco».

«Ma non so se ci riesco».

«Certo che ci riesci. Perché sei così nervoso?».

In sottofondo il rumore dell'argenteria gettata alla rinfusa nei vassoi. Siamo dietro una tenda che separa la cucina da una sala da ballo piena di ospiti. Siamo al terzo anno delle superiori e Sam in primavera è stato ingaggiato per esibirsi al matrimonio del cugino di Spencer, un suo amico. Gli hanno dato un elenco di canzoni su cui si è esercitato per settimane. È il suo primo ingaggio retribuito e non gli permetterò di tirarsi indietro.

«Non conosco nessuno là fuori».

«Conosci Spencer. E me. *Sono qui*».

Cerca di allargarsi il colletto, quindi lo aiuto ad allentare il nodo del papillon, permettendogli di respirare più facilmente. Una goccia di sudore gli scivola sulla fronte. Gli sposto i capelli dalla faccia.

«E se non piacesse a nessuno?». Continua a guardarsi intorno.

«Non dire sciocchezze. Allora perché ti avrebbero chiamato? Vedrai che spaccherai».

«Non abbiamo fatto nemmeno un vero sound check…».

«Ti sei esercitato almeno un milione di volte. Andrai alla grande».

Qualcuno con un auricolare sbircia dietro la tenda e tira in su il pollice. «Andiamo, ragazzo».

Gli stringo la mano. «Buona fortuna. Sarò proprio qui».

Una volta che è uscito, spio la sala. C'è una pista da ballo sotto un grosso lampadario. Tutt'intorno i tavoli gremiti di invitati. Vicino c'è un palco dove è stata allestita la band. Sam entra da un lato, con aria nervosa. Quando si avvicina al microfono e regola goffamente il supporto, trattengo il respiro.

Le luci si abbassano, rimane solo il palco illuminato. Cala il silenzio, si girano tutti a guardare. E poi parte la musica…

Il suono di un pianoforte riempie la sala con una melodia familiare. Mi ci vuole un secondo per riconoscerla. *Your Song* di Elton John. Sam conosce le parole come il palmo della sua mano. L'ha provata un centinaio volte. È un ottimo inizio, perfetta per il suo repertorio.

Ma quando apre bocca, gli trema la voce. Afferra il microfono, come se lo aiutasse a stare in piedi mentre il pianoforte cerca di stargli dietro.

C'è qualcosa che non va. Non sta cantando a tempo.

È come se fosse un po' indietro sulla musica. Anche il pubblico se ne accorge. La gente inizia a guardarsi intorno, sussurra ai tavoli chiedendosi quale sia il problema. Lui si innervosisce ancora di più. Quando comincia anche a balbettare e a saltare le parole, sento una morsa nel petto. Non posso sopportare di vedere questo strazio. Vorrei che ci fosse un modo per aiutarlo. Magari potrei distogliere l'attenzione da lui prima che tutto precipiti. *Non rimanertene impalata. Fa' qualcosa, Julie!*

Allora mi tolgo i tacchi e attraverso le tende. Spencer è seduto accanto a suo fratello a uno dei tavoli al centro della sala. Mi avvicino e gli prendo la mano.

«Ehi, che succede?»

«Vieni con me».

«Uh…».

Lo tiro su dalla sedia, trascinandolo sulla pista vuota mentre tutti si girano a guardare.

«Ehm, che vuoi fare?!».

«*Ballare*! Lasciati andare!».

«O mio Dio».

Il cuore mi batte all'impazzata quando gli poggio una mano sulla spalla. Ci mettiamo in posizione e iniziamo un valzer, o almeno ci proviamo. Non ho idea di cosa stiamo facendo o di come appariamo. Ma ci stanno guardando tutti. All'inizio evito ogni contatto visivo con Sam. Temo che potrebbe renderlo ancora più nervoso. Sollevo il braccio di Spencer e lo aiuto a farmi volteggiare a ritmo di musica.

Il nostro ballo sta andando più liscio di quanto mi aspettassi. A un certo punto della canzone, mi tiene la schiena e mi fa fare un casqué, allietando i tavoli intorno a noi. Non so se è il pianoforte, la voce di Sam, l'esplosione di adrenalina o l'attenzione della sala, ma all'improvviso ci lasciamo prendere la mano. Le spinte, le piroette e i giri ci vengono quasi naturali. Forse siamo davvero bravi. O forse è tutto nella mia testa e agli occhi di chi guarda sembriamo solo ridicoli. Ma non importa. Perché lancio uno sguardo a Sam e per la prima volta lo vedo sorridere. Il suo viso splende sotto i riflettori mentre guadagna il centro del palco – per quanto il filo del microfono consenta – e tende una mano verso di noi cantando il ritornello con rinnovata fiducia.

Intanto parte la batteria e poi la chitarra. Quando torno a guardarlo sentiamo una scintilla che scorre tra noi attraverso la sala. Una piccola folla di persone si è fermata ai bordi della pista. Alla fine alcuni iniziano a ballare, coinvolgendo anche gli altri. Sam e io ci guardiamo ancora. *Perché è merito nostro.* La sua voce e il ballo con Spencer hanno cambiato l'energia della sala.

La musica inizia a svanire, la canzone sta per finire. Alzo le mani un'ultima volta e inizio a volteggiare, mentre le luci turbinano tutto intorno a me. Poi la pista scompare improvvisamente e mi ritrovo tra le braccia di Sam. Ci siamo gettati dalla banchina dritti nell'acqua gelida.

Sono circondata da un milione di bollicine quando emergiamo sulla superficie del lago allo scoppio dei fuochi d'artificio in lontananza. È la sera prima del quattro luglio. L'estate dopo il secondo anno. Siamo sgattaiolati fuori casa e ci siamo incontrati qui. *Se mia madre lo sapesse, mi ucciderebbe.*

Rabbrividisco nell'acqua. «Non posso credere che lo abbiamo fatto!».

Sam ride e si passa una mano sulla testa, spazzolandosi i capelli indietro. La sua pelle bagnata è lucente. «Hai detto che volevi essere più spontanea!».

«Non mi aspettavo mica questo!».

Altri fuochi d'artificio in lontananza illuminano le cime degli alberi che ci circondano. Si gira sulla schiena e inizia a nuotare all'indietro, mostrando il petto nudo. D'istinto mi copro con le mani.

«E se qualcuno ci vedesse?»

«Jules… non c'è nessuno qui. Siamo solo io e te».

«Non l'ho mai fatto prima».

«Il bagno nuda?»

«Non posso credere che hai osato sfidarmi!».

«Non pensavo che l'avresti fatto davvero».

«*Sam*!».

«Rilassati… e poi non siamo completamente nudi!».

Lo spettacolo dei fuochi d'artificio termina mentre Sam mi nuota intorno, ridendo.

«Come ti è venuto in mente?», chiedo.

«L'ho visto in un film. Mi è sembrata una cosa dolce e romantica».

«È proprio un cliché».

«Almeno sarà un momento da ricordare. E una storia divertente da raccontare».

«Non possiamo dirlo a nessuno!».

«Okay… manterremo il segreto».

Nuota verso di me. Ci fissiamo. Osservo il suo viso illuminato dal cielo. Su una cosa ha davvero ragione. Non credo che dimenticherò mai il suo sguardo in questo momento.

«Sei arrabbiata?», sussurra.

«No. Solo un po' nervosa». Sento i brividi. Non per il freddo, ma perché sono qui con lui.

«Anche io».

Sorride e mi sposta i capelli dietro l'orecchio. Poi mi alza il mento dolcemente con l'altra mano e mi bacia.

Chiudiamo gli occhi, ascoltando i fuochi d'artificio che si spengono intorno a noi.

La luce di una torcia brilla attraverso gli alberi, seguita da alcune voci e dal rumore di passi in arrivo per il sentiero.

«Sta arrivando qualcuno!», sussulto.

«Cosa...».

Ci immergiamo sott'acqua per nasconderci. Trattengo il fiato e un vortice di bollicine d'aria turbinano e mi circondano mentre affondo come un sasso, prima di ritrovarmi su una superficie di cemento.

È pieno giorno. L'odore di cibo dei venditori ambulanti riempie l'aria, i grattacieli si innalzano intorno a me. È l'estate prima dell'ultimo anno. Sono per le strade di New York con un borsone che mi affonda nella spalla. All'improvviso ecco Sam, mi sfreccia accanto trascinando una valigia.

«Non c'è tempo per fermarsi! *Dobbiamo andare*!».

«Aspetta!».

Parte per il Giappone tra un'ora e quarantadue minuti. La metropolitana per l'aeroporto dovrebbe arrivare da un momento all'altro e se non la prende rischia di perdere il volo. Passerà tutta l'estate a Osaka con i suoi nonni, quindi abbiamo fatto un weekend insieme prima della sua partenza.

Guarda le indicazioni sul telefono. «Per di qua!».

«Rallenta...».

Camminiamo a zig-zag nel traffico immobile e ci spingiamo tra la folla. Evitiamo il vapore dei tombini e l'ambulante di turno che cerca di vendermi delle borse. Una volta che ci siamo infilati per una stretta tromba delle scale e abbiamo girato l'angolo, Sam si schianta contro la barra del tornello della metro e ansima.

«Devi strisciare il biglietto…». Lo faccio io per entrambi e poi ci affrettiamo verso un'altra scalinata. La piattaforma trema sotto i miei piedi, siamo arrivati appena in tempo. Mi affaccio e vedo le luci del treno in arrivo.

È giunto il momento di salutarci. Vorrei che avessimo qualche giorno in più per stare insieme. Vorrei andare con lui.

Mi bacia sulla guancia. «Devo andare».

Le porte del treno si aprono lasciando uscire la gente.

Non so cosa dire. Odio gli addii. Soprattutto con lui.

«Ti mando un messaggio appena sono lì, okay?»

«Non ti dimenticare!».

Gli consegno il suo borsone. Mi bacia un'ultima volta e sale a bordo.

«Tornerò in men che non si dica».

«Perché devi star via così tanto tempo?»

«Sono solo sei settimane. E parleremo tutti i giorni».

«Aspetta…», gli afferro un braccio. «*Portami con te*».

Mi sorride. «Possiamo andare insieme la prossima estate. Dopo il diploma».

«Promesso?»

«Non preoccuparti, viaggeremo ogni estate per il resto delle nostre vite. Solo tu e io».

«Okay», dico. E poi mi ricordo. «Aspetta… il tuo giubbotto!». Mi tolgo la giacca di jeans per consegnargliela prima che la porta si chiuda, ma Sam mi ferma.

«Tienila tu».

Sorrido e la stringo al petto.

«Mi raccomando continua a scrivere le tue storie mentre non ci sono. Non vedo l'ora di leggerle al ritorno».

«A malapena ho iniziato a scriverne una!».

«Be', ora non ci sarò più io a distrarti».

«Non sei mai stato una distrazione...».

Ma le porte del treno si chiudono tra di noi.

Ci guardiamo attraverso il finestrino. Poi alita sul vetro e scrive qualcosa. Riesco a leggere le lettere proprio prima che svaniscano.

S + J

Sorrido e metto una mano sul vetro. Preme la sua contro la mia. Ci guardiamo per tutto il tempo che abbiamo a disposizione. Vorrei incorniciare per sempre questo momento.

Una voce dall'interfono ricorda di rimanere dietro la linea gialla. Faccio un paio di passi indietro. Il vagone inizia a muoversi portando Sam via con sé. Rimango ferma lì con la sua giacca, il treno prende velocità fino a quando diventa un punto lontano che soffia aria dai binari, scompigliandomi i capelli.

E poi, dietro di me, dei puntini di luce volteggiano come lucciole, il soffitto della metro si alza, inizia a tirare un venticello fresco. Mi giro e la piattaforma è scomparsa, sostituita da un cielo notturno e dalle luci del luna-park.

La ghiaia scricchiola sotto le scarpe. Do un'occhiata all'Orbiter, una giostra che solleva le persone in aria e le fa girare intorno come un frullatore a immersione.

«Che ne dici di questa...», chiedo indicandola. «Troppo spaventosa?».

Tengo per mano James – il fratellino di Sam. Siamo solo noi due in questo momento. Non mi risponde. Non ha voluto parlarmi per tutta la serata.

«Vuoi mangiare qualcosa? Possiamo prendere lo zucchero filato». Ancora niente. Fissa a terra.

Non so perché sia tanto silenzioso. Lo porto al chioschetto dello zucchero filato, sperando che questo lo rallegri. Di solito non fa mai così. Siamo sempre andati d'accordo. È stata una mia idea portarlo qui stasera.

Un uomo dietro la bancarella picchietta con impazienza su un cartello.

Tocco il braccio di James. «Di che colore lo vorresti?».

Nessuna risposta.

«Penso che prenderemo il blu», dico.

Mordicchia il suo zucchero filato mentre gironzoliamo alla ricerca di Sam. È andato a provare delle attrazioni con alcuni amici. Pensavo che io e James avremmo potuto sfruttare questo momento per legare di più. Ma si rifiuta di fare qualsiasi cosa insieme a me. Quando ci fermiamo a guardare le persone sballottate sul tagadà, gli chiedo: «Sei arrabbiato con me?».

Fissa la giostra senza dire una parola.

Mi sento frustrata, non so come comunicare con lui. «Qualunque cosa sia successa, James, mi dispiace. Mi rattrista che tu non voglia parlare con me. Puoi almeno dirmi cosa ho fatto di sbagliato?».

Mi guarda per la prima volta. È molto serio. «Tu porterai Sam via da noi».

«Cosa intendi?».

Guarda di nuovo il tagadà.

«Ho sentito parlare Sam. Ha detto che non vuole più vivere con noi. Ha detto che ve ne andrete da qualche altra parte». Mi guarda. «È vero?».

Sono a corto di parole. Mi ha detto di aver litigato con i suoi genitori la scorsa settimana per quello che avrebbe fatto dopo il diploma. Cioè, trasferirsi a Portland con me e inseguire la sua vocazione per la musica invece di andare al college. Probabilmente si tratta di questo.

«Non ti porterei mai via Sam», gli dico.

«Quindi non te ne vai?».

Come rispondo adesso? «Be', io andrò al college. E Sam potrebbe venire con me. Ma questo non significa che voglia lasciarti».

Prima che possa aggiungere altro, riappare Sam con un peluche in mano.

«È una lucertola. Carina, vero? Mi ci è voluta un'eternità per vincerla. Sono abbastanza sicuro che quel gioco sia truccato». Me la consegna. «L'ho vinta per te».

«È molto dolce da parte tua».

Mi rivolgo a James, abbassandomi verso di lui. «Ti piacciono le lucertole, vero? Prendila tu…».

James guarda me, la lucertola, Sam, poi di nuovo me. «L'ha data a *te*», dice. Poi se ne va.

«Non allontanarti!», gli grida Sam. Poi si gira verso di me. «Non preoccuparti per lui. Fa i capricci ultimamente. Gli parlerò più tardi, okay?»

«Okay…».

«Su con il morale. Siamo al luna-park. Non volevi andare sulle giostre?».

Mi guardo intorno. Mi sembrano un po' troppo impegnative.

«Forse un giro sulla ruota panoramica», dico, indicando dietro lui.

Le luci della ruota panoramica sono visibili da qualsiasi punto della città. È alta trenta metri, torreggia su quasi tutti gli edifici di Ellensburg. Si volta a guardarla. «Oh. Sei sicura che non vuoi andare… sai, su qualsiasi altra giostra?»

«Cosa c'è che non va nella ruota panoramica?»

«Niente. È solo un po' troppo alta, tutto qui».

«Hai paura dell'altezza?»

«Cosa? Ovviamente no».

«Allora andiamo».

Da sotto sembra ancora più alta. Consegniamo i nostri biglietti ed entriamo nella cabina. Sam fa dei respiri profondi. All'improvviso è agitato. Quando il meccanismo si attiva e la ruota comincia a muoversi mi prende per mano.

«Stai bene?», chiedo.

«Sì… sto benissimo…». Ride con un accenno di nervosismo.

Il suolo si allontana lentamente mentre ci muoviamo verso il cielo. Fa un altro grosso sospiro. Gli stringo la mano più forte.

«Sai, anch'io avevo paura dell'altezza».

«Sul serio? E come hai fatto a superarla?».

La cabina trema mentre risaliamo per il giro successivo. Sento che si irrigidisce sul sedile.

«Per prima cosa chiudi gli occhi», gli dico, e chiudo i miei. «Fatto?»

«Sì».

«Anch'io».

«Okay. E poi?»

«E poi fai finta di trovarti da qualche altra parte», continuo. «In un posto che ti faccia dimenticare dove sei adesso. Non deve essere per forza un luogo reale. Può essere anche immaginario».

«Come in un sogno a occhi aperti?»

«Esatto».

La ruota continua a muoversi. Ma sembra tutto diverso con gli occhi chiusi.

«Allora, dove sei?», gli chiedo.

Ci pensa per un momento. «Sono nel nostro nuovo appartamento… dove ci siamo appena trasferiti… c'è un parco proprio fuori dalla finestra… stiamo ascoltando musica nel soggiorno… e ci sono scatoloni ovunque…». Mi stringe la mano. «E tu dove sei?»

«Penso di essere lì con te», sussurro.

Lo sento sorridere.

«Non voglio aprire gli occhi», mi dice Sam.

Ma la corsa sta per finire. *Posso sentirlo.* Stringo forte gli occhi, sperando di fermare il tempo o almeno di rallentarlo. Non voglio aprirli nemmeno io. Non voglio perderlo. Voglio tenerli chiusi e vivere in questo ricordo per sempre. Non voglio vedere un mondo senza Sam.

Ma a volte ti svegli e basta. Non importa quanto provi a resistere.

Capitolo 15

Ora

Il vento muove le tapparelle ogni volta che passa un'auto vicino casa. Sono sdraiata sul divano del soggiorno con la televisione spenta a fissare fuori dalla finestra. Non so da quanto tempo non mi muovo da qui. Mi sono arrivati messaggi in continuazione oggi. A un certo punto ho spento il telefono. È domenica sera, il giorno dopo l'episodio delle lanterne. Hanno cercato tutti di mettersi in contatto con me, ma sono troppo imbarazzata. Voglio soltanto rimanere avvolta nella mia coperta per il resto della serata. Non mi sembra di chiedere l'impossibile. Un po' di silenzio dal mondo. Mia madre mi ha lasciato sul tavolino una tazza di tè che ormai si è raffreddato, un po' di frutta e una candela che ho appena spento. L'odore di vaniglia mi stava facendo venire il mal di testa.

«Chiamami se hai bisogno di qualcosa», ha detto prima di uscire. «C'è del brie in frigo. Ma non esagerare».

Ho finito il formaggio qualche ora fa. Mi sono appena svegliata e non riesco ad addormentarmi di nuovo. Fuori il cielo è color ametista, come la pietra che mia madre tiene sul comodino. Lo guardo sbiadire mentre gli irrigatori si attivano sul prato. Verso le sei bussano alla porta. Non aspetto ospiti, così non mi preoccupo di aprire. Continuano a bussare. Mi giro su un fianco, rifiutandomi di alzarmi. *Lasciatemi in pace.* Poi la serratura scatta e qualcuno spalanca la porta.

Alzo lo sguardo dal bracciolo del divano e vedo Mika che entra in soggiorno.

Mi fissa. La sua voce è morbida. «Ehi. Come va?».

Sbatto le palpebre. Mi chiedo come sia entrata. «Dove hai preso la chiave?»

«Me l'ha lasciata tua madre. Mi ha chiesto di venire a vedere come stavi. Spero che non sia un problema».

«Figurati...».

Mi auguravo di evitarla per qualche giorno. Non voglio parlare di quello che è successo ieri sera. Ho inseguito la lanterna come se fosse Sam. *Perché non possiamo fingere che non sia successo? Risparmiati questa fatica.*

Ci sono cartacce sparse su tutto il tavolino, qualcuna sul tappeto. «Non mi aspettavo compagnia. Scusa, c'è un gran casino».

«Non ti preoccupare», dice. «Avrei dovuto chiamare prima». Controlla il telefono e mi guarda. «Sai, il festival del cinema inizierà tra poco. Perché non sei ancora vestita?»

«Perché non ci vado».

«Perché no?»

«Non sono dell'umore giusto». Tiro su la coperta, sperando che capisca l'antifona.

«Vuoi davvero dare buca a Tristan?». Resta lì a guardarmi mentre faccio finta di dormire. «Probabilmente ti sta aspettando. Hai controllato il telefono?»

«Non è un grosso problema. Capirà».

«Quindi te ne starai sdraiata sul divano tutta la sera?».

Non dico niente.

«Penso davvero che dovresti andare. Hai fatto una promessa».

«Non ho promesso niente a Tristan».

Scuote la testa. «Non a Tristan...». Fa una pausa. «A Sam».

Ci guardiamo. L'ultima telefonata con lui. Si riferisce a quello. Non abbiamo avuto molto tempo per parlarne. Credo che volesse approfondire ieri mentre andavamo al campo per la cerimonia delle lanterne, ma non siamo riuscite a trovare un momento per stare un po' da sole. Quando non rispondo, fa il giro del divano e si siede sul tavolino di fronte a me. Mi prende la mano. «Julie... non sono venuta a vedere come stai, okay? Sono venuta ad assicurarmi che andassi al festival».

«Perché vuoi così tanto che ci vada?»

«Perché Sam ha ragione. Ti farebbe bene».

Perché tutti pensano di sapere cosa è meglio per me? E quello che penso io non conta?

«Te l'ho detto... non sono dell'umore», ripeto. Tiro la coperta e appoggio la testa indietro.

Si inginocchia accanto a me. «Julie, so che stai passando un momento difficile e so che è dura per te. Ma devi dimostrare a Sam che starai bene senza di lui. Devi andare al festival. Quindi non me ne vado di qui finché non esci».

La guardo negli occhi, è seria. Certo che lo è. Si tratta di Sam.

«E non dimenticare che ho preso a pugni una persona per te», mi dice. «In più di un'occasione. Mi devi un favore».

Gemo. Ha ragione. Glielo devo. «*Va bene*. Ci andrò».

Un momento dopo, siamo nella mia stanza e lei mi aiuta a prepararmi. Mi fa strano cercare nell'armadio un vestito elegante, così lo sceglie lei. Un abito rosso piuttosto semplice che ho indossato al matrimonio di mia zia alcuni anni fa. Mi guardo nello specchio della scrivania mentre lei è in piedi alle mie spalle a lisciarmi i capelli. Non parliamo. Cosa ci vado a fare a questo festival? Cosa devo dimostrare? Sinceramente non lo so, ma decido di non discuterne. Sono ancora turbata perché mi ha praticamente costretto, ma guardarla che mi pettina mi riporta alla mente alcuni momenti che abbiamo condiviso.

«Ti ricordi l'ultima volta che mi hai sistemato i capelli?», le chiedo.

«Certo. Era per quel ballo da sfigati».

«Sì. Era piuttosto patetico».

Era il ballo d'inverno del penultimo anno. Avevo chiesto io a Sam di andarci quella volta. Il tema della serata erano le coppie famose, ma nessuno si era mascherato. Nemmeno noi. Un gruppo di studenti ubriachi continuava a chiedere remix di canzoni country, così siamo andati via presto. L'unico ricordo bello di quella sera è quando Mika si è presentata con la valigetta del makeup e il ferro arricciacapelli e ha finto di essere la mia fata madrina. Quando siamo tornati, abbiamo trascorso il resto della serata nel mio soggiorno, noi tre, a mangiare la pizza. Be', ora che ci penso, forse è stata una notte memorabile dopotutto.

Ma so che stasera non finirà così. Perché è tutto sbagliato. *Sam non è qui.* E io uscirò con un altro. Non capisco perché mi stia costringendo a farlo. La fisso nello specchio. «Perché sono l'unica a pensare che sia strano?», chiedo infine.

«Non sei l'unica», dice senza guardarmi. «Anch'io penso che sia strano».

«Allora perché mi stai costringendo a uscire?».

Mi spazzola i capelli. «Perché l'ha chiesto Sam. Non

capita spesso di ricevere richieste da persone che non ci sono più, sai? Penso che sia importante onorarle, se possiamo».

Non l'ho mai vista in questa prospettiva. Forse perché non mi piace pensare a Sam come a una persona morta. La sola parola mi fa venire i brividi. Non so come Mika riesca a parlarne così facilmente. Ripenso alla foto di Sam sul mobile del suo soggiorno. «Fa parte della tua cultura? Onorare i morti in questo modo, voglio dire».

«Sì. È anche una cosa di famiglia. Una cosa da cugini. Voglio dire, posso fare un'ultima cosa per lui, quindi perché no?»

«Forse è così...».

«Ma lo capisco», dice, posando la spazzola. «È una richiesta strana. Specialmente per te. Però non è niente di eccessivo. Non mi sembra stia chiedendo troppo».

Ci penso. «Credo tu abbia ragione».

Mi guarda allo specchio, infilandomi i capelli dietro le orecchie. «E dopo la scorsa notte, penso che tu debba farlo anche per te stessa». Abbasso lo sguardo, incapace di incontrare i suoi occhi. «Non puoi aggrapparti a Sam per sempre, Julie», sussurra. «Devi lasciarlo andare. Non fa bene a te. E non fa bene nemmeno a lui».

Una volta che ha finito con i capelli, controllo il telefonino. Sono le sette meno un quarto. Se non mi sbrigo a uscire, potrei perdermi la proiezione del film di Tristan. Mika mi aiuta a vestirmi e scendiamo al piano di sotto.

«Sei sicura che non vuoi che ti accompagni?», mi chiede mentre ci infiliamo le scarpe sulla porta. Casa sua è nella direzione opposta a quella dell'università, dove si tiene il festival. So che vuole assicurarsi che ci vada, ma non deve preoccuparsi. Non tornerò indietro questa volta. Manterrò la mia promessa a Sam. Dopotutto, ho preso la mia decisione.

«Me la caverò», dico. «Non preoccuparti».

Aspetto che Mika si incammini verso casa sua per essere sicura che non mi segua. Dopo aver spento le candele, mi affretto a uscire. Mentre chiudo la porta, vedo Dan, il nostro vicino, che attraversa il prato e mi viene incontro. Agita qualcosa in mano.

«Mi sono state consegnate alcune lettere per errore», dice. Mi porge una pila di buste. «Sono passato l'altro giorno, ma non c'era nessuno».

«Oh... grazie».

Appena va via, torno dentro a posarle sul tavolo per mia mamma, ma poi mi viene in mente una cosa. So che dovrei controllare più tardi, ma la curiosità ha la meglio. Scorro tra le varie buste, il cuore mi batte forte.

Eccola. Proprio in fondo alla pila. Il nome Reed College è stampato in rosso su una busta bianca. Dopo tutti questi mesi di attesa, finalmente è nelle mie mani. *La lettera di risposta.* So di essere in ritardo, ma adesso che è qui davanti a me devo sapere. Mi tremano le mani mentre strappo, apro e leggo cosa c'è scritto.

Gentile sig.na Julie Clarke,

la ringraziamo per l'interesse dimostrato per il Reed College. Il comitato di ammissione ha esaminato attentamente la sua domanda e ci dispiace comunicarle che non è stata ammessa ai corsi del primo anno di...

Mi si spezza il cuore ancora prima di riuscire a finire di leggere la frase.

È un rifiuto.

Rileggo la lettera per vedere se c'è qualche errore. Non c'è. *Mi hanno rifiutato.* È tutto qui? Dopo mesi e mesi di attesa, finisce così? Devo afferrare il bordo del bancone per non cadere. Non c'è da stupirsi che sia arrivata così tardi. Avrei dovuto immaginarlo. Gli studenti che sono entrati lo avranno già saputo da settimane. Come ho fatto a essere così stupida? Tutto questo tempo sprecato a fare progetti per qualcosa che non è mai stata neanche un'opzione possibile. E tutte le prove di scrittura… inutili. Per non parlare di quello stupido saggio di ammissione su cui ho lavorato. Perché mi sono comportata così? Mi sono impegnata tanto solo per vedere le cose andare a rotoli. Non so cosa fare. Ho bisogno di parlare con qualcuno. So che non dovrei farlo, perché la nostra prossima telefonata è programmata tra qualche giorno, eppure tiro fuori il telefono e chiamo Sam. Ci mette molto tempo, ma alla fine risponde.

Non ho bisogno di dire niente perché sa già che qualcosa non va. Lo sente dal mio respiro. «Julie… che cosa succede?»

«*Sono stata rifiutata!*».

«Cosa intendi? Rifiutata da cosa?»

«Dal Reed College! Ho appena ricevuto la lettera».

«Sei sicura?»

«Certo! Ce l'ho tra le mani».

Tace per un momento. «Jules, mi dispiace tanto… non so cosa dire».

Il cuore mi batte forte nel petto mentre giro per la stanza. «Cosa dovrei fare? Pensavo davvero di entrare, Sam. Non mi aspettavo un rifiuto. Pensavo davvero…».

«*Respira*», dice Sam. «Va tutto bene. Non è la fine del mondo. È solo un rifiuto da un'università. Dimentica il Reed College. Sono loro a perderci».

«Ma pensavo davvero di entrare…».

«Lo so. Ma starai bene, okay? Non hai bisogno di quel

college. Non importa dove andrai, sei destinata a fare grandi cose, ne sono sicuro».

Stringo la lettera nella mano, è difficile accettarlo, sembra tutto così inutile…

«Tutti i miei sforzi non sono serviti a niente. Non ho nemmeno un piano B adesso. Forse non sono così brava come pensavo. Forse dovrei semplicemente arrendermi».

«Sei la persona più talentuosa che conosca, Julie. E sei una scrittrice incredibile. Se il Reed non riesce a riconoscerlo, non ti merita. Hai solo…».

La linea è disturbata.

«Sam… cosa hai detto?».

Ancora rumori di interferenza.

«*Julie?*»

«Sam! Riesci a sentirmi?».

Solo rumori. E poi la sua voce. Per un attimo.

«*Andrà tutto bene…*».

«Sam!».

La chiamata si interrompe.

Rimango sola in cucina, a cercare di riprendermi. Non ho tempo di farmi prendere dal panico, sono già incredibilmente in ritardo. Devo ancora arrivare al festival. Devo andare a divertirmi e dimostrare a tutti, incluso Sam, che sto bene, che non c'è niente di sbagliato in me e che tutto andrà per il meglio. Anche se non so più se è vero.

Capitolo 16

Faccio di tutto per trattenere le lacrime quando esco di casa. Non devo rovinare il trucco che mi ha fatto Mika. E non posso andare al festival con il mascara colato, attirando l'attenzione di tutti. Per fortuna ho deciso di non mettere i tacchi, perché devo correre per arrivare in tempo all'università. Le luci dei proiettori si incrociano e attraversano il cielo. Le seguo finché non sento il rumore della folla e della musica dal vivo. Non ci vuole molto per trovare il posto. È difficile non notarlo. Ci sono decine di tendoni bianchi nel campus, collegati con fili di lucine. Una corda di velluto blocca l'entrata. All'ingresso, un uomo con un gilet dorato mi chiede il biglietto. Glielo porgo e mi getto nella mischia di smoking e vestiti da cocktail.

Sono felice che Mika mi abbia fatto mettere quest'abito. Sembra di essere a una premiazione in TV. Tra i tendoni ci sono dei lunghi tappeti rossi che ricoprono l'erba. Un addetto mi sorride e mi porge il programma. Lo sfoglio. I film più importanti sono proiettati nell'auditorium, mentre quelli realizzati dagli studenti vengono trasmessi all'esterno in alcuni dei padiglioni più grandi. Mi affretto tra i tendoni, cercando a destra e a sinistra finché non lo trovo: il numero 23. In base al programma, il film di Tristan dovrebbe essere già iniziato da venti minuti, ma quando entro lo schermo è spento e sono ancora tutti seduti a chiacchierare. Una coppia di ragazzi in maglietta nera e cuffie mi passa vicino, non c'è alcuna traccia di Tristan. Immagino ci siano state delle difficoltà tecniche. *Grazie al cielo*. Mi asciugo la fronte e cerco un posto. Le prime due file sono piene, ma il resto della sala è completamente vuoto. Non sembra esserci tanta affluenza. Sono davvero contenta di essere venuta a sostenerlo. Ci saranno forse una quindicina di persone tra il pubblico. Leggo il programma, un altro film viene proiettato in contemporanea nel teatro principale. Immagino che siano tutti lì.

In fondo ci sono delle file vuote ma non voglio dare l'impressione di essere venuta da sola. Nella penultima, c'è un signore con i capelli grigi e arruffati e una giacca di pelle scura, seduto al centro. Indossa occhiali colorati. Mi siedo vicino a lui, ma lascio un posto vuoto tra noi.

Passano altri cinque minuti ma ancora niente film. Il pubblico sta diventando impaziente. Alcune persone si alzano e se ne vanno. Mi rivolgo al signore e chiedo: «Mi scusi, hanno comunicato quando inizierà il film?»

«Presto. Ma lo hanno detto mezz'ora fa».

«Capisco». Mi acciglio e controllo di nuovo il programma.

«Non preoccuparti. È normale a questi eventi. C'è sempre ritardo. Quindi in un certo senso siamo in perfetto orario».

«Lei lavora nel cinema?».

Sorride. «No, me ne tengo a debita distanza. Sono qui più che altro per la musica».

«La musica?»

«Il documentario», dice per farmi capire. «Lo sa che il film parla degli Screaming Trees? Il gruppo rock».

«So bene chi sono», rispondo, forse un po' troppo sulla difensiva.

Sorride. «Pensavo fosse entrata nel tendone sbagliato. Da quanto ne so, la maggior parte dei ragazzi della sua età non ne ha mai sentito parlare».

Non so dire se il suo tono sia condiscendente o meno. «Per sua informazione, sono venuta appositamente per vedere questo film», dico.

«Sul serio?». Si gratta una guancia e sembra sinceramente sorpreso.

«Devi essere una vera fan allora».

«Certo che lo sono».

«Dove li hai ascoltati, se non ti dispiace che te lo chieda?»

«Il mio ragazzo. Me li ha fatti ascoltare lui. Conosce tutte le loro canzoni».

«Davvero? E dov'è?»

«Lui...». Rimango in silenzio, incerta su cosa rispondere. «Non è potuto venire».

«Be', è un vero peccato».

Vorrei dire di più su Sam. Ma non c'è tempo perché le luci si abbassano e tutti si sistemano ai loro posti, faccia allo schermo. Cala il silenzio, appena inizia il film trattengo il respiro.

Il rombo di un motore rimbomba su uno schermo nero mentre la scena si apre sulla strada di una vecchia città. L'inquadratura parte dal parabrezza di una macchina. Una mano tocca il quadrante dell'autoradio e accende la musica. Appena riconosco la chitarra, sento una scossa, mi viene la pelle d'oca sulle braccia. È la canzone *Dollar Bill*, una traccia dell'album preferito di Sam – abbiamo aspettato sotto la pioggia perché voleva farselo autografare. Anche nella scena successiva un'altra canzone mi ricorda di lui. Poi un'altra. Sapevo che avrei visto un documentario sugli Screaming Trees, ma non ero preparata ad ascoltare un'accurata playlist degli ultimi tre anni della mia vita con Sam.

C'è qualcosa di diverso nelle canzoni però. Sembrano più lente, distorte e riarrangiate con strumenti elettronici. O qualcosa del genere. Sono delle versioni che non ho mai sentito prima. La musica accompagna un insieme di clip di concerti, video amatoriali della band e interviste televisive ai membri. Le immagini sono sovrapposte a video di acqua increspata e semafori lampeggianti. Quasi come se venissero proiettati due film in contemporanea. Ogni due secondi, le luci cambiano drasticamente, a creare un effetto un po' sfocato che mi fa socchiudere gli occhi. Venti minuti e ancora non ho capito di cosa parli il film. Le scene sembrano casuali e senza un ordine, collegate solo attraverso le canzoni. C'è qualcosa di ipnotico nel modo in cui tutto è stato messo insieme, a un certo punto quasi mi assopisco. Quando la musica svanisce e lo schermo diventa nero, mi aspetto un seguito. Ma sento applaudire e mi rendo conto che è finito.

«Be', è stato… *interessante*», dice l'uomo accanto a me appena si accendono le luci. Si alza e si chiude la cerniera della giacca. «Sono proprio contento di essere venuto». Mi viene il dubbio che sia sarcastico.

Cerco Tristan. Ci sono troppe persone in piedi o che vagano in giro, così mi alzo anch'io. Quando mi infilo nel corridoio per andare a cercarlo, mi imbatto in una persona che non mi aspettavo di vedere.

«Signor Lee? Anche lei qui?»

«Come te d'altronde…». Tiene in mano un bicchiere di vino e indossa la sua solita giacca di camoscio marrone, stavolta con un fiore viola nel taschino. Esattamente come quelli dei bouquet che decorano il tendone.

«Non sapevo che sarebbe venuto».

«Sempre presente quando si tratta di supportare i miei dipendenti». Annuisce e brinda in aria. «Siamo una famiglia, dopotutto».

Sorrido. «È vero. Siamo come una famiglia».

«Tristan sarà felice di vederti. Hai avuto la possibilità di parlargli?»

«Lo sto andando a cercare ora».

«Ah, ha corso avanti e indietro, cercando di mantenere tutto sotto controllo», spiega, guardandosi intorno anche lui. «Forse adesso sta facendo un po' di pubbliche relazioni nel tendone accanto».

«Credo che andrò a controllare. Ci vediamo dopo alla festa?».

Socchiude gli occhi. «Alla festa? Tristan non mi ha detto niente».

Serro le labbra. *Forse non dovevo dirlo neanche io.* «Penso che sia solo per il regista e ospiti con invito».

«Giusto. E ci sarà cibo?»

«Credo di sì».

Annusa l'aria. «Anatra arrosto… Penso che verrò anch'io a questa… *festa*».

«Oh… credo che avrà bisogno di un invito».

Mi lancia uno sguardo malizioso.

Sorrido e sussurro: «*Ci vediamo lì*».

Lascio che il signor Lee vada a riempirsi il bicchiere di vino e continuo a cercare Tristan. Poco dopo, mi trova lui.

Spalanco gli occhi. «Tristan… Ma guardati!».

Si raddrizza per farsi vedere meglio – indossa un abito sartoriale blu scuro con i revers in raso e una camicia bianca di seta con due bottoni aperti. I capelli sono tirati indietro e acconciati in un modo che non gli avevo mai visto prima, e la sua colonia ha davvero un buon profumo.

«Stai benissimo!».

«Oh per favore, basta», dice, diventando rosso come la rosa che tiene nella mano destra. «È stata mia madre a insistere perché lo indossassi».

«Ha un gusto impeccabile. Per favore, riferisciglielo da parte mia».

Sorride. «Allora, cosa ne pensi del film?»

«Oh… sto ancora cercando di capire. Pensavo avessi detto che era un documentario».

«Lo è».

«Ma era solo musica, nessuno parlava».

«Sì, è un documentario *sperimentale*», mi spiega.

«Ho capito. In questo caso, lo trovo fantastico».

«Sono così felice! Il mio intento era creare una di quelle opere che bisogna guardare più di una volta per capirle veramente», spiega. «Come tutti i film sperimentali». Poi controlla l'orologio. «Oh… dovremmo andare».

«Alla festa?»

«No. C'è un altro film che volevo farti vedere». Mi prende la mano e mi conduce fuori dalla tenda. «Lo adorerai».

«*Space Ninjas*?»

«Magari».

«A cosa serve la rosa?»

«Oh… è per te», dice, arrossendo di nuovo. «Sempre un'idea di mia madre. Ma non devi prenderla se non vuoi».

Sorrido e prendo la rosa.

L'usciere riconosce Tristan e ci accompagna davanti. Prendiamo posto nella fila "riservata" dell'auditorium. Mi sento un po' speciale. Non mi ha detto niente del film, quindi sono colta alla sprovvista quando gli attori parlano in lingua straniera. Il mio francese è davvero terribile. La storia inizia con un camion delle consegne in viaggio verso una panetteria. Un dosso lungo la strada fa cadere una baguette fuori dal finestrino senza che il conducente se ne accorga. Il resto del film segue la baguette perduta nel suo viaggio per le strade di Parigi. Mentre le altre vengono accatastate su scaffali di legno e portate a casa da famiglie amorevoli, la baguette solitaria viene investita, raccolta, lasciata cadere di nuovo, sbranata dagli uccelli e presa a calci, poi resta impigliata in una sciarpa e viene trascinata da una Vespa verde lime dall'altra parte della città. Alla fine arriva miracolosamente sui gradini del panificio. Ma prima che il fornaio possa uscire e trovarla, inizia a piovere, inzuppandola e sciogliendola in briciole che scivolano lungo la strada e vanno a finire nello scarico di un tombino.

Quando lo schermo diventa nero, Tristan mi porge il suo fazzoletto per asciugare le lacrime.

«Non riesco credere che sto piangendo!». Per quanto possa suonare sciocco, mi sono rivista in quel pezzo di pane. Non desideravo altro che tornasse a casa. È per questo che mi sto aggrappando a Sam? Voglio che le cose tornino com'erano una volta? Mi guardo intorno, e noto che tutto il pubblico sta singhiozzando. Mi rivolgo a Tristan. «Perché hai pensato di farmi vedere questo film?»

«Ho letto la trama e ho pensato a te», dice. «Che ne pensi? Ti è piaciuto?»

«Oddio, sì. Ma è così straziante».

«Esatto. Sapevo che ti avrebbe reso triste. È quello che cerchi da un film. Almeno così mi hai detto».

«Quando l'ho detto?»

«Quando ci siamo incontrati la prima volta», dice, «ti ho chiesto che film ti piacessero e mi hai risposto: quelli che fanno piangere. Mi hai detto che volevi piangere in un modo in cui non avevi mai pianto prima. Non ti ricordi?».

Ci penso un attimo. In effetti sembra una cosa da me.

«Ci ho riflettuto molto», continua Tristan. «Mi sono chiesto perché qualcuno volesse provare un'esperienza del genere intenzionalmente. E credo di averlo capito. Tu vuoi *sentire* qualcosa. Qualcosa di significativo e intenso. Vuoi sentirlo nel cuore e nello stomaco. Vuoi commuoverti. Vuoi che ti importi di qualcosa. E vuoi che sembri *reale*. Diverso. Eccitante». Lancia un'occhiata allo schermo. «E io penso che questo film ci riesca, a modo suo. Ti fa piangere per una baguette. Non si è mai visto prima. È originale. Ti fa sentire… *vivo*».

L'usciere entra per pulire e sistemare i sedili per la prossima proiezione. Tristan controlla di nuovo l'orologio. «Muoviamoci. C'è un altro film che voglio mostrarti».

Riusciamo a vedere due cortometraggi prima dell'after party. Uno è una commedia romantica, mentre l'altro è più ricco di azione. Intorno alle dieci, seguiamo una folla verso la tenda principale dove la band sta suonando. Mi ha fatto indossare il braccialetto per l'accesso prima di entrare. Una fontana di champagne zampilla vicino ai vassoi degli antipasti. Ci sono un centinaio di persone che socializzano. Vedo che il signor Lee ha trovato un modo per entrare. È seduto a un tavolo con champagne e anatra arrosto. Mi sorride. Gli faccio un occhiolino complice.

La folla è un po' soffocante, ma Tristan non lascia mai il mio fianco. Tengo stretta la sua rosa mentre mi fa fare il giro del tendone, presentandomi ad altri registi, scrittori e studenti universitari dal Washington College.

«C'è qualcuno che vuole conoscerti», annuncia, portandomi verso l'altro lato del tendone.

Stringo gli occhi. «Chi diavolo vuole incontrarmi?».

In un angolo noto un uomo con una cravatta paisley. Ha in mano un bicchiere di vino bianco.

«Questo è il professor Guilford», ci presenta Tristan. «È uno dei membri del consiglio che ha scelto il mio film. E insegna in questa università».

«Piacere di conoscerti, Julie. Finalmente». Mi offre la sua mano.

«Piacere mio», dico educatamente. «Ma come fa a sapere chi sono?».

Ride. «Sei la figlia della professoressa Clarke, vero?», mi chiede. «Parla molto di te. Dice che sei una scrittrice di talento».

«È bravissima!», interviene Tristan.

«Me la cavo», dico io, un po' in imbarazzo.

«La modestia contraddistingue un vero scrittore», risponde il professor Guilford.

«Oh, Julie è la persona più modesta che conosco», aggiunge Tristan.

Gli do un colpetto al braccio. «*Tristan*».

«Tristan dice che sei all'ultimo anno. Sai già in quale college andrai?».

Mi viene in mente la lettera di rifiuto e all'improvviso vorrei evitare questa conversazione. «Oh, non ho ancora deciso», riesco a dire disinvolta. «Ma la Washington Central è tra le mie opzioni». Non specifico che è anche l'unica al momento.

«Oh, davvero?»

«*Davvero?*», ripete Tristan.

«È accessibile. E mia madre vive e insegna qui». È tutto quello che mi viene in mente.

«Fantastico». Il professore mi sorride. «Quindi potresti diventare una mia studentessa. Mi è sembrato di capire che ti piace la scrittura creativa. Hai mai pensato di scrivere per il cinema e la televisione?»

«In realtà, no. Ma sembra davvero interessante».

«Tengo un corso di sceneggiatura ogni due anni. Il prossimo ci sarà in autunno».

«Sul serio?»

«È riservato agli studenti dell'ultimo anno», dice facendo un sorrisetto. «Ma ho già fatto delle eccezioni in passato».

«O mio Dio... sarebbe davvero fantastico», sussulto. «Non sapevo che esistessero corsi del genere. Che altro insegna?».

Tristan ci lascia chiacchierare per un po'. Parliamo di alcuni dei progetti a cui stanno lavorando i suoi studenti. A quanto pare, molti di loro durante l'estate fanno il tirocinio con sceneggiatori di canali televisivi. E tutto grazie ai suoi contatti con gente del settore. Ho sempre pensato che opportunità del genere fossero riservate ai figli di produttori famosi. Mi fa ritrovare una nuova fiducia. Forse potrei farcela anch'io. Forse non ho bisogno del Reed College, dopotutto. Alla fine di questa conversazione incredibile, il professore invita me e mia madre a pranzo per parlare di altre opportunità creative. Dopo esserci scambiati gli indirizzi e-mail, vado a cercare Tristan per raccontargli tutto.

«Tristan... ti ringrazio davvero tanto per averci presentato!», dico, sorridendo.

«Sì, non è il migliore?». Mi offre un bicchiere di sidro frizzante. «Sono davvero felice che hai preso in considerazione l'idea di frequentare l'università di Ellensburg. Potremmo uscire ancora. Cioè, se non ti dispiace fartela con i *liceali*. Forse potremo lavorare a qualche progetto insieme».

«È un'idea magnifica. Dovremmo proprio farlo!»,

«Scommetto che saresti una sceneggiatrice straordinaria».

«Spero che tu abbia ragione».

Il resto della serata è meraviglioso. Tristan mi presenta gli amici che hanno lavorato al documentario con lui. Rimangono impressionati dalla mia conoscenza di Mark Lanegan e degli Screaming Trees. Mangiamo fragole ricoperte di cioccolato e partecipiamo alla lotteria. Tristan vince sei biglietti per il cinema. Uno dei suoi amici vince una bella macchina fotografica. Si accalcano tutti intorno a lui con invidia. Poi uno di loro sussurra qualcosa.

«L'hai visto? Non posso credere che sia qui, accidenti».

Le teste continuano a girarsi. Ma non so chi stiano guardando. Poi Tristan bisbiglia: «Mi ha fatto un cenno del capo dopo il film. Secondo me, sapeva che ero il regista».

«Cosa? E non sei andato da lui?»

«Ho sentito che odia essere avvicinato».

Infilo la testa nella loro combriccola. «Ragazzi, di chi state parlando?».

Si girano a guardarmi. Tristan punta il mento alla mia destra. «Laggiù. Quello con gli occhiali».

Mi giro. «Quelli colorati?». È l'uomo vicino a cui mi sono seduta durante il film. «Ho chiacchierato con lui prima. È stato molto carino».

Gli occhi di Tristan si spalancano. «Cosa vuol dire che hai *parlato* con lui?»

«Ero seduta accanto a lui durante la proiezione», spiego. «E abbiamo parlato prima che iniziasse. Di niente in particolare. Per la maggior parte del tempo l'ho ignorato».

«Julie… dimmi che sai chi è».

«Mi sembra chiaro che non lo so, Tristan».

«È Marcus Graham», sussurra teso. «È uno degli ex manager della band. È un vecchio amico di Mark Lanegan e dei fratelli Connor. Ha avuto un ruolo molto importante nella loro carriera. Diciamo che è famoso».

«*Se ne sta andando*!», grida il suo amico.

Mi giro e vedo il suo braccio che scompare fuori dalla tenda. Come ho fatto a non capire chi era? Non c'è da stupirsi che fosse incuriosito dal mio interesse per la band. All'improvviso mi viene un'idea. Ho bisogno di parlargli di nuovo. Questa è la mia unica possibilità.

Lascio Tristan con i suoi amici e mi precipito fuori a cercarlo. È incredibile quanto il tendone riesca a bloccare il frastuono che c'è all'esterno. L'impatto con l'aria notturna mi fa venire i brividi e stappare le orecchie.

«Aspetti!», gli urlo.

Smette di camminare. Si gira, cercando la voce. Siamo solo noi due. Si aggiusta gli occhiali. «Qualcosa non va?», chiede.

Mi ci vuole un secondo per pensare a cosa dire. «Mi dispiace non averla riconosciuta prima!».

«Tranquilla», dice con una risatina. «Non sei di certo la prima».

«Il mio ragazzo. Gli sarebbe piaciuto incontrarla. Lui è un suo grande fan», mi fermo un attimo. «Si chiama Sam».

«Me lo hai detto prima. Peccato che non sia potuto venire», risponde. E si volta per andarsene. Faccio un passo avanti. «Anche lui è un musicista», continuo. «Suona la chitarra e scrive musica. Siete sempre stati la sua fonte d'ispirazione».

«Mi fa piacere saperlo, ragazzina».

Infilo la mano nella borsa. «Ho uno dei suoi CD. Significherebbe molto se potesse ascoltarlo». Una volta trovato, glielo porgo. «Alcune delle canzoni non sono finite. Ma è davvero talentuoso».

Alza le mani. «Mi dispiace, ragazzina. Ma è una mia regola, non accetto musica al di fuori del lavoro. Politica del settore».

Faccio un passo avanti, tenendo il CD più vicino. «Per favore, lo ascolti. Significherebbe molto per lui».

Sventola una mano in aria. «Ho detto che non posso. Mi dispiace».

«*La prego…*».

«Buon proseguimento di serata», replica con fermezza, e se ne va.

Rimango lì con il braccio sospeso in aria, mentre il freddo mi fa venire i brividi, tutto il corpo sta iniziando a tremare.

Non posso lasciarmi sfuggire questa occasione. Devo fermarlo. Devo farlo per Sam. Ma quel tipo sta per andarsene per sempre.

«È morto!», sussulto. Le parole mi squarciano la gola. «È morto!». Quando mi rendo conto di quello che sto effettivamente dicendo, non riesco più a contenermi. «Ecco perché non è venuto. Ecco perché non è qui. Perché è morto. È morto poche settimane fa…».

Le lacrime si formano nei miei occhi mentre la gola si gonfia. È passato molto tempo dall'ultima volta che l'ho detto. Forse perché a un certo punto ho smesso di crederci.

Si ferma. Si gira e mi guarda. Rimane in silenzio prima di dire qualcosa. «Si chiamava Sam, hai detto?».

Annuisco in silenzio mentre mi asciugo le guance con le mani, cercando di non piangere.

«E suonava la chitarra?»

«Sì», dico con voce rotta.

Si avvicina a me, tendendo una mano. «Va bene allora. L'ascolterò».

«Lo apprezzo davvero tanto».

Gli passo il CD. Ma non riesce a prenderlo. La mia presa è troppo forte.

Mi guarda. «Qualcosa non va?»

«Mi… Mi sono appena resa conto che è l'unica copia che ho. Non mi sono rimaste molte delle sue cose».

Lascia andare il CD. «Facciamo così, perché non me lo mandi via e-mail?», suggerisce. «In questo modo, non lo perderò e saprò dove contattarti». Tira fuori il portafogli e mi porge il suo biglietto da visita. «Abbi cura di te».

Lo guardo scomparire nel parcheggio. Non torno più dentro. Il CD è stretto saldamente nelle mie mani. Non sono riuscita a lasciarlo andare. Uno stupido CD. Proprio come la lanterna. Volevo buttarmi tutto alle spalle ma non riesco nemmeno a lasciar andare le piccole cose. Come faccio a lasciare andare Sam?

C'è qualcosa per terra. Guardo in basso. La rosa di Tristan. Non mi sono nemmeno accorta di averla lasciata cadere.

Capitolo 17

Il suono di un pianoforte riempie la stanza mentre apparecchio la tavola. Metto la tovaglia, appoggio i piatti abbinati e accendo una candela. Una pila di scatoloni è accatastata ai miei piedi. Ne appoggio uno sul bancone mentre continuo a disfare le valigie. Argenteria legata con dello spago, tazzine da caffè e cucchiai di legno. A un certo punto, la musica cambia senza che me ne accorga, *Kiss the Rain* di Yiruma. La canzone risuona come gocce d'acqua che cadono lievi sui tetti in primavera. Appena tocco la maniglia del cassetto, *sento* una presenza, lì dietro di me. Mani familiari si muovono lungo la mia vita, il loro calore mi fa immobilizzare. Poi un bacio sul collo, chiudo gli occhi…

«Che ne dici di prenderci una pausa…», sussurra Sam.

Ci siamo appena trasferiti nel nostro nuovo appartamento. Le assi del pavimento scricchiolano e i tubi di ferro serpeggiano lungo il soffitto. È proprio come lo avevamo immaginato. Il posto non è arredato, un po' logoro e necessita di qualche lavoretto. Ma ha un grande potenziale. Proprio come noi.

Gli prendo le mani. «Sam, abbiamo appena iniziato. E c'è ancora molto da fare».

Mi bacia di nuovo sul collo. «Non c'è niente di male a fare le cose con calma…».

La musica continua a suonare. Fuori dalla finestra ci sono solo nuvole, come se fossimo sospesi nel cielo.

Mi giro e lo osservo – gli occhi di una tonalità più chiara dei capelli, le labbra sottili che si curvano dolcemente in un sorriso. Non posso trattenermi. Alzo le mani per toccargli il viso così da ricordare ogni dettaglio. Colgo il contrasto della nostra pelle, le sue guance dorate contro le mie dita pallide. Mentre faccio scorrere una mano tra la sua soffice chioma, mi avvicina a sé per un bacio più lungo e il resto del mondo scompare.

Quando si allontana, mi prende le mani. «Allora, cosa ne pensi di questo posto?».

Non riesco a smettere di sorridere. «È perfetto».

Si guarda intorno, gli occhi che brillano. «Lo so. Ha solo bisogno di una sistemata, tutto qui».

Dall'altra parte della stanza ci sono scatole che aspettano ancora di essere vuotate. Nel minuscolo spazio che compone la cucina, l'acqua bolle in una teiera su un fornello. C'è un avvolgente aroma di zenzero e citronella. Tra un'ora, o giù di lì, preparerò qualcosa per cena. Faremo la spesa perché mangiare fuori è costoso e comunque è sempre meglio un pasto preparato in casa.

La musica salta all'improvviso, interrompendo i miei pensieri. Il giradischi si blocca.

Sam mi guarda accigliato. «Dovrò sistemarlo più tardi…».

Mi lascio scappare una risata mentre mi trascina dall'altra parte dell'appartamento.

«Allora, questo è il soggiorno», dice con un movimento ampio della mano. «Possiamo mettere un divano proprio qui e un tavolino… magari un quadro al muro».

Indico l'altro lato. «Il divano non dovrebbe andare lì?».

Guarda dove sto indicando, le sopracciglia aggrottate. «Ancora meglio», dice. «Sapevo che avevi occhio per queste cose».

Lo fisso mentre gira per la stanza e immagina come sistemare la nostra nuova casa. «Possiamo mettere una scrivania qui, contro il muro, così puoi scrivere. Posso costruirti una libreria, visto che hai portato scatoloni pieni di libri. Possiamo metterli lì. E dovremmo prendere delle piante...».

Il suo entusiasmo è contagioso. Non posso fare a meno di avere la sua stessa visione. È una tela bianca su cui dipingere. Un nuovo inizio per la nostra storia. Un'occasione per iniziare da una pagina immacolata. Una volta che avremo sistemato l'appartamento, cercheremo un lavoro. Inizieremo a risparmiare un po' di soldi. Mi concentrerò sulla scrittura e farò di nuovo domanda al Reed College in autunno. Sam mi prende le mani e intreccia le nostre dita. «Quindi ti piace, giusto?»

«Più di quanto tu possa immaginare. Voglio solo che tutto sia perfetto. Come nei nostri piani».

Mi bacia sulla guancia. «Sai, Jules, non puoi sempre pianificare ogni dettaglio, però. Ci saranno sempre degli imprevisti. A volte devi solo vivere il momento. Lasciare che la vita ti sorprenda».

Non dico niente. Sto a sentire e basta.

«Ascolta», continua, con gli occhi che brillano. «Che ne dici se usciamo un po' stasera? Andiamo in un locale con la musica. Niente di costoso. Prendiamo qualcosa di semplice e lo dividiamo. Sai, uno di quei posti che danno il pane gratis».

«Ma abbiamo tanti scatoloni da disfare», gli ricordo.

«Non preoccuparti. Abbiamo tutto il tempo del mondo per farlo».

Tutto il tempo del mondo... le parole mi risuonano dentro mentre una brezza entra dalla finestra, accarezzandomi la pelle. Do un'occhiata all'orologio sopra la porta. Non l'avevo notato prima. Mancano le lancette. Fuori solo nuvole cangianti. Ora che ci penso, quanto tempo ci sta mettendo il sole a tramontare?

«Qualcosa non va?». La voce di Sam mi riporta a lui.

Sbatto le palpebre un paio di volte. «No. Cioè, non credo».

«Allora che ne dici di uscire?».

Stringo le labbra, prendendo in considerazione l'idea. «È la nostra prima notte qui. Forse hai ragione, dovremmo festeggiare».

«Perfetto».

«A patto di disfare prima qualche scatolone», aggiungo.

«Affare fatto». Mi bacia di nuovo sulla guancia e poi prende una scatola da terra. «Questa dove va?»

«In camera da letto. Ma è fragile. Fa' attenzione».

«Attenzione è il mio secondo nome».

Gli lancio un'occhiataccia mentre scompare per il corridoio.

Una volta che se ne è andato, esamino di nuovo il soggiorno. Penso al prossimo pacco da aprire. C'è una scatola all'angolo, illuminata dalla luce della finestra. Per qualche motivo, non è contrassegnata come le altre. Sam deve essersi dimenticato di etichettarla. La porto sul bancone e la apro. Sono cose sue, buttate dentro alla rinfusa. Tiro fuori alcune delle magliette e le piego sul tavolo. C'è anche altra roba. Dischi, fotografie, un mucchio di biglietti d'auguri e lettere, e un oggetto che mi lascia di stucco. Uno dei fermalibri che mi ha regalato. Lo fisso per un po', insieme alle cose che ho messo sul tavolo. C'è qualcosa di familiare. Sembrano dei pezzi di un puzzle. Mentre li esamino, i tasselli si uniscono e l'immagine mi colpisce come un mattone in testa. *Non può essere possibile, vero*? C'è altro in questa scatola. E so di cosa si tratta. Infilo lentamente la mano e la tiro fuori.

La giacca di jeans di Sam. La fisso a lungo. È la stessa scatola che ho buttato via settimane fa.

Mentre sto lì a rovistare tra le sue cose, il giradischi prende vita, facendomi sobbalzare. La canzone è diversa da quella di prima, non la conosco. Quando inizia a stridere e graffiare, mi affretto a sollevare la puntina dal disco.

Le candele si spengono dietro di me e nella stanza cala il silenzio. La luce svanisce, oscurando l'appartamento. Mi giro e sul tavolo non c'è più nulla. Mi guardo intorno, le scatole sono improvvisamente scomparse, comprese quelle con le cose di Sam: la casa è vuota. Dove è andato a finire tutto?

«Sam?».

Lo chiamo un paio di volte ma non ricevo nessuna risposta. È ancora qui? Vado a cercarlo in camera da letto. Il corridoio è più profondo di quanto ricordassi, diventa più lungo man mano che lo percorro. Non ci sono altre porte, ce n'è solo una alla fine. È coperta di adesivi, come quelli che Sam ha sulla porta della sua camera. Afferro la maniglia, faccio un respiro profondo prima di girarla. Un paio di foglie rotolano dentro quando la apro, seguite da una brezza familiare. L'erba alta si piega sotto il peso delle mie scarpe, esco e mi ritrovo in mezzo ai campi. Respiro l'aria, assaporando il profumo dell'orzo. C'è qualcosa di diverso in questo posto. Il cielo è coperto e avverto una strana vibrazione sotto di me. Un forte vento piega i fili d'erba, quasi li rompe. Non si sentono grilli, solo un boato crescente che arriva da qualche parte nel profondo della terra. Le nuvole si addensano, avverto sulla pelle il primo scroscio di pioggia. In lontananza, sopra la linea delle montagne, lampeggiano dei fulmini. È in arrivo una tempesta e pare che dovrò affrontarla da sola.

Sam non è più qui. Forse non c'è mai stato.

Ho sempre vissuto sognando a occhi aperti. Ho passato ore a pianificare il futuro nella mia testa, immaginandomi tra dieci anni. Dopo il college, un appartamento in città e un lavoro da scrittrice. Non mi sono risparmiata nemmeno nei dettagli – gli elettrodomestici che avrei voluto in cucina, i titoli delle storie che avrei pubblicato, i luoghi che avrei visitato, chi sarebbe stato con me. Ma poi la vita mi ha presentato un rifiuto per posta, ho perso la persona che amavo e mi sono ritrovata al punto di partenza senza un posto dove andare. Ora cerco di non fantasticare più. Non posso illudermi fantasticando su un futuro con Sam, perché la realtà si è abbattuta su di me come una bufera. E ha spazzato via tutto.

Sam non tornerà mai più. Ma io continuo ad aspettarlo. Non so quante chiamate ci siano rimaste ancora, ma si stanno esaurendo. Ho passato la mattina a guardare il registro delle telefonate che ho scritto sul taccuino. Ho cercato di ricordare ogni singola conversazione, di dare un senso alle cose. Da quando l'ho lasciato parlare con Mika ogni chiamata è diventata più breve della precedente, e le interferenze disturbano la linea sempre prima. *Quante altre chiamate rimangono prima che ti perda per sempre*? È difficile preoccuparsi di questo quando ci sono altre domande che non hanno ancora risposta. *Perché ci è stata data una seconda opportunità? Solo per dirci addio*? È come se ci fossimo riconnessi solo per essere separati di nuovo. Sam ha detto che dovremmo apprezzare questa possibilità per quella che è. Ma non posso fare a meno di pensare che ci sia una ragione. Purtroppo non ci è rimasto molto altro tempo. Forse non avrò mai le mie risposte.

Ogni volta che chiudo una chiamata mi sento più vicina alla fine. Sapevo che prima o poi sarebbe arrivato il momento, ma questa prospettiva ancora mi dilania. *Come se lo stessi perdendo di nuovo. Cosa farò quando se ne sarà andato per sempre?* Vorrei che il mondo rallentasse. Vorrei mettere delle monete in una macchinetta per comprare più tempo. Vorrei che le nostre ultime chiamate durassero il più a lungo possibile, in modo da rimanere sempre connessi. Farei qualsiasi cosa per tenerlo ancora con me.

«Andrà tutto bene», mi ha detto nell'ultima telefonata. «Abbiamo ancora del tempo insieme. Non vado da nessuna parte finché non ci diciamo addio, va bene?»

«E se non fossi mai pronta?»

«Non dirlo, Julie. Hai tutta una vita davanti a te. Hai così tanto da realizzare. E sei destinata a fare grandi cose, lo so».

«E tu?»

«Io starò bene. Non devi preoccuparti».

Le sue risposte sono sempre vaghe. Ho imparato a non insistere per farmi dire di più. So che ha le sue ragioni.

«Promettimi una cosa», gli ho detto prima che la telefonata finisse.

«Cosa?»

«Qualunque cosa accada, questa non sarà la fine per noi. Torneremo a riconnetterci un giorno».

Silenzio.

«*Promettimelo, Sam*», gli ho chiesto di nuovo.

«Mi dispiace, Jules. Per quanto io voglia, non posso farti una promessa del genere».

Era la risposta che mi aspettavo. Ma mi fa sentire lo stesso un vuoto incolmabile dentro.

«Quindi stai dicendo che, dopo il nostro addio, sarà davvero la fine? Non potrò parlarti mai più?»

«Non devi pensarla così», mi ha risposto. «È un nuovo inizio, specialmente per te. E ne avrai molti altri nella vita».

«E tu? Dove andrai dopo?»

«A essere onesti… non lo so. Ma sono sicuro che starò bene. Almeno questo te lo posso promettere. Quindi non preoccuparti, okay?». E poi rumori d'interferenza, come da programma. «Penso che tra poco dovremo salutarci…».

Ho stretto il telefono in mano. «Dove sei ora?»

«Non so ancora dirlo. Mi dispiace».

«Puoi almeno dirmi cosa vedi?», gli ho chiesto.

Si è preso un momento per rispondere.

«Campi. Campi infiniti».

Pioviggina sul parabrezza mentre percorriamo l'interstatale in direzione Seattle. Attraversiamo il Lacey V. Murrow Memorial Bridge, sul lago Washington, e la vista delle montagne svanisce dietro di noi, per far posto ai grattacieli che costeggiano le acque blu. Non avevo intenzione di tornare così presto. Speravo di restare a letto tutto il weekend, a guardare serie TV sul mio laptop. La gita è stata un'idea di Yuki. Voleva vedere la città ancora una volta prima del diploma. Poi farà ritorno in Giappone. Quando mi ha chiesto se volevo andare con lei a Seattle, le ho detto che non potevo. Sono rimasta molto da sola di recente. Dopo il festival del cinema di due settimane fa, non avevo voglia di interazioni sociali. Ma giovedì Rachel ha preso l'influenza e ho immaginato Yuki che prendeva l'autobus da sola e si perdeva in centro. Mi sono sentita in colpa. Così ho deciso di accompagnarla. Quando gliel'ho detto ieri a pranzo, Oliver si è auto-invitato, offrendosi di guidare. Ha persino convinto Jay ad abbandonare la riunione settimanale del suo club e a unirsi a noi.

Ho gli auricolari e guardo fuori dal finestrino. Forse dopotutto, stare un po' di tempo lontano da Ellensburg mi farà bene.

Non c'è molto traffico di sabato mattina, quindi riusciamo ad arrivare presto e facciamo colazione sul molo. Quando smette di piovere passeggiamo sulla costa. Ci fermiamo a una bancarella di souvenir, alla ricerca dei nostri nomi sui portachiavi. Mentre gli altri si addentrano nel Pike Place Market, mi prendo una pausa dalle attrazioni turistiche e trovo una panchina lontano dalla folla, per starmene un po' da sola.

Una nave mercantile naviga lungo il porto, spingendo le onde contro le rocce. Fa freddo sul molo nel centro di Seattle. Inspiro l'aria frizzante e la lascio uscire lentamente. È passato un po' di tempo dall'ultima volta che ho respirato l'oceano. È strano essere di nuovo qui dopo tanto tempo. Avevo dimenticato come ci si sentisse da soli a fissare le sue acque.

Vorrei che Sam fosse con noi. Il mondo non gira senza di lui. È passata più di una settimana dall'ultima volta che abbiamo parlato. Se solo potessi chiamarlo per un momento, sentire la sua voce. *Sapere che è ancora lì.* Forse riuscirei a godermi questo viaggio, invece di pensare a lui ogni secondo. Tengo il telefono sul grembo e lo controllo di tanto in tanto. Serve a ricordarmi che siamo ancora legati, anche quando non ci sentiamo. Chissà se la nostra speciale connessione funziona anche fuori

Ellensburg. Non ero sicura che fosse una buona idea venire qui e metterla a rischio. Poiché le nostre telefonate sono sempre più distanziate sapevo che non l'avrei chiamato questo fine settimana. Sono solo pochi giorni, dopotutto. Dovrei almeno cercare di divertirmi e passare del tempo con gli altri. Ma è molto più difficile di quanto pensassi.

Dopo un po', qualcuno si avvicina alla panchina.

«Posso sedermi vicino a te?».

Guardo Yuki. Ha in mano un contenitore con due caffè. Sposto la giacca e le faccio posto accanto a me.

Il caffè mi scalda le mani. «Grazie. Non dovevi».

«È il minimo che posso fare», dice, fissando l'acqua, «per averti trascinato fin qui con noi». Mi guarda. «Sembra che tu non ti stia godendo il viaggio».

Tengo gli occhi sul telefono, in preda al senso di colpa. Sono sicura che non è l'unica a essersene accorta. «Mi dispiace, non sono dell'umore migliore. Ma sono contenta di essere venuta qui con voi. Ho solo tante cose che mi frullano in mente».

«A cosa stai pensando?».

Lascio uscire un sospiro. «Sempre le stesse cose...».

Guardiamo di nuovo l'acqua. Garriti di gabbiani attraversano il cielo. Dopo un po' di silenzio, Yuki mi chiede: «Fai ancora quegli incubi?».

Penso al cristallo che porto ancora con me. È nascosto al sicuro nella tasca della borsa. Non esco mai di casa senza. «In realtà, non più. Credo che la pietra che mi hai dato li tenga lontani».

«Sono contenta che sia stata d'aiuto».

Bevo un sorso di caffè che mi scalda la gola. Non posso dire a Yuki cosa mi affligge davvero: il fatto che continuo a immaginare ancora un futuro con Sam. Anche se so che queste chiamate non dureranno per sempre, non riesco a mettere fine alla nostra connessione. Anche se sta per terminare. Continuo a pensare a cosa mi ha detto Mika la notte del festival a proposito di questa relazione con Sam.

«Non fa bene a te… E non fa bene nemmeno a lui».

Riavvolgo la conversazione nella mia testa. Che cosa intendeva? Sto facendo del male a Sam trattenendolo con me? Gli sto impedendo qualcosa? Per quanto lo ami, non voglio costringerlo a rimanere più a lungo. Soprattutto se ha bisogno di andare avanti, dovunque sia. Questa è anche una sua scelta. Dopotutto, è stato lui a rispondere alla mia chiamata. Dopo un po', mi rivolgo a Yuki. «Ricordi cosa mi hai detto sui sogni? Quelli su Sam, intendo. Di cercare un significato che mi aiutasse a ritrovare l'equilibrio o qualcosa del genere…».

Annuisce. «Certo, ricordo».

«Ci ho pensato», dico, fissando di nuovo il telefono e tenendolo stretto. «Penso di averlo capito, ora. Devo smettere di pensare a lui. Devo lasciarlo andare e proseguire con la mia vita». Faccio un respiro profondo. «Vorrei solo che fosse più facile».

Yuki distoglie lo sguardo, come per riflettere sulle mie parole. Dopo un momento, risponde: «Sai, non credo che riusciresti davvero a lasciar andare Sam. Neanche volendo».

«Cosa intendi?»

«Quello che voglio dire è che Sam è ancora una parte importante della tua vita. Anche se è fisicamente scomparso, tu porterai sempre un pezzo di lui con te. So che il tempo a vostra disposizione è stato molto più breve di quanto volevi, ma quello passato insieme non è qualcosa che puoi restituire. Lasciare andare non significa dimenticare. È trovare un equilibrio tra l'andare avanti e guardare indietro di tanto in tanto, ricordando le persone che hanno fatto parte della tua vita».

Fisso di nuovo l'acqua, pensando alle sue parole. Se solo sapesse quanto è diverso per me. Sono l'unica che dovrà perderlo due volte.

Mi tocca la mano. «So che è ancora difficile per te. Ma sono felice che tu abbia deciso di venire oggi. Sono contenta che stiamo passando del tempo insieme».

Sorrido. «Fa piacere anche a me».

Qualcuno fischia alla nostra sinistra, ci voltiamo entrambe. Jay e Oliver sono in piedi contro la ringhiera della passerella con dei churros in mano. Sono inseparabili ultimamente. Sento scintille tra loro.

Oliver ci saluta. «Abbiamo i churros!».

«Tornate su!», grida Jay. «Ci sono i leoni marini».

Yuki e io ci scambiamo dei sorrisi.

«Sai, mi piacciono molto quei due insieme», dice.

«Piacciono molto anche a me».

Quando finalmente il cielo si schiarisce, trascorriamo il resto della giornata sulla costa. Dopo pranzo giriamo per negozi in cerca di candele, poi andiamo verso l'acquario per vedere le lontre, l'animale preferito di Oliver. Jay suggerisce di acquistare dei cappelli abbinati per commemorare il viaggio. Li indossiamo durante la nostra passeggiata nel parco delle sculture. Dato che è troppo tardi per prendere il traghetto, andiamo al Pier 57 e facciamo un giro sulla ruota panoramica. Quando guardo il panorama a 60 metri da terra penso a Sam, e il ricordo di noi al luna park mi scalda il cuore.

Quella sera gli altri tornano a casa, mentre io decido di rimanere a Seattle per passare il resto del weekend con mio padre. È da settimane che mi chiede di andare a trovarlo. Appena esce dalla macchina per venirmi a prendere inizio a piangere. Non mi ero resa conto di quanto mi fosse mancato. È sempre riuscito a risollevarmi il morale senza bisogno di troppe domande. Ha anche chiamato la mamma, chiedendole se potevo saltare la scuola per passare un altro giorno insieme. Facciamo tutte le mie cose preferite – mangiamo pancake per cena al Portage Bay, dove vivevamo, beviamo il caffè in Pioneer Square e visitiamo le mie librerie preferite in 10th Avenue. Alla fine, stare lontano da Ellensburg era esattamente ciò di cui avevo bisogno. Di tanto in tanto penso ancora a Sam, più che altro ai nostri bellissimi ricordi, e non sento più un senso di oppressione. Anche se non è più qui lo vedo dappertutto. E per la prima volta, il pensiero di lui mi dà conforto.

Arrivo alla stazione degli autobus nel tardo pomeriggio di lunedì. Mia madre sta facendo lezione all'università, quindi devc aspettare qualche ora prima che possa venire a prendermi. Appoggio la borsa per terra e controllo il telefono. Ora che sono tornata a Ellensburg le chiamate con Sam dovrebbero funzionare di nuovo. Sono passati dieci giorni dall'ultima volta che ci siamo sentiti. Non è mai passato così tanto. Da quando la nostra connessione si è danneggiata, abbiamo iniziato a pianificare le telefonate con parecchio anticipo, una chiamata alla volta. La prossima dovrebbe essere oggi. Ho la data segnata sul taccuino. Volevo aspettare finché non fossi rientrata nella mia stanza, ma dopo essere stata via per così tanto tempo non vedo l'ora di sentirlo.

C'è una nuova notifica sul mio telefono. Una e-mail da un nome che mi suona familiare. La apro e la leggo.

Cara Julie,

mi scuso se mi ci è voluto un po' di tempo prima di contattarti. Ho trascorso la mattinata ad ascoltare le canzoni che mi hai mandato. Devo essere onesto: alcuni dei brani sono fantastici. Sam era un ottimo musicista. Sapeva davvero come comporre una melodia. È un talento raro da trovare. E non lo direi se non fosse vero. Era davvero speciale. Mi dispiace molto per quello che è successo. Che grave perdita.

Comunque, mi sono portato avanti e ho inoltrato la mail a Gary e a qualche altro membro della band (visto che siete due grandi fan). Spero non ti dispiaccia. Ti aggiornerò se mi rispondono. Saranno sicuramente contenti di sapere che provenite tutti dalla stessa città natale.

Ti auguro il meglio. Contattami in qualsiasi momento.

Abbi cura di te,
Marcus

Riesco a malapena a trattenere un sussulto, leggo di nuovo l'e-mail. È Marcus Graham, il manager degli Screaming Trees. L'uomo che ho incontrato alla proiezione del film di Tristan. Non mi sarei mai aspettata una sua risposta. Non posso credere che si ricordi me! E ancora di più, che gli sia piaciuta la musica di Sam! Ha detto che aveva talento!

Devo chiamare Sam. Devo dirglielo subito.

Mi tremano le mani per l'eccitazione mentre compongo il numero. Come al solito, trattengo il respiro quando il telefono inizia a squillare. Ci vuole un po', ma alla fine risponde.

«Sembra che sia passata un'eternità», esordisce. «Mi sei mancata».

La sua voce mi riempie di calore, come la luce del sole che entra in una stanza.

«Anche tu mi sei mancato. E non crederai a quello che ho da dirti. Hai presente Marcus Graham? Il manager degli Screaming Trees?»

«Certo, che è successo?»
«L'ho incontrato al festival del cinema alcune settimane fa. Gli ho mandato qualche tua canzone. Mi ha appena scritto un'e-mail. Devo leggertela assolutamente».
Gli leggo la risposta. La mia voce si alza nelle parti in cui dice che gli sono piaciute le canzoni, che ammira il suo talento e che ha inoltrato tutto agli altri membri della band. «Riesci a crederci, Sam? Le ha mandate a Gary! Significa che le ha inviate anche a Mark. E se le stessero ascoltando in questo momento? O mio Dio… e se stessero parlando di te? Chissà quale canzone gli è piaciuta di più…».
Sam è silenzioso mentre ascolta.
«Che ne pensi? *Di' qualcosa!*».
«Perché non mi hai detto che gli avevi mandato la mia musica?»
«Perché non ero sicura di ricevere una risposta. Non pensavo che l'avrebbe ascoltata davvero».
«Ma pensavo di averti detto di non farlo».
Rimango in silenzio per un momento, sorpresa dalla sua reazione. «Non lo sono mica andata a cercare. È successo per caso. Perché sei arrabbiato? Sam… sono gli Screaming Trees. Graham ha detto che sei…».
«Non importa cosa ha detto», mi interrompe. «Perché fai ancora così, Julie? Ne abbiamo parlato. Resti ancora aggrappata alla mia musica e alla mia vita quando ti ho detto che non ha più senso. Perché non puoi accettare il fatto che…».
«Che cosa… *che sei morto*?».
Silenzio. Deglutisco a fatica, aspettando la sua risposta. Quando sento che non ce ne sarà una, continuo, la mia voce si fa più acuta. «L'ho accettato. L'ho accettato tempo fa».

«Non sembra», ribatte. «Ti sei aggrappata all'idea di un mio ritorno, o qualcosa del genere. Da quando abbiamo ricominciato a parlare è come se non volessi più lasciarmi andare. E sono solo preoccupato che…».

«Non hai niente di cui preoccuparti», replico, all'improvviso furiosa. «E lascia che te lo ricordi, sei tu il primo che mi ha risposto al telefono».

«Be', forse non avrei dovuto».

Sono in preda allo shock. Le sue parole ci fanno piombare nel silenzio. Rimango lì, completamente immobile, il telefono stretto saldo in mano. *Non posso credere che lo abbia detto*. Vorrei rispondere, ma non mi viene una sola parola.

«*Mi dispiace*. Non lo intendevo davvero. Per favore, non…», inizia a dire.

Riaggancio il telefono prima che possa finire la frase. Perché non mi interessa sentire le sue scuse. Fisso il marciapiede, a malapena riesco a elaborare quello che è appena successo. Mi salgono le lacrime agli occhi, ma mi rifiuto di piangere. Non adesso. Voglio andare a casa. Non voglio più aspettare alla stazione degli autobus.

Afferro il borsone da terra. Prima che me ne vada, il telefono vibra nella mia mano. E poi inizia a squillare, anche se lo tengo su silenzioso. L'ultima volta che è successo, era Sam a chiamarmi. Ma eravamo d'accordo che non mi avrebbe più telefonato. Perché se non dovessi rispondere, si interromperebbe la connessione.

Controllo lo schermo. Il numero è sconosciuto, proprio come l'ultima volta. Quindi rispondo.

«Cosa vuoi?».

C'è un breve silenzio. Poi inizia a parlare e sento dolore nella sua voce. «Mi dispiace. Ma penso di aver bisogno del tuo aiuto».

«Sam, cosa c'è che non va?».

Sospira. «Non so come spiegarlo. Riguarda la mia famiglia. Ho una brutta sensazione. Non l'avevo mai avvertita prima. Li hai sentiti ultimamente?».

Mi sento divorare dal senso di colpa perché non parlo con loro da quando Sam è morto. Mi vergogno anche solo a rispondere. «No, non li sento da un po'. Mi dispiace».

Tra noi cala il silenzio.

«Puoi fare una cosa per me?», mi chiede.

«Certo. Qualsiasi cosa».

«Puoi controllare se va tutto bene? Magari puoi chiedere a Mika».

«Pensi che sia successo qualcosa di brutto?»

«Non lo so. Spero davvero di no».

«La contatto subito...».

Dopo aver riattaccato il telefono scrivo a Mika, chiedendole notizie. Mi risponde quasi istantaneamente.

Si tratta di James. Non è andato a scuola. Pensiamo che sia scappato. Lo stanno cercando tutti. Ti faccio sapere se lo ritroviamo.

Richiamo Sam.

«Hanno idea di dove possa essere?», chiede.

«Non credo. Mika non ha detto nulla».

«Dannazione, vorrei essere lì. Scommetto che nessuno sa dove cercare».

«Dove pensi che sia andato? Posso aiutarti a trovarlo».

«Potrebbe essere in una decina di posti diversi almeno...».

«Li controlleremo tutti».

«Fammi pensare...». La sua voce è tesa.

«Andrà tutto bene, Sam. Lo troveremo».

Annoto i luoghi che elenca su un pezzo di carta e mando di nuovo un messaggio a Mika. Prende la macchina di suo padre per venire a prendermi e andiamo a cercare James. Dividiamo l'elenco a metà, in base alla vicinanza. Dal momento che controllerò a nord della città, Mika mi lascia vicino al teatro. Inizio la ricerca. Controllo la fumetteria, il drive-in, il negozio di ciambelle e tutto il resto. Quando mi rendo conto che non è in città, corro al lago per vedere se è lì, ma non c'è traccia di lui. Continuo a cercare. È un tragitto lungo fino al cimitero, però voglio andare a vedere. Non è nell'elenco di Sam, ma ho pensato che James potesse essere lì, seduto con lui. Una volta raggiunti i cancelli, risalgo la collina ma resto delusa quando scopro che mi sbagliavo.

Controllo di nuovo la lista. Gli ultimi posti nominati da Sam sono un po' fuori mano, nel vecchio quartiere dove viveva. Uno di questi è un piccolo parco dove andavano in bicicletta dopo la scuola. Non so quante probabilità possano esserci che James sia lì. Ma esco dal cimitero e mi dirigo comunque in quella direzione.

Mi ci vuole un po' per trovare il parco. Non sono mai stata in questa parte della città prima d'ora. Devo fermarmi a chiedere indicazioni. Quando finalmente lo trovo, nascosto alla fine di un vicolo cieco, intravedo una giacca verde familiare appesa a una panchina. Nel momento in cui vedo James seduto da solo sull'altalena a fissare il suolo, mi fermo a riprendere fiato.

Non parlo con lui dalla morte di Sam. Non so nemmeno cosa dirgli mentre mi avvicino. Anche se sto ancora cercando di riprendere fiato per la corsa, mantengo la voce morbida. «Ehi, James...», esordisco. «Ti stanno cercando tutti, sai? Ci hai fatto preoccupare molto».

Non mi guarda, mantiene gli occhi fissi a terra.

«Saranno felici di sapere che non sei ferito», continuo. «Cosa ci fai qui?».

Non risponde. Improvvisamente mi viene in mente la sera al luna park quando non voleva parlarmi. È stata l'ultima volta in cui noi tre siamo stati insieme. Immagino sia passato molto più tempo di quanto mi ricordi. Addolcisco di nuovo la voce. «Che ne dici se ce ne andiamo a casa?»

«*No*».

«I tuoi genitori sono davvero preoccupati...».

«*Non voglio andare a casa*!», grida di rimando.

«Qualcosa non va? Sai che puoi dirmelo».

Sono sicura che ha a che fare con Sam. Ma non so come affrontare la conversazione. Non riesco a immaginare cosa significhi perdere un fratello. È un tipo di dolore che non potrò mai comprendere. Provo a prendergli la mano, ma lui la tira via.

«*Lasciami in pace*», dice, incrociando le braccia. «Non ho intenzione di andare a casa. Vai via!».

Mi addolora sentirlo parlare così. Vorrei poter fare di meglio. «Puoi almeno spiegarmi perché sei scappato?».

Non dice niente.

«È per via di Sam...», sussurro. «Perché non c'è più?»

«*No*», urla James, scuotendo la testa. «Perché *mi odia*!».

«Perché lo pensi? Sam non ti odia».

«Sì, invece! Me lo ha detto lui!».

«Quando te l'ha detto?».

Si prende la faccia tra le mani cercando di nascondere le lacrime. «Quando sono entrato nella sua stanza e gli ho rotto il microfono ha detto che *mi odiava*».

Gli tocco la spalla. «James, ascoltami. Qualche volta le persone quando sono arrabbiate dicono delle cose molto brutte ma non le pensano sul serio. Sam non ti odia...».

«Ma ha smesso di parlarmi!», piange. «Ha fatto finta che non esistessi! Proprio prima di morire».

Mi si spezza il cuore a sentirlo. Mi asciugo gli occhi e lo prendo per mano. «Sam ti vuole bene, okay? I fratelli litigano e dicono cose che non vogliono. Se Sam fosse qui, te lo direbbe lui stesso».

Si asciuga le lacrime con la manica. «Che ne sai? E cosa te ne importa? Io non ti piaccio neanche!».

«Certo che mi importa… perché fai così?»

«A te non importa di noi! Ti piaceva solo Sam! Venivi solo per vedere lui».

«Non è vero. Anche io e te siamo amici. Mi preoccupo di tutta la tua famiglia».

«*È una bugia*! Perché da quando Sam è morto, tu non sei mai venuta e non ci hai più parlato! È come se fossi morta anche tu».

Un dolore acuto mi trafigge il petto, il peso delle sue parole mi colpisce in pieno. Riesco a malapena a trattenere le lacrime. Apro la bocca e mi ritrovo incapace di parlare. Sarei dovuta passare a trovare la sua famiglia. Non ho mai pensato a cosa stesse passando James. «Ti… ti chiedo scusa, James. Non avrei dovuto lasciarti così. Avrei dovuto provare…».

La mia voce cede. Perché non so cos'altro dire per farmi perdonare da lui. Forse il motivo per cui ho evitato la loro famiglia era perché non potevo sopportare di vederli senza Sam. Perché non volevo ricordarmi che se n'era andato. Dovevo esserci per James. Invece, gli ho reso le cose più difficili. Anch'io l'ho abbandonato.

«Non ci vado a casa», grida.

Vorrei riuscire a convincerlo, ma non mi guarda nemmeno. Non posso biasimarlo. Se solo potessi farlo stare meglio. Mi fa male vederlo così. Devo fare qualcosa, ma non so cosa. Penso a Sam. Lui saprebbe cosa dirgli se fosse qui. È l'unica persona a cui darebbe ascolto in questo momento. Mi viene un'idea. La nostra connessione si sta indebolendo, ma posso fare una cosa. Non posso lasciare che James trascorra il resto della vita pensando che il fratello lo odiasse.

Mi allontano dall'altalena per un momento, tiro fuori il telefono e chiamo di nuovo Sam. Risponde dopo il primo squillo.

«L'hai trovato? Sta bene?»

«Sì. Sono con lui ora. Non preoccuparti».

La sua voce è sollevata. «Dov'era?»

«Al parco. Proprio come hai detto tu».

«Sono così felice che sia al sicuro. Perché è scappato?»

«È un po' complicato», dico. «Pensa che tu lo odi».

«Io? Perché pensa una cosa del genere?»

«Dice che gliel'hai detto prima di morire. Ho cercato di spiegargli che non lo pensavi sul serio, ma non vuole ascoltarmi. Non so cos'altro dirgli. Ma mi assicurerò che torni a casa sano e salvo».

«Grazie», dice. «Per averlo trovato».

«Figurati», ribatto. Poi guardo le altalene. «Ho bisogno di un favore da parte tua adesso».

«Che favore?»

«Voglio che parli con James».

«Julie…».

«Voglio che tu lo faccia per me, okay? Ti prego, parlaci prima che la chiamata si interrompa. Lui ha davvero bisogno di te».

Un breve silenzio mentre riflette. «Le nostre chiamate sono già così deboli… questo potrebbe dare il colpo di grazia alla nostra connessione», mi avverte. «Ne sei davvero sicura?».

Faccio un respiro profondo. «Sicura».

James sta guardando a terra quando mi avvicino di nuovo. Mi inginocchio davanti a lui, porgendogli il telefono.

«Ascolta, James. C'è qualcuno che vuole parlarti, okay?».

Mi guarda. «I miei genitori?».

Scuoto la testa. «Perché non ascolti tu stesso? Ecco…».

Si porta il telefono all'orecchio. Appena sente la voce di Sam, i suoi occhi si spalancano, come se stesse cercando di trovare un senso. Dopo un minuto, quando inizia a piangere, so che ha realizzato che è veramente lui. E sono improvvisamente riconnessi. Mi alzo in silenzio, regalando loro questo breve e inspiegabile momento insieme. Riesco a cogliere qualche passaggio della loro conversazione. Parlano di James che deve essere forte per la mamma e prendersi cura della famiglia, e di quanto Sam gli voglia bene.

Ma poiché la nostra connessione sta cedendo, la chiamata non dura a lungo. Quando James mi restituisce il cellulare, ci rimane solo qualche secondo per parlare.

«Grazie di tutto», mi dice Sam. «Purtroppo devo andare ora».

«Capisco».

E poi la chiamata si interrompe. All'improvviso.

James e io ci teniamo per mano mentre usciamo dal parco insieme. Scrivo alla mamma di Sam per la prima volta dopo tanto, facendole sapere che ho trovato James e che siamo sulla via del ritorno. Quando arriviamo nei pressi di casa loro la scorgo da lontano. È sul vialetto ad aspettarci. Il suo viso si apre in un grosso sorriso appena ci vede, come se non ci incontrassimo da anni. Mi stringe forte tra le sue braccia. Anch'io ricambio il gesto, e non so chi di noi inizia a piangere prima. La mamma di Sam prende James per l'altra mano ed entriamo in casa a salutare suo padre. Dopo che ho aiutato ad apparecchiare la tavola, per la prima volta dopo tanto tempo ci sediamo a cena tutti e quattro insieme.

Capitolo 18

Ho molto tempo per me stessa in questi giorni. Tempo per pensare, elaborare il lutto e rimettermi al passo con il resto del mondo. Dopo l'ultima chiamata con Sam, non mi ritrovo più ad aspettare al telefono. Anzi, provo piacere nello stare con i miei amici e mi concentro di nuovo sulla scuola. Ho finito l'ultimo compito assegnato dal professor Gill e sono pronta per il diploma. Sono riuscita anche a lavorare al saggio di scrittura, ma non lo invierò a nessuno per il momento. Non mi interessa. Per una volta ho trovato pace nello scrivere per me stessa e basta. Pace nel ricordare quei momenti che mi facevano sentire legata a Sam, soprattutto da quando la connessione ha iniziato a guastarsi. I ricordi invece sono qualcosa che conserverò per sempre. Anche dopo che se ne sarà andato. Vorrei solo avere la possibilità di fargli leggere il mio saggio, ma cerco di non farla diventare una fissazione. Sono grata per questo buco temporale nell'universo in cui ci siamo trovati a fluttuare insieme negli ultimi mesi.

È difficile credere che manchino pochi giorni al diploma. Non ho ancora deciso cosa farò dopo. Dal momento che sono a corto di opzioni, è come se non avessi più voce in capitolo. Come se le cose fossero state già decise. Non sono abituata a questa sensazione. Mi piace fare progetti, guardare avanti e scoprire cosa c'è di fronte a me. Ma ogni volta, la vita sembra deragliare dai binari. Sam mi ha sempre detto di essere più spontanea e lasciare che le cose mi sorprendano. Ma non mi aveva avvertito che le sorprese non sempre sono piacevoli. Ho dovuto impararlo a mie spese.

Abbiamo ancora una telefonata a disposizione. La prossima sarà la nostra ultima chiamata. L'ultima volta che potrò parlargli. Dovrò dirgli addio questa volta. Sam ha detto che è l'unico modo per porre fine alla nostra connessione e andare avanti entrambi. La faremo la sera del diploma e durerà solo pochi minuti. E secondo lui dobbiamo farla prima di mezzanotte, altrimenti potremmo perdere l'occasione. Una parte di me vorrebbe farla durare il più a lungo possibile, ma devo essere forte per entrambi.

Sono passate alcune settimane dall'ultima volta che abbiamo parlato. Mi fa ancora male non sentirlo per tanto tempo, come se si allontanasse da me ogni giorno di più. Ma c'è una nota positiva nello stare distanti: il rapporto con mia madre è migliorato. Abbiamo trascorso queste ultime settimane cenando insieme tutte le sere, guardando la TV in soggiorno, facendo shopping e gite in spiaggia nel fine settimana – insomma abbiamo ricominciato con la nostra vita di prima. Ha detto che le mancava passare del tempo con me. E mi sono resa conto che è mancato anche a me.

Le macchine suonano impazienti, io e mia madre siamo bloccate nel traffico. Stiamo andando al centro commerciale in cerca di un vestito per il diploma. Alberi sempreverdi si ergono sul ciglio della strada. Siamo rimaste in autostrada per quasi un'ora. Mentre ascolta a basso volume il suo podcast di meditazione, io guardo le nuvole fuori dal finestrino.

Mi osserva. Indossa i suoi vestiti da yoga anche se

questa mattina non ha fatto lezione. Dice che la aiuta a concentrarsi nella guida. «Allora, hai già dato un'occhiata al programma dei corsi della Central?», mi chiede. «Si riempiono abbastanza rapidamente».

«L'ho sfogliato».

«Sembra che ci sia un corso di scrittura in primavera. Devi essere eccitata».

«Al settimo cielo».

«Nessun cliché in macchina. Sono regole tue».

Lascio uscire un sospiro. «Mi dispiace. Ma è difficile essere positivi quando non sei stata ammessa da nessun'altra parte».

«Sai, devi restarci solo per due anni», dice, abbassando il volume. «E poi puoi trasferirti altrove. Molti studenti lo fanno, Julie».

«Hai ragione. È solo che non era nei miei piani. Niente di tutto questo lo era…».

Essere respinta dal Reed College. Restare a Ellensburg. Perdere Sam.

«Non sempre la vita va come ci aspettiamo».

«L'ho scoperto a mie spese…», dico, appoggiando la testa al finestrino. «Che senso ha impegnarsi tanto se poi finisci solo per restare deluso?»

«È un po' pessimista da parte tua. Certo, la vita è più complicata di quello che vorremmo, ma alla fine si trova sempre il modo di cavarsela».

Sospiro. «Mi aspettavo che almeno una cosa andasse come volevo», dico. «A volte vorrei sbirciare nel futuro solo per vedere dove andrò a finire tra qualche anno. Così non perderei tempo a pianificare obiettivi che non raggiungerò mai».

«Non è un modo sano di vivere la vita», incalza, le mani aggrappate al volante. «Preoccuparsi sempre di quello che verrà dopo, invece di vivere il momento. Lo vedo in molti dei miei studenti. E lo vedo anche in te...». Mi guarda. «Non stai vivendo nel presente, Julie. Prendi decisioni e fai le cose solo per impostare il tuo futuro».

«Cosa c'è di sbagliato in questo?»

«La vita ti scorre accanto», dice, gli occhi concentrati sulla strada. «E finisci per perderti le piccole cose, i momenti che non pensi abbiano importanza, ma ne hanno. Momenti che ti fanno dimenticare tutto il resto. Proprio come quando scrivi», aggiunge dal nulla. «Non lo fai per arrivare a una fine. Scrivi perché ti piace farlo. Scrivi e non vuoi che finisca. Ha senso?»

«Credo di sì...», ci rifletto su. *E se non mi piacesse il momento in cui sto vivendo?*

Quando finalmente entriamo nel parcheggio, mia madre spegne l'auto e si appoggia allo schienale. Le dita battono sul volante. «Hai qualcos'altro che ti passa per la mente?», mi chiede dopo qualche istante di silenzio. «Sai che puoi sempre parlare con me».

Guardo di nuovo fuori dal finestrino. È passato un po' di tempo dall'ultima volta in cui mi sono aperta con lei. Forse è il momento di cambiare atteggiamento. «Riguarda Sam... Sto ancora pensando a lui. Non finirà la scuola, non si diplomerà con noi. Voglio dire, come faccio a pensare al college e al resto della mia vita, quando la sua è stata stroncata così? Lo so che non mi fa bene. Ma continuo a desiderare che sia ancora qui».

Mia madre si gira verso di me e mi passa una mano tra i capelli. «Anch'io», dice dolcemente. «E vorrei sapere cosa dirti per farti stare meglio, o almeno per aiutarti ad affrontare tutto questo dolore, Julie. Ma la verità è che nessuno vive il dolore allo stesso modo e tutti ne escono in modo diverso. Va bene desiderare e immaginare che sia qui con te. Perché quei momenti dentro le nostre menti sono *reali* come qualsiasi altra cosa». Mi tocca la fronte. «Non permettere a nessuno di dirti il contrario…».

La guardo con la testa leggermente inclinata. Mi domando cosa intenda. Vorrei quasi chiederle se sa delle chiamate, ma non lo faccio. «So che devo dirgli addio, ma non credo di riuscire a lasciarlo andare».

Mia madre annuisce in silenzio. Prima di uscire dalla macchina, asciuga una lacrima dai miei occhi e sussurra: «Allora non dovresti. Tienilo con te. Aiutalo a vivere in qualche modo».

Le sue parole mi accompagnano per il resto della settimana. Cerco di non stressarmi troppo per cose che non sono ancora accadute e provo a godermi gli ultimi giorni di scuola. Sabato sera Oliver invita me e Jay a una festa vicino al lago e la mattina successiva ne approfittiamo per andare a fare un'escursione. Mika è stata accettata alla Emory University, dopo essere stata messa in lista d'attesa, e si trasferirà ad Atlanta alla fine dell'estate. Anche se sono elettrizzata per lei, odio il fatto che staremo così lontane. Giura che tornerà per il Ringraziamento e le vacanze di Natale, e ho promesso di andare a trovarla appena avrò messo da parte un po' di soldi. Almeno Oliver studierà alla Central con me. L'altro giorno abbiamo esaminato i programmi dei corsi alla ricerca di lezioni da seguire insieme. Forse non sarà così male. Soprattutto se riuscirò a entrare al corso di sceneggiatura. Ho mandato una e-mail al professor Guilford e mi ha detto di presentarmi in classe il primo giorno. Quindi incrociamo le dita. E mia madre in fondo ha ragione. Posso sempre trasferirmi fra due anni se i miei voti sono abbastanza buoni. Potrei fare di nuovo domanda al Reed College. Devo rimanere abbastanza ottimista.

Arriva la sera del diploma. Palloncini blu e bianchi fluttuano lungo la recinzione del campo di football mentre le famiglie riempiono le gradinate dello stadio. Mia madre e mio padre sono seduti insieme da qualche parte in mezzo alla folla, con Tristan e il signor Lee. La banda è in uniforme, suona un pasticcio di canzoni irriconoscibili, così rumorose che è difficile sentire altro. Quando termina quello che credo sia l'inno nazionale, inizia la cerimonia con l'esibizione del coro, e Yuki fa un bellissimo assolo. Quando finisce, mi alzo sulla sedia e grido il suo nome. Si susseguono una serie di discorsi, la musica cambia e arriva il momento di prendere il diploma. Oliver doveva camminare in coppia con Sam ma, date le circostanze, la scuola gli ha permesso di mettersi tra me e Mika. Ci muoviamo insieme, a braccetto, verso il palco. Sotto la toga ognuno indossa qualcosa che apparteneva a Sam, in suo onore. Oliver ha messo la camicia a quadri, Mika uno dei suoi maglioni e io la t-shirt dei Radiohead. Forse me lo sto solo immaginando, ma sembra che la folla esulti più forte per noi.

Ho solo pochi minuti per cambiarmi vestito prima delle mille foto di rito. Tristan mi regala un mazzo di rose gialle. Mia madre mi fotografa con chiunque si trovi nei dintorni, incluso David del corso di storia, a cui non ho mai detto più di cinque parole. Yuki mi presenta ai suoi genitori, che invitano me, Rachel e Jay a casa loro in Giappone la prossima estate. «Una rimpatriata!», grida Rachel, con la faccia raggiante. Quando la musica finisce e il sole inizia a tramontare, controllo l'ora. *Presto dovrò andare via.* Una volta che la folla si è dispersa, vado a cercare gli altri per salutarli.

L'ultima chiamata con Sam è prevista per stasera. Devo correre a casa nella mia stanza e prepararmi a dire addio. So che mi chiederà com'è andata oggi. Vorrei solo che fosse qui per festeggiare con noi…

«Non vieni alla festa di diploma?», mi domanda Oliver. «Non puoi mancare – sarà memorabile».

«Devo fare una cosa».

«Sei sicura?», chiede Mika. Le lancio un'occhiata e lei annuisce consapevolmente. «Magari puoi raggiungerci dopo. Mandami un messaggio, okay?»

«Va bene», rispondo, e li abbraccio entrambi.

Con il cellulare stretto in mano, mi giro per andare ma… un tizio massiccio della squadra di football mi viene addosso. L'impatto è così forte che il telefono mi cade dalle mani e cade sul cemento. Lo schermo va in frantumi. Non riesco nemmeno a sentire le sue scuse. Precipito in un tunnel senza via d'uscita…

Un brivido mi corre lungo il corpo. Sono troppo terrorizzata per muovere anche solo un muscolo. Il cuore sembra uscirmi dal petto mentre raccolgo il cellulare da terra. Non si accende. Qualunque cosa provi, *non si accende.* Lo schermo è andato, non so cosa fare. Rimango lì completamente paralizzata, cercando di elaborare il peso della situazione.

Mika deve aver notato qualcosa di strano perché appare al mio fianco.

«Che è successo?», mi chiede.

«Il telefono – *l'ho rotto* – Mika, l'ho rotto!».

Continuo a ripeterlo all'infinito mentre cerca di calmarmi. Mi dice che va tutto bene ma non è così. I pulsanti non funzionano, lo schermo rimane spento.

«Ho bisogno del tuo telefono...», la imploro.

Lo prendo e chiamo Sam ma non funziona. Ci provo un paio di volte ancora ma la chiamata continua a non essere inoltrata.

Arriva anche Oliver. «Che succede?»

«Julie ha rotto il telefono», risponde Mika con tono grave.

«Dannazione, mi dispiace. Sono sicuro che possiamo farlo aggiustare domani...».

«*No*. Mi serve questa sera, fammi provare con il tuo cellulare...».

Glielo prendo dalle mani prima che possa dire qualcosa. La chiamata fallisce ancora. E ancora.

«Chi sta chiamando?», chiede Oliver mentre mi muovo in giro. Provo disperatamente più volte, alzo il telefono per cercare un segnale che Sam possa captare. Devo sembrare una svitata, perché intorno a me si è formata una folla interdetta. *Perché non funziona?*

Ricordo le parole di Sam. La sua voce risuona nella mia testa.

Solo i nostri telefoni sono collegati.

Restituisco il cellulare a Oliver quando arriva mia madre. Mi chiede cosa c'è che non va, ma non ho tempo per spiegare. Prendo il suo e chiamo di nuovo Sam, anche se so che non funzionerà. Non so cos'altro fare. Le chiamate gli arrivano solo dal mio telefonino. Ma si è rotto perché sono stata una stupida e non ho guardato dove stavo andando. Devo trovare una soluzione. *Devo risolvere questo problema.*

Sam si aspetta che lo chiami stasera. Non posso lasciarlo in attesa per sempre. *E se pensasse che mi sono dimenticata di lui? E se pensasse che è successo qualcosa?* Il cuore mi batte più forte che mai, una scarica di adrenalina mi toglie il respiro. Devo andare a cercarlo. Devo trovarlo. Non perderò l'ultima chiamata che mi è rimasta. Non lo perderò di nuovo. Non così.

Mi rivolgo a mia madre. «Ho bisogno delle chiavi della tua auto…».

Le prendo senza rispondere a nessuna domanda. «Fatti accompagnare a casa da papà!».

Salgo in macchina e inizio a guidare senza meta. Guido per la città, giro per le strade, guardo dentro le vetrine e le caffetterie dove andavamo sempre, per vedere se Sam è lì – *ma non c'è.* Parcheggio ed entro al Sun and Moon, ignorando gli sguardi degli estranei. Controllo il tavolo dove ci sedevamo sempre.

«Sam? Sam!».

Ma non è qui. È ovvio che non c'è.

Poi ricordo che è stato lui a cercarmi. Risalgo in macchina e mi ritrovo a percorrere la statale 10, dove si è schiantato quella notte. Abbasso il finestrino e guardo fuori per vedere se sta camminando lungo il bordo della strada ma non è neanche qui fuori. Sento di nuovo un brivido addosso. Guardo l'orologio, sono le 23:10. *Non ho più molto tempo.* Se Sam non è per strada, dove altro potrebbe essere? Dove sta andando?

Mi ricordo di un particolare. Durante una delle nostre telefonate gli ho chiesto cosa vedeva.

Campi. Campi infiniti.

Certo! Giro subito la macchina e prendo l'uscita successiva, verso i campi d'orzo. Prendo la strada più breve che aveva trovato Jay e raggiungo il sentiero in men che non si dica. Non appena esco dall'auto, vengo inghiottita dall'oscurità. Il cuore mi batte forte, vedo a malapena dove metto i piedi mentre corro su per il sentiero. I rami degli alberi si allungano sopra la mia testa come mani sottili. Per un momento penso di tornare in auto, ma vado avanti. Sam mi aspetta da qualche parte là fuori. Non posso deluderlo.

Dove sei, Sam? Perché non posso raggiungerti?

Qualcosa mi pulsa in tasca. Sento del calore, infilo la mano per controllare. *La selenite.* Il cristallo che mi ha dato Yuki e che porto ovunque. Brilla! Lo tengo davanti a me in modo che la sua luce illumini il mio cammino scacciando le tenebre. *Sento* la sua energia irradiarsi attraverso di me e nell'aria. Alzo il cristallo al cielo e osservo la luna che si abbassa su di me concedendomi più luce. Vedo tutto, ora. I campi non sono mai sembrati più chiari di così. E poi inizia a nevicare. *A metà maggio?* Mi guardo intorno e mi chiedo cosa stia succedendo. Quando si posa sui capelli e le spalle, mi rendo conto che non è neve. *Sono petali. Stanno piovendo fiori di ciliegio*?

È un segno che è vicino.

So che sei qui, Sam. Posso sentirti, perché sei ovunque. Eri in caffetteria, al lago e sei da qualche parte in questi campi. Per tutto questo tempo mi sono chiesta per quale motivo ci è stata data questa seconda possibilità. Ma forse siamo sempre stati connessi, anche dopo che te ne sei andato. Non potrò mai perderti completamente. Sei una parte di me. Sei ovunque io guardi, scendi dal cielo come petali.

Raggiungo i campi e guardo attraverso l'orzo, gridando il suo nome, cercandolo. Penso di vedere la sua testa, corro verso di lui, ma non c'è niente. Penso di sentire il suo odore… di pino, di colonia, ma non riesco ad afferrarlo. Continuo a correre su e giù per i campi, finché non mi tremano le gambe. Corro finché non sono esausta e crollo sull'erba nel tentativo di riprendere fiato.

Non credo che Sam sia più qui. Comincio a dubitare che ci sia mai stato. Cosa c'è di sbagliato in me? Perché sono venuta qui? Controllo di nuovo l'ora. 00:35. È già passata la mezzanotte. Il mio cuore si ferma. È troppo tardi. L'ho perso di nuovo. I petali sono svaniti.

Dopo tutto quello che Sam ha fatto per me ho infranto la nostra promessa. Mi ha chiesto di chiamarlo un'ultima volta per salutarlo e io l'ho deluso. E se mi aspettasse per sempre? E se avesse bisogno di dirmi addio per riuscire ad andare avanti? Tiro fuori il telefono rotto e provo di nuovo ad accenderlo. Niente. Sono così devastata e delusa da me stessa, terrorizzata da quello che ho fatto. Tengo il telefono in alto e gli parlo lo stesso. Se siamo sempre connessi, forse c'è ancora una possibilità. . .

«Sam…», inizio. «Non riesco a sentirti… ma forse tu puoi ancora ascoltarmi. *Mi dispiace!* Non sono riuscita a raggiungerti in tempo. So che volevi che ci dicessimo addio. Mi dispiace di aver rovinato tutto di nuovo. Per favore, non aspettarmi, okay? *Puoi andare*. Non devi aspettare. Adesso puoi andare avanti!», La mia voce si incrina. «Mi mancherai moltissimo. Ma voglio dirti un'ultima cosa…», faccio un respiro profondo, cercando di trattenere le lacrime. «Ti sbagli su una cosa. Hai lasciato il segno nel mondo, Sam. Hai lasciato un segno dentro di *me*. Hai cambiato la mia vita. E non ti dimenticherò mai, okay? Siamo uno parte dell'altra. Mi senti? *Sam…*», mi cede la voce.

Perché non posso chiamarti con un altro telefono? Perché è possibile solo con il mio?

Sento di nuovo la sua voce. Mi risuona nella testa.

Solo i nostri telefoni sono collegati.

Ci rifletto. Penso alla nostra connessione. Al fatto che è tra noi due soli. *Solo i nostri telefoni.* Ripeto le parole nella testa finché un'idea non mi colpisce come un fulmine. Il mio cuore sussulta. Ma certo. Perché non ci ho pensato prima?

Appena mi viene in mente, mi alzo e mi allontano dai campi. Mi affretto a ritornare alla macchina. Il viaggio è un ricordo sfocato. So solo che parcheggio davanti al vialetto di casa di Sam e corro verso la porta. La chiave sotto la cassetta delle lettere è ancora lì. Apro e entro. Grazie a Dio non c'è nessuno in casa. La sua famiglia sta trascorrendo la settimana dai nonni, quindi non devo fare attenzione mentre mi precipito nella sua stanza e frugo tra le sue cose. Guardo in una dozzina di scatole, strappo sacchetti di plastica finché non trovo quello che sto cercando: la scatola con gli oggetti rinvenuti sul luogo dell'incidente.

All'interno c'è il portafogli, la carta d'identità, il portachiavi e il cellulare. Proprio quello che stavo cercando. Prendo il suo telefono, scambio le schede SIM e lo accendo. La luce dello schermo mi acceca per qualche secondo. È l'1:43. La batteria è sufficiente per effettuare una chiamata. Compongo il suo numero.

Solo i nostri telefoni sono collegati. Forse anche con il suo può funzionare. Faccio un respiro profondo e trattengo il fiato.

Il primo squillo mi fa venire i brividi. Mi siedo sul suo letto e cerco di non impazzire. Continua a squillare finché risponde una voce.

«*Julie*...».

«*Sam!*», sussulto. Trattengo un grido mentre nel mio

corpo c'è un esplosione di sollievo. «Non pensavo che avresti risposto!».

«Non ho molto tempo», dice.

«Va tutto bene», quasi urlo, cercando di non piangere. «Volevo solo farti sapere che non ti ho dimenticato».

«Perché ci hai messo così tanto tempo a chiamare?», mi chiede.

«Ho rotto il telefono. Mi dispiace…».

«Sono così felice che tu stia bene. Cominciavo a preoccuparmi».

«Sono qui, adesso», gli dico. «Sono così felice di ascoltare la tua voce. Pensavo di averti perso per sempre».

«Anch'io sono felice di sentirti. Sono felice che tu abbia chiamato. Anche se è tardi. Adesso è ora di dirci addio, okay? Fra poco devo andare…».

Avverto un dolore nel petto, ma non posso lasciare che Sam se ne vada sapendo quanto sto male. Devo essere forte per lui. Ingoio la mia sofferenza. «Okay, Sam».

«Ti amo, Julie. Voglio che tu lo sappia».

«Anch'io ti amo».

Rumori d'interferenza.

Devo dirgli quello che sento in fretta.

«Grazie, Sam. Grazie per tutto quello che hai fatto. Per aver risposto al telefono quando avevo bisogno di te. Per esserci stato sempre per me».

Silenzio.

«Ci sei?»

«Sono qui. Non preoccuparti», mi rassicura. «Ma ho bisogno che tu mi dica addio. Ora. Okay? Ho bisogno di sentirtelo dire».

Deglutisco forte. Le parole escono dalla mia bocca incrinate e rotte. «Addio, Sam».

«Addio, Julie».

Subito dopo, dice: «Ho bisogno che tu faccia un'ultima cosa per me»

«Cosa?»

«Quando avremo riattaccato... Ti chiamerò di nuovo. Ma voglio che tu non mi risponda questa volta. Me lo puoi promettere?».

Vuole interrompere la nostra connessione per sempre. Ha bisogno di me per andare avanti.

«Promesso...», sussurro, anche se dentro mi sento morire.

«Grazie. Adesso riattaccherò. Okay?»

«Okay».

«Sono contento che siamo riusciti a parlare un'ultima volta», dice. «Anche se è stato solo per pochi secondi».

«Anch'io», gli dico... ma la chiamata è già terminata.

Il mio corpo diventa insensibile, mi siedo sul letto in silenzio e aspetto la chiamata. E poi il telefono squilla. Il numero è sconosciuto. So che è lui. Lo stringo forte. Vorrei tanto rispondere, ho un bisogno disperato di sentire di nuovo la sua voce. Ma non posso fargli questo. Gli ho fatto una promessa. Lo lascio squillare. Ho lasciato che continuasse fino a quando non ha cessato di suonare e lo schermo si è spento. Sono sola nella stanza. Il mio cuore va in frantumi e sprofonda nella bocca dello stomaco. Poso il telefono e mi rannicchio sul letto di Sam, concedendomi di piangere.

La nostra connessione si è interrotta per sempre. Proprio così. Non potrò più parlare con Sam. Dovrei alzarmi e andare a casa ma non riesco a muovermi. Rimango lì al buio per un po'. Nel suo letto, sola nel vuoto della casa, a desiderare che le cose fossero andate diversamente. E poi succede qualcosa.

Sento un suono che proviene da qualche parte nella stanza, poi una luce lampeggiante. Mi alzo dal letto per vedere di cosa si tratta. *Il telefono di Sam.* Lo prendo e lo accendo.

Centinaia di notifiche riempiono lo schermo. Le scorro e vedo i messaggi e le chiamate perse di Mika, mia madre, e tutti gli altri che non sono riusciti a contattarmi in questi ultimi mesi.

Eccoli che tornano da me, subito dopo aver terminato l'ultima chiamata con Sam. Come se il telefono si fosse riconnesso con il mondo. Come se tutto avesse ripreso a muoversi.

C'è un messaggio in segreteria. La data è di questa sera. Ma il numero è sconosciuto.

Lo ascolto subito.

La voce di Sam riempie il telefono. «Ehi... allora, non so se dovrei farlo... O se addirittura funzionerà. Probabilmente avrei dovuto dirtelo al telefono, ma il tempo è scaduto. O forse la verità è che avevo paura che pensassi a me in modo diverso... Cioè, se avessi saputo perché ho risposto la prima volta...». Si ferma. «Prima di riattaccare, hai detto qualcosa che mi ha fatto sentire in colpa. Hai detto che ho risposto perché avevi bisogno di me. E in parte è vero. Ma questo non è il motivo per cui l'ho fatto». Una lunga pausa. «La verità è che... *io* avevo bisogno di te. Avevo bisogno di sentire di nuovo la tua voce, Julie. E volevo assicurarmi che non dimenticassi la mia. Poi, ti ho portato in tutti quei posti – come i campi per vedere le stelle quella notte – così che tu mi potessi sempre ricordare. Così che ogni volta che avresti guardato il cielo di notte avresti pensato a me. Perché non volevo ancora lasciarti andare. Non ho mai voluto dirti addio, Jules. E non ho mai voluto che lo facessi anche tu. Ecco perché sono rimasto per tutto il tempo che ho potuto. Quindi non incolpare te stessa. Sono stato io a tenerti lontano dalla tua vita. Forse è stato un po' egoista da parte mia, ma ero così spaventato che potessi dimenticarmi. Adesso mi rendo conto di averti reso molto più difficili le cose. E spero che mi perdonerai».

Si ferma di nuovo. «Ricordi nei campi, quando ti ho chiesto: cosa vorresti... se potessi avere qualsiasi cosa? Be'... voglio anche io le stesse cose, Jules. Voglio essere lì con te. Voglio diplomarmi con voi. Voglio andare via da Ellensburg, vivere e invecchiare insieme. Ma *non posso*». Altra pausa. «*Tu invece* puoi ancora. Puoi ancora avere tutto, Julie. Perché te lo meriti. Ti meriti di innamorarti ancora, perché sei gentile e bellissima. Chi non perderebbe la testa per te? Sei una delle cose migliori che mi siano mai capitate. E quando penso alla mia vita, penso a te. Sei tutto il mio mondo, Julie. E un giorno, forse, io sarò solo una piccola parte di te. Spero che tu mantenga sempre quella parte».

Di nuovo interferenze nella linea.

«Ti amo più di quanto tu possa immaginare, Julie. Non dimenticherò mai i momenti che abbiamo passato insieme. Quindi, per favore, non dimenticarmi, okay? Prova a pensarmi di tanto in tanto. Anche se solo per un momento. Significherebbe tanto. Non ne hai idea». Una lunga pausa, poi dei rumori d'interferenza. «Adesso devo andare. Grazie... per non aver risposto questa volta. Addio, Julie».

Il messaggio in segreteria termina così.

Lo ascolto di nuovo. Lo ascolto mentre torno a casa e molte altre volte prima di addormentarmi. Lo ascolto la mattina seguente quando Mika viene da me e glielo faccio sentire. Lo ascolto di nuovo quella notte e il giorno dopo ancora. Lo ascolto nei giorni in cui Sam mi manca di più e voglio sentire di nuovo la sua voce. Lo ascolto finché non l'ho memorizzato e non ho più bisogno di riprodurlo.

Epilogo

Continuo a pensare a lui. Penso a lui la prima settimana di college sotto ai fiori di ciliegio. Penso a lui ogni volta che sono in città a prendere un caffè al Sun and Moon. Penso a lui quando sono al telefono con Mika e parliamo per ore. Penso a lui dopo un imbarazzante appuntamento al buio in cui Oliver mi ha incastrato. Penso a lui dopo un appuntamento con un tipo del mio corso d'inglese. Penso a lui dopo che ho finito di scrivere la nostra storia e la presento a un concorso di scrittura. Penso a lui quando vinco una menzione d'onore e il racconto viene pubblicato online. Penso a lui quando vado dai suoi per le cene della domenica. Penso a lui il mio ultimo giorno a Ellensburg, mentre mi preparo per trasferirmi nella città dove abbiamo sempre pensato di vivere. E penso a lui ogni volta che chiudo gli occhi e rivedo noi due insieme, sdraiati là fuori nei campi.

Ringraziamenti

Non ti rendi conto di quanto tempo è passato da quando hai iniziato a scrivere un libro finché non arriva il momento dei ringraziamenti. Nell'editoria, impari presto che capita tutto insieme oppure non capita un bel niente. E per la maggior parte della mia vita non è capitato un bel niente. In ogni caso, ci sono un mucchio di persone che voglio ringraziare per avermi portato a questo punto della mia vita.

La prima è mia sorella Vivian. È stato un lungo viaggio il nostro, vero? Tu c'eri già, quando questo libro non era altro che un'idea nella mia testa. Sei stata la mia prima consulente. Mi hai dato i pareri più sinceri e rigorosi che io abbia mai ricevuto. C'è così tanto dei tuoi suggerimenti e delle tue intuizioni nel libro che ormai non riesco quasi più a distinguerle dai miei. E soprattutto, grazie per essere sempre la più grande fan delle mie storie.

Grazie al mio agente, Thao Le. Non immagini quanto fossi eccitato quando ho ricevuto l'e-mail in cui mi hai scritto che eri arrivato a metà del libro e che ti stava entusiasmando. Dopo la nostra telefonata, ho avuto la certezza che eri la persona perfetta per questa storia. Grazie per avermi aiutato a darle la forma giusta. E grazie per avermi sempre incoraggiato e supportato. Sei assolutamente il miglior agente sul campo, è stato davvero meraviglioso lavorare con te.

Grazie a tutto lo staff della Sandra Dijkstra Literary Agency per l'infaticabile lavoro. Una menzione speciale per Andrea Cavallaro che ha portato questo libro all'estero.

Grazie alla mia stupenda agente cinematografica, Olivia Fanaro della UTA.

Grazie al mio editor, Eileen Rothschild. Hai portato questo libro a dei livelli che non potevo neanche immaginare. Penso sia stato possibile perché tu ne hai colto il significato più profondo come nessun altro. È grazie a te che Sam è tornato a vivere in qualche modo. Sono infinitamente grato di aver avuto la possibilità di lavorare insieme.

Grazie alla famiglia della Wednesday Book. Mary Moates e Alexis Nauville, voi sì che sapete come ci si diverte! Grazie per tutto quello che fate dietro le quinte.

Grazie Kerri Resnick per i lampi di genio e la gentilezza. E per aver trovato Zipcy, che ha illustrato la miglior copertina che potessi mai immaginare.

Grazie a Tiffany Shelton e Lisa Bonvissuto, è stato un vero piacere lavorare con voi!

Ai miei amici e alla mia famiglia. Grazie a Jolie Christine, per il supporto nella fase di revisione. Grazie a Julian Winters e Roshani Chokshi per avermi assistito durante tutto il percorso. Grazie a Judith Frank e Amherst, mi avete dato un posto in cui scrivere quando non ce l'avevo. Grazie alla mia amica Ariella Goldberg, che mi ha aiutato con il prologo quando mi sono bloccato. Grazie a mio fratello, Alvin, per essere sempre presente. E grazie a mio padre e mia madre. Fin dall'inizio, avete sempre creduto in me.

Indice

p. 7 Prologo
21 Capitolo 1
46 Capitolo 2
63 Capitolo 3
74 Capitolo 4
88 Capitolo 5
110 Capitolo 6
128 Capitolo 7
136 Capitolo 8
150 Capitolo 9
164 Capitolo 10
184 Capitolo 11
199 Capitolo 12
214 Capitolo 13
234 Capitolo 14
246 Capitolo 15
254 Capitolo 16
268 Capitolo 17
291 Capitolo 18
309 Epilogo

311 *Ringraziamenti*

Penelope Douglas

Punk 57. Insieme siamo perfetti

Volume di 384 pagine. Euro 3,90

In quinta elementare a ciascuno di noi venne assegnato un amico di penna tra i ragazzini di un'altra scuola. Mi chiamo Misha, e pensando che fossi una femmina, l'altro insegnante mi mise in coppia con una sua allieva, Ryen; la mia maestra, credendo che Ryen fosse un maschio come me, non obiettò. Dal primo momento in cui io e Ryen abbiamo iniziato a scriverci, abbiamo litigato su tutto. E le cose non sono cambiate in questi sette anni. Le sue lettere sono sempre scritte in inchiostro argento su carta nera. A volte ne arriva una alla settimana, altre volte tre nello stesso giorno, ma sento che ormai sono diventate una necessità per me. Lei è l'unica che mi aiuti a tenere la rotta, l'unica che mi accetti per come sono. Abbiamo solo tre regole fra di noi. Niente social media, niente numeri di telefono, niente foto. Fino a quando, in rete, sono incappato nella foto di una ragazza di nome Ryen, che ama la pizza di Gallo, e adora il suo iPhone. Quante possibilità c'erano che fosse lei? Accidenti! Dovevo incontrarla. Certo non potevo immaginare che avrei detestato ciò che stavo per scoprire.

NEWTON COMPTON EDITORI

Penelope Douglas

Birthday Girl

Volume di 448 pagine. Euro 3,90

Cosa succede quando una ragazza si innamora proprio dell'ultimo uomo al mondo che dovrebbe desiderare? Jordan non aveva un posto in cui andare quando Pike l'ha accolta in casa. E Pike è stato sempre gentile e premuroso. Per la prima volta dopo tanto tempo, lei si è sentita al sicuro. Jordan sa bene che lui, anche se non lo dice, vuole proteggerla. Lo vede nei suoi occhi la mattina, a colazione. E quando lui rientra, la sera, Jordan sente il cuore battere più forte. Ma sa che deve smetterla di pensare a lui. Perché Pike è libero, ma lei è impegnata. Pike non poteva immaginare che le cose sarebbero diventate così complicate. Pensa continuamente a lei e ogni volta che si incrociano in corridoio rimane senza fiato. Ma non può avvicinarsi, dovrebbe togliersi quel pensiero dalla testa. Eppure più passa il tempo e più Jordan diventa parte di lui. Una parte che non sarà mai libero di amare. Non perché lei ha solo diciannove anni. Ma perché è la ragazza di suo figlio.

NEWTON COMPTON EDITORI